JN091061

ひそやかな歳月

アレナ・モルンシュタイノヴァー

菅寿美 訳

Alena Mornštajnová

translated by SUGA Hisami

Tiché roky

未知谷
Publisher Michitani

序

おばあさんについて、思い出がふたつある。ひとつめは、あいまいではっきりしない。私はまだとても小さかった。うちの階段の下に立ち、素足にひんやりとしたタイルの冷たさを感じていると、上から色とりどりの服が降ってくる。衣服は空中をひらひらと泳ぎ、手すりに引っかかり、私の足元に落ちる。おばあさんはあたりを走り回り、セーター、ストッキング、スカート、ペチコート、巨大なズロースを集め、手あたりしだいにカバンに詰め込んでいる。私も駆け出し、集めはじめる。白いスリップを渡そうとおばあさんを見ると、その頬に涙が流れているのに気づく。

大人でも泣くんだと、そのとき私は知った。

ふたつめの思い出は完全にはっきりとしていて、私が自分の人生をどう歩んでいくかという、最も重要な決断をする直前のことだった。

病院のベッドに女の人がひとり横たわっている。それをおばあさんだと思うのは、父がそう言ったからにすぎない。目は半ば閉じられているけれど、眠ってはいない。ぜい、ぜい、という呼吸音とともに胸は上がり、指の皮膚は紙のようで、赤紫色の染みが散っている。私は浅く息をしようとする。部屋の空気には尿と汗と消毒薬の臭いが満ちていたから。蒼ざめた顔を見つめ、この顔を子供時代の思い出の中に見つけだせるだろうかと考える。と、おばあさんは目を開け、私の顔をとらえる。

「ブランカ、ブランカちゃん」そう言って微笑む。

私の名はボフダナだ。とまどって父を振り返る。

「ブランカちゃん」おばあさんは繰り返し、でも私が首を振ろうとすると父が私の肘をぐっとつかんだ。

私は父を見る。

父は目をそらす。

「ブランカは、ばあさんの妹だった」もどかし気にそう言う。「もう死んだ」

嘘だ。そらした視線と忽然とよみがえったひとつめの思い出が、私にそう告げた。

あのときおばあさんは最後の下着を集めると、背筋を伸ばし、涙をぬぐい、階段の上に向かってこう言い放ったのだから。「あたしを追い払うんだね。みんなを自分の周りから追い払うんだね。ブランカがここにいないのだって、おまえのせいだよ。しまいには、おまえ、ひとりぼっちになるんだ」

おばあさんはそのあと二か月間生きたが、父はもう療養所のお見舞いに私を連れていかなかった。

私はそのとき十三歳で、意識を奪う薬でもうろうとさせられている病人のベッドが四つ並ぶ、長期療養施設の臭いのこもった部屋のなかで、自分の最期をもかいま見て、理解した。自分の周りにいる人たちは、現在の生きざまや人となりに影響を与えた日々を生きてきたのだということを。私の家族にだって歴史があるのだということを。それについて私は何ひとつ知らないということを。

そのとき私は過去を見つめはじめ、現在を記憶に刻みこみはじめたのだ。

私は思い出の収集家になった。青い罫線の引かれた大きな赤いノートに、自分の考えと私たちに起こった出来事を、そのときにはまったく意味がないと思われたとしても、すべて書き留めはじめた。流れゆく歳月がよりあわされて縄になると、ようやく起こったことは何であれ意味があったということがわかった。だって蝶の羽ばたきが世界の真裏の端っこに台風をもたらすことがあるかもしれないのと同じく、たかが言葉だって、しばしば人を傷つけたり、ふたりの人間関係に永遠に消えない汚点を残したりするのだから。

まるまる数ページを埋めた日もあれば、ずっと思い悩んだあげく、数行しか書かなかった日もあるけれど、いつもこれを書いている相手のことを思っていた。私が何ひとつ知らない、あの過去のなかで消えてしまった人のことを、とても、とても必要だと感じていたその人のことを。

目次

——主要登場人物——

ボフダナ　奇数章の主人公
スヴァトプルク　偶数章の主人公

ビェラ　ボフダナの育ての母
エヴァ　スヴァトプルクの妻
ドウブラフカ　スヴァトプルクの姉
ヘドヴィカ　スヴァトプルクの姉
ロスチスラフ　スヴァトプルクの兄

ひそやかな歳月

Tiché roky

© Alena Mornštajnová, 2019
© Host — vydavatelství, s.r.o., 2019

1　娘

うちの家は町はずれの袋小路のつきあたりに立っている。古木や剪定されていない灌木が生い茂り、滅多に刈らないので草が伸び放題の庭の裏手には、ただ土ぼこりのたつ畑道と原っぱ、そして果てしない森だけがあった。フェンスも家の壁も蔦で覆われていたので、通りの反対側から見ると家は周囲に溶け込み、見分けがつかなかった。でもちょっと近づけば家があるとわかる。

家は大きくて頑丈で、緑の葉の間から来訪者を観察して見定めるかのように、暗い窓がいくつかのぞいていた。この鉄の門をくぐらせて前庭へと入らせ、割れ目に苔と草が生えたタイル張りのアプローチを通して、玄関のドアへと導く三段の石の階段まで来させても良い人かどうかと。

家は見た目には私の父に似ている。父も外見上は周囲に溶け込んでいるけれど、近づいたとたん、人はその大きさに目が行き、力強さ、射るようなまなざしを感じるのだ。

ある点において、うちの家は父とは違う。家はそのドアを開けば、灯りに、人懐っこさに、心地よさに、癒されるような家庭的な雰囲気を感じて息をのむだろう。父は決して自分の扉を開こうとはしない。私にはその後ろに隠されているものが想像できない。

うちの家は魔法の家だ。だって私の生まれた日、一九八〇年九月十四日に、両親がこの家に引っ越してからちょうど一年と一日となったのだから。父は四十歳をはるかに越え、お母さんはそれよりいくつか若いだけだった。私はふたりの結婚生活二十五年目にして生まれ、ひとりっ子として育った。お母さんは私を写した最初の写真のうち、ある一枚の裏面に、この子は奇跡の子、天からの贈り物と書いた。

父にとって私は重荷だった。

うちにビェラがいたころ、家は、ラベンダーと糊と焦げた食べ物のにおいがしていた。その三つのにおいは、挽きたてのコーヒー豆色の瞳、ダークチョコレートのような色合いで、ミカードと呼ばれていたおかっぱのスタイルに刈りこまれた髪——でも実際のところ、それは鍋をかぶって自分でカットしたように見えた——と同じく、ビェラとは切っても切り離せなかった。ビェラはその髪型がとてもフランスっぽいと考えていた。フランス語なんて単語ひとつできなかったのに、フランスに関するものなら何にでも彼女は弱かった。ラベンダー好きもおそらくここから生まれていたのだろう。

青紫色のラベンダーは、家へのアプローチを縁取る花壇、階段のそばの鉢、それに窓台のプランターの中でも花をつけていた。その万能な力に対するビェラの信頼は揺るぎなかった。ラベンダーは付きまとう害虫を追い払い、衣服を虫食いから守ってくれるというのが彼女の持論だった。乾燥した花の小袋をクローゼットの中に入れ、父が自分のシャツやセーターやズボンから、その手の安っぽい女のようなにおいがすると文句を言うのにも、聞こえないふりをしていた。ラベンダーオイルで父の不機嫌と自分の不眠と私のひどく擦りむいた膝を治そうとした。ラベンダーは消化を助け、お腹の張りを和らげてくれるというのも彼女の説だった。ジャムに混ぜ、砂糖壺に入れ、食べ物にも加え、それでビネガーやアイスクリームも作った。

家は私たちには大きかった。部屋のいくつかは全く使われていなくて、ときどきビェラとふたりで埃を払い、カーテンをはたき、カーペットに掃除機をかけ、蜘蛛や他の招かれざるお客が住人不在の部屋に引っ越してこないようにするだけだったのに、ビェラが自分の王国に選んだのはキッチンだった。料理が好きだったとは言えない——あらゆる努力と工夫を凝らしたフレンチ風の調味料にも勝って、ビェラの料理はどれもこれも同じ味がした。焦げくさかったのだ。ビェラが他でもないその場所を選んだのは、一階のキッチンには大きな窓から一番よく光が差しこんだし、そこには家中で一番大きなテーブルがあったからだった。

ビェラには大きなテーブルが必要だった。何時間でもそこに坐って、切り抜いたり、色を塗ったり、糊付けしたり、折ったりして過ごしていた。あらゆる色と形からなる夢の国のコラージュや、近づいて見てみると、数百ものカラフルな図形に分かれてしまう人間の顔などを作っていた。いたるところ色紙と切り抜きでいっぱいで、だから私たちは隣のリビングで食事を取らねばならなかった。キッチンが散らかり、紅茶のポットやスープの皿やソースを運んでくるために家中がこぼしたもので汚れ、カーペットがしみだらけなのを父はなじった。

父の不満が高まり、鋭さを増した言葉まで飛び出すと、ビェラはため息をつきながら紙やハサミや糊を箱にしまい、再び切り抜きに追いやられるまではキッチンで食事をした。

ビェラの工作の趣味は、父にはいたく気に障り、私は大好きだったが、よく知らない人には不思議に思えたかもしれない。でもそれには理由があった。ビェラは単にコラージュを作っていたわけではない。彼女は幼稚園の先生で制作は仕事の一環だったのだ。でも彼女の場合、それは確かにいくぶん抑えがきかない状態にあった。

他のことに関しては、むしろ注意力散漫で落ち着きがなく、いつも何かを探し、何かのために別の何かが頭から抜け落ちていたのに、コラージュや子供たちのための仕事を準備しているときには、ちょうど今ジャガイモや米を火にかけていることを、鶏肉やミートローフを焼いていることを、ソースをかき混ぜねばならないことを忘れてしまうほどのめり込むことがよくあり、焦げくさいにおいがたちこめて、ようやくその没頭から引き戻されるのだった。その瞬間、あきらめ顔でハサミをわきに置くと、椅子を引いて、ため息をつきながらまだ何とかなるように料理の手直しを試み、心の中では父のとげのある言葉に対して身構えた。

病気のおばあさんのお見舞いに行ってきたあの午後、もう家の前で牛乳の焦げたにおいがした。父のしわのよった額がさらに険しくなり、口もとがへの字に下がった。必要以上に音を立てて背後のドアを閉めたので、私は戸口でビェラにただいまだけ言って、自分の部屋に引っ込むのがよさそうだと考えた。頭の中は自分の考えごととおばあさんの言葉に呼び起こされた疑問でいっぱいで、父のひどい言葉を聞いているのも、黙って侮辱に耐えるビェラを見ているのも嫌だった。

ビェラはキッチンのテーブルに坐り、手は糊でべとべとで、紙製の鳥のカラフルで小さな胴体に翼と目、くちばしを糊付けしているところだった。出来上がったいくつかのペーパークラフトはテーブルの上の照明に吊るしていた。わずかに開いたドアから入りこみ、吹き抜ける風の中で、鳥たちは揺れては旋回し、まるでビェラの頭の上を飛び交い、着地する場所を探しているかのようだった。

そっと引っこもうという目論見を忘れ、私はテーブルに着き、型を手に取ると、それをなぞってカラフルな翼を切り抜きはじめた。

「いったい、また何の臭いだ？」父はただいますら言おうとしなかった。

ビェラは動揺しなかった。

「おやつにプディングを作ってあげようと思ったんだけど、たぶん、ちょっと、焦がしちゃった」

「たぶん、ちょっと」父は嘲るように言うと、宙を舞っている一羽を手で振り払った。吊り下げている糸をちぎり、地面に放った。「もっとまともなことがやれないのか」身をひるがえし、その後ろでドアがバタンと閉められた。

私はビェラの喉がひくひくと動き、ハサミをぎゅっと握りしめるのを見ていた。

「お父さんは、寂しいの」私のほうを見もせずにそう言った。彼女だけが私の父のことを「お父さん」と呼んだ。寂しいの、不幸せなの、疲れてるの、働きすぎなの――それらはビェラが自分の夫をかばう言葉で、私は彼女を信じていたかった。

けれど、そのころ、私は子供を卒業し、大人の世界の扉を開けようとしていた。彼女をちょっと注意して見つめ、体は言葉が示すのとは別なことを語っていると初めて気づいた。肩は落ち、ぎこちなく微笑み、目は涙の中を泳いでいた。怖くなった。

私はビェラを名前で呼んでいて、お母さんと呼ぶことは一度もなかったけれど、彼女は私が持ちうる最高の母親だった。私に愛情を注ぎ、安心感を与え、父の不機嫌と周囲の世界に対する盾になってくれていた。突然、私の安心感が揺らぎはじめた。もしも父が、あの冷たい態度でビェラを自分のまわりから追い払ってしまったら？　もしもビェラが、心ない言葉と実の母を追い出し娘を愛することのできない夫のかたわらでの人生にうんざりしてしまったら？
父の部屋から音楽が流れてきた。ドヴォルザーク、不機嫌な時にはいつもそれをかけていた。父は自分の部屋に閉じこもると、プレイヤーにレコードを載せ、高い背もたれのついた肘掛け椅子に腰を下ろした。

あるとき、たぶん私が八つのころ、父のあとについて部屋に忍び込み、肘掛け椅子のそばでカーペットに坐った。音楽の響きが部屋を満たし、ビェラの紙の鳥たちのように宙を舞っていた。目を閉じ、音とともに高みに上っていこうとした。だしぬけに音が止まった。父が私に気づき、一言も言わずプレイヤーを止めたのだ。私の手をつかんでキッチンへと引っぱっていき、

「俺は一瞬だってくつろげないのか？」ビェラに向かって声を荒げ、私を彼女に突き出した。ビェラは驚き、まず私を見て、それから出ていく父を見た。

「だって聴いてみたかっただけでしょう」遠ざかる背中へとそう言った。

そう、私は聴いてみたかったし、音楽とは、何か、父と私のあいだの共通項だという感覚があったので、父の世界に入らなきゃと感じたのだ……でも私はこの考えをうまく言葉にできず、なぜだかわからないけれどどうしろめたくなり、ただ立ちつくしていた。ビェラは閉じたドアから視線を引きはがすと、私の髪をなで、ラジオのスイッチを入れた。

今、テーブルに坐り色とりどりの鳥たちを眺めていると、目の前に似たような思い出が何十も現れてきて、唐突に、私の父は一度だって良い夫だったことはないし、ビェラはうちでは幸せではないという思いが頭に浮かんだ。

プディングの鉢に手を伸ばすと、ふるふると揺れる黄色いかたまりにスプーンを深くうずめた。ビェラに微笑んで、行儀よく、焦げたプディングをまるまる平らげた。

あんな様子を目にすれば、ビェラを喜ばせるためなら、私はどんなことだってやろうとしただろう。


最後の紙のひまわりを切り抜くと、袋小路のつきあたりの緑の家に引っ越してくるまで、私が生まれるまで、うちの家族がどのように暮らしていたのか、ビェラからもっと聞き出すにはどうしたら良いか思案していた。病院から帰ってくる道すがらずっとそれが頭にあった。ビェラはおしゃべり好きで、しょっちゅう私に自分の家やお姉さんのこと、それにお母さんのことまでしゃべっていたのだけれど、父の家族については口を開かなかった。

おばあさんの呼び間違い、父の冷たい態度、それに過去の何らかの出来事に関するビェラの口の重さが不意につながり、恐ろしい可能性を思いついた。もしもお母さんが私を養子にしたのなら、彼女がもうこの世にいない今、私は父のもとにお荷物として残されていることにならないだろうか……？

だけど私の両親の年代の人たちに赤ん坊を養子として引き受けさせることはなさそうだった。あるいは私はさらわれて来たのだろうか？　本当の両親がどこかで生きていて、私を探していたりするのだろうか？

心細さが胃をぎゅっと締めつけたけれど、あとになって自分が父に似ていることに気づいた。大きくなるにつれ、ますます似てきている。でも、そう思い込もうとしていただけじゃないだろうか？

上の階からピアノとヴァイオリンの音が降り注ぎ、私は次々と疑問に思い当たった。なぜ両親は結婚して二十年以上たってから、故郷のプラハから何百キロも離れた地に引っ越してきたのだろうか？　そして、そのすぐあとに私が生まれただなんて、あり得るだろうか？

　ビェラが最後の切りくずを片付けるのを手伝うと、私はこっそりとリビングに入った。木製のチェストの前でカーペットに坐り、上の引き出しを開けた。その中のどこかに、出生証明書や私の両親の婚姻証明書、父とビェラの新しい婚姻証明書がしまわれているのを知っていた。それはチョコレートボンボンの箱に入っていた。蓋に描かれているチョコレートに包まれたサクランボの匂いが、いまでも香るように思えた。箱をそっと床に置いたが、開けようと挑みかかる前に部屋にビェラが入ってきた。私の髪の毛をなで、そばに腰を下ろした。

「何か探してる？」

　私は首を振った。ビェラにも他の誰にも、自分の出生について疑っていると悟られたくはなかった。ビェラはそれ以上問いただださず、だから私は家族の証明書入れをさぐり、自分の証明書を見つけ出した。それには何のおかしなところもないように見えた。役所の書類を封筒へと戻し、引き出しの底から写真の山を引っ張り出した。私の両親の結婚式の写真、私がまだ幼かったころのモノクロのスナップショットが数枚。一枚一枚ためつすがめつしているうちに、両親以外、誰も見知らぬことがますます奇妙に思えてきた。どうして、どのおじさんやおばさんもうちに来ないのだろう、どうして私は自分のいとこをひとりも知らないのだろう？　床に写真を並べ、その知らない人々の顔に何か自分の面影を、似通った雰囲気を見つけ出そうとした。

　二階の音楽が静まった。

気のせいだったのだろうか、それとも、本当にビェラは動揺していたんじゃないだろうか？　写真を集め、引き出しに戻していった。私は腰を下ろし、結婚式の集合写真をさりげなくTシャツの下に突っ込んだ。

「おいで」ビェラが言い、立ち上がって引き出しをカタンと閉めた。「お父さん、今日はあまり機嫌がよくないの。むやみに怒らせないように、キッチンのテーブルを片付けちゃうのがよさそう」

私たちは一緒に、何枚もの厚紙、型、布地の切れはし、色鉛筆、糊をいくつかの箱の中に片付け、ビェラはそれをキッチン裏の小部屋に運んでいった。ふたりとも、二、三日のうちにまた散らかることはわかっていたものの、父に悪態をつく口実を与えたくはなかった。

父がキッチンに降りてきて、周りをじろりと見渡し、テーブルに着いた。

「オープンサンドか。これなら失敗しようがないわけだ」

ビェラは、父が気の利いた冗談を言ったかのように笑った。

「サラダのトマトはベームさんから頂いたのよ。今年はよく採れているんだって」

「うむ」父が低くうなると、夕食のあいだ、もう誰も一言もしゃべらなかった。プディングでおなか一杯だった私はパンをちぎり取るばかりで、Tシャツの下で肌に貼りついている写真のことを考えていた。最初のチャンスがやってくると、自分の部屋へと舞い戻った。

勉強机に向かうと結婚式の参列者の顔を注意深く眺めた。キッチンからは静かな会話が聞こえてきた。と、父の声が高くなり、ビェラの控えめな声が早口になってなだめるような調子を帯びた。父は怒って何か叫んだが、そのあとまた静かになった。

しばらくすると、父が階段を上がって自分の書斎のドアへと向かう音が聞こえた。念のために写真を本の下に押し込んだけれど、本当はその必要はないと思っていた。父が私の部屋へ来ることは、めったになかったのだから。九時になるころ、いつもビェラがやってきていた。小さかったころ、彼女は物語を読み聞かせてくれていた。今ではもうひとりで、それもたくさん読んでいたけれど、それでもビェラは毎晩私の部屋にやってきて、ふたりで一緒に選んだ本を眠る前に少しだけ読んでくれるのだった。それは一日の終わりにふたりで一緒に過ごすひとときであり、ふたりともが楽しみにしている、私たちの儀式だった。

父の部屋のドアがバタンと音を立てて閉められた。私は写真を取り出すと、その裏面を見た。そこには美しい筆跡で二列にわたって名前が記されていた。どこで捜索を始めるべきか、私はもう心得ていた。郵便局に行ってプラハの電話帳で写真の人たちの住所を探し、手紙を書くのだ。ほぼ四十年の時が経った今では探し出すのは難しいかもしれないけれど、でも結婚式の来客のうち、誰かがたぶん私に連絡をくれるだろう。

翌朝、私が最初に向かったのはリビングだった。静かに自分の後ろでドアを閉めると、写真の入っている引き出しに向かった。施錠されていて、鍵は見当たらなかった。

最初の一週間は学校が早く終わった。郵便局は学校のすぐ向かいだったので、階段を上がって窓口が十個並ぶ大きなホールに行く時間はたっぷりとあった。中は心地良い冷気に満ちていたものの、私はそわそわして息苦しくなった。というのも私は知らない場所――いうまでもなく、見知らぬ人たちでいっぱいの知らない場所――が好きではないし、心細くなるからだ。入ってすぐの棚からプラハの番号の載った電話帳を手に取ると、顧客が振替用紙や受領書をもらう用紙に記入するために準備されている、樹脂板のデスクに備え付けられた、合皮の長椅子の端に腰かけ、結婚式の写真の裏に書かれた二十七名の名前リストにしたがって、住所を探しはじめた。

それは思っていたほど簡単ではなかった。リストの名前には載っていないものもあれば、複数並んでいるものもあった。住所だけが異なっていた。探し出したイジー・ヘドラさんたち、ミレク・ゼヴァダさんたち、ヤン・ジェハークさんたち、パヴェル・スヒーさんたちのうちの、どの人が本物なのか、見分けるすべがなかったので、同じ名前が繰り返されているところは、すべての住所を書き出した。十四の名前に対して二十三の住所を手にいれた。この中の誰かが返事をくれますように！

便箋、封筒、切手を買い、家で同じ手紙を二十三通書いた。

私はボフダナ・ジャーコヴァー（ジャーク家の女性の名字）といいます。学校の宿題で、家系について調べ、自分の家族の過去について、できるだけ多くを知りましょうという課題が出たので、あなたに手紙を書いています。この手紙で親戚と知り合いのみなさんに呼びかけ、父の家族と母の家族について知っていることをなんでも書いてくださいとお願いしています。どんな情報でも歓迎します。もしも誰か私を手助けしてくれそうな人の住所を知っていたら、それを教えてください。

名前を書いて、一九九三年九月二日と日付を書き添え、返信先の住所を書いた。

二十三通の手紙を書き終えるには午後いっぱいかかった。翌日、用心しながらそれらを郵便ポストに投函し、心の中で、怒濤の情報が押し寄せてきたときの心構えをした。私宛てに郵便物がどっさり届いて家で怪しまれないように、学校からまっすぐに帰って来なくっちゃね、そう自分に言い聞かせた。ビェラと父が仕事から帰ってくる前に、郵便受けから回収しなくちゃ。

まる二週間というもの、私は大急ぎで帰宅し、慎重に郵便受けの鍵を開け続けたのに、一通の手紙も届かなかった。二週間目も最後になって、一通の手紙が宛先不明で返送され、数日後にさらに二通が返ってきた。

その数日後、父が私の部屋にやってきた。

「おい、おまえたちは学校で家系図か何か作っているのか？」

私は家庭科のノートを父に差し出し、その最初のページを開いて見せた。父は色鉛筆描きの枝別れした木の絵をじっと見た。それぞれの枝の先には名前の入る欄があった。生年月日と出生地は私と両親の名前の欄しか埋まっていなかった。

「だからあの引き出しをあさっていたのか」そう言った父の声はほっとしたかのように聞こえた。そして身を屈めると鉛筆を取り、空欄に名前を書き込みはじめた。「俺に直接聞きに来ればいいだろう、他人を煩わせることはない。それとも、学校でそうするように言われたのか？」

私は消しゴムで空っぽの欄をひとつ丁寧に消した。沈黙は便利だ。決して誰も嘘の現場を押さえることはできず、誰もがそれを良いように解釈してくれる。父は私の詮索が学校の宿題のためだったと見なしたので、真実を突き止めることはないと確信できた。父は私がどのクラスに通っているかなどまるで興味がなく、ＰＴＡの会に来るのはいつもビェラだった。

私の後ろでドアが閉まると、こんな場合に備えて学校の偽ノートを作っておいたことを心の中で褒め称えた。私の手紙を受け取った誰かが父に電話してきて、私が自分の家族の過去について聞きまわっていると警告したに違いない。

私の好奇心はさらに膨れ上がった、もし何も隠していることがないのなら、先の誰かさんがそんなことをするかしら？　私は家系図をにらみ、自分の親戚たちのうち、誰から当たってみようかと考えた。父の姉と兄のドウブラフカ、ロスチスラフ、ヘドヴィカ、お母さんの両親……けれども、私が見ているのはただの名前で、どんな顔もどんな思い出話もそこに当てはめることはできなかった。

翌週半ばになって、ようやく、郵便受けに自分の名前が書かれた封筒を見つけた。上の部屋に飛んでいき、いそいそと封を切った。折りたたまれた白い紙を取り出した。そこには短いふたつの文が書かれているだけだった。


あんたの父親について知っているのはたったひとつ。あれは卑劣なブタだ。

大文字のＪの上で横棒が波打つ、大ぶりな筆致で殴り書かれた言葉をまじろぎもせず見つめた。そして泣きそうになった。つまり父をそんなふうに思っている人がいるの？　突然、その紙を見ていることが、そこに書かれていることを読んでいることが恥ずかしくなってきた。私は手紙をくしゃくしゃに丸めて屑籠に放り込んだが、そのあと、誰かが見つけて開き、読んでしまうかもしれないと怖くなった。

すぐに紙切れを拾い出し、細かくちぎってトイレに流した。

そのとき自分が好奇心のとりこだったことを悔やんだ。あんな手紙を書くんじゃなかった。両親にはおそらく引っ越すだけの、そして過去の扉を閉ざしてしまうだけの、それなりの理由があったのだ。おそらく、いまや私がそれを少しばかり開けてしまい、ふたりが自分たちの背後に隠そうとしていた、その良くないものが私たちの前に現れてくるのだろう。失敗してしまった。

2 父

失敗してしまった。しかし、もうどうにもしようがなかった。また子供が増える。産婦は目を閉じ、胸につくほどあごを引くと、ふたたび強く力を込めた。

スヴァトプルクは一九三五年の春の昼下がり、十時間にわたる難産の末、この世に生まれてきた。

「口に入れるものもないくせに、ネズミみたいに増えるときた」彼をこの世に迎え入れる言葉はそのように響いた。どんな人でも、仏頂面で出迎えられればうんざりするものだが、新生児にとっては、それは明らかにどうでもよいことだった。

一方、彼のお父さんは怒って毒づいた。「ネズミみたいだと？　やっとできたふたり目の息子だぞ。こいつの前には娘がふたりいるが、あれは数にも入らない」

家族が住んでいるジシュコフ（プラハ3区にある地域）のアパートの一階には部屋が一つしかなく、その一隅を衝立で仕切ったベッドに産婦は横たわり、胎盤が下りるのを待っていた。体が痛み、産婆のとげとげしい言葉に夫の浅はかな返答までもが彼女をいらだたせた。この十年間に彼女の体が陣痛に引きちぎられるのはもう四度目で、胸が乳をほとばしらせるのも四度目で、貧しい家族をどう食わせていこうかと頭を悩ませるのも四度目で、今回はさらに経済危機が追い打ちをかけている。それに加えて、産婆の金切り声まで聞いていなければならなかった。何をずっとねちねち言っているのさ？　貧しい女が生むことを止めてしまったら、あんただって、何をよりどころに生きていくつもり？

「ひょろ長くて、痩せこけていて、蛇みたいだ。で、なんて名前にするんだい？」産婆が尋ねた。

「スヴァトプルク」

産婆は吹き出した。

「またもや、たいそうなお名前だ。* まあ、でも、名前以外にあんたがこの子にやれるものはないんだもんね」

なんでこの女は、お産の手伝いをしたら神経を逆なでする権利が得られると思ってるんだろう？　スヴァトプルクの母はもうそれ以上は我慢がならず、すべてを終わらせて、あのいまいましい産婆をさっさと追い払おうと、最後の力をこめた。両足のあいだに柔らかな塊が滑り出てきた。

「胎盤」息をついた。

胎盤がすべて出てきたかどうか確認するために、間仕切り布をぐるりと回って、産婆がやってきた。

産婦は心の中でこの子がもう最後の子になるようにと祈った。教区牧師さまが何と言おうと、ローズマ

＊　偉大な例として九世紀のモラヴィア王スヴァトプルク一世がいる。

リーのお茶を飲むことから酢を垂らした水で洗うことまで、経験豊富な隣人たちの助言をすべて聞き入れよう。陣痛ならまだ我慢できたろうが、辛辣な言葉を浴びせる産婆がここにいるのは、もう一分だってごめんだった。

「胎盤は全部出たし、見たことがないほど出血があるわけでもない。もうあたしがここに残ってやるまでもないね。ときどきお隣さんがかみさんの様子を見に来てくれりゃ十分だろ。あんたは心置きなく飲み屋に行ける。ま、お足があるってんならね」産婆はそう捨て台詞を吐き、そのあと産婦は夫が産婆に蒸留酒を注いでやっているのを聞いた……さらにもう一杯――まるでそれだけの仕事をあの婆がしたかのように――。そして彼女たちが倹約して貯めた金を支払っている。それから隣家に子供たちを迎えに行くために、婆と一緒に出ていく。同じ通りに住む男たちがみなそうしてるように、酒場に行ってくれればいいのに、彼女に一息つかせてくれればいいのに。しかし彼女の夫は酒場には通わなかった。何やらいまいましい集会に行くだけで、でもそこからは素面で、公平さや正義について山ほどのたわごとを土産に帰ってくる。おまけに国から目をつけられる恐れまであった。

結局、あの産婆の言葉が正しいのだ。ドウブラフカ、ヘドヴィカ、ロスチスラフ、そしてこのスヴァトプルク。彼女はかたわらで眠っている新生児のほうへと少し身をかがめ、枕を取り上げて赤子の顔に押し当てたいという衝動に襲われた。高貴な名を与えること以外、何もできないのに、なぜ新たな子供をむかえねばならないの?

小さなスヴァトプルクがただひとつの願いごとを口に出せたなら、お父さんみたいになりたいと言ったことだろう。お父さんのようにしゃべりたい——高らかに、意気揚々と、確信に満ち満ちて。お父さんのように歩きたい——ぴんと背筋を伸ばし、毅然として。お父さんのように坐り、食べ、飲み、そしてなにより、お父さんのように髭をそりたい。

お父さんが小さなブリキの洗面器に水をくみ、小さなお椀の中で石鹸をブラシでかき混ぜて泡立たせ、革のケースから、見るだけで怪我をしそうなくらい鋭い剃刀を取り出すと、スヴァーチャ（スヴァトプルクの愛称）は片隅に置かれた木の腰掛に坐って、長いひとそりで褐色の刈り穂畑があたられていく様子を神妙に見つめていた。

スヴァーチャはその作法を気に入っていたが、母はそれを憎んだ。髭剃りは、夫が珍妙な考えを山ほど頭に詰め込んで戻ってくる集会へと出かける前触れだった。それは危険であるだけでなく、神に背くものでもあった。彼女自身、ひたすら妊娠を免れようとしたことで神に背いており、妊娠期間中も幾度となく流れるよう奮闘したことや、あの出産の日、死に値する罪を犯す寸前だったことを思い出させるスヴァトプルクを来る日も来る日も見続けねばならないのだが、あたかもそれでは足りないと言われているかのようだった。

「同志たちのためにそってるのね」彼女は嘆くように不満を漏らした。そして、スヴァーチャにはわからないけれど一番年かさのドウブラフカを母の背後で含み笑いさせるようなニュアンスで言い添えた。「自分の妻のためにそるべきでしょ」

お父さんはいつも、もしも妻が夫に関心を持っているなら、妻のためにだってそるさと答え、そのあと繰り広げられた会話はスヴァーチャには理解できなかった。しかし、いつだって、お父さんが音を立てドアを閉め、母がスヴァーチャの背中を指で突いてこう言うことで終わるのだった。「なんでお父さんを聖人の絵のように見つめているのさ？　邪魔するなら、どこか別のところでやっておくれ」

スヴァーチャはそんな扱いには慣れっこだった。ジシュコフの賃貸住宅の部屋は六人用には小さく、彼より年上の兄や姉たちは、すでに彼とは違って、わずかながらも役に立っていた――愚鈍なヘドヴィカでさえジャガイモの皮をむき、床を掃き清めた――ので、母がいつも彼だけを外に追いやっても変だとは思っていなかった。

通りに駆け出し、十分な距離を開けて、集会のある居酒屋へと向かうお父さんの後ろ姿について行った。お父さんがドアの中に消えてしまうと、スヴァトプルクは回れ右をして引き返した。冬は温まるように早足で、夏はゆっくりとした足取りで、回り道をしてヴィノフラディ（プラハ2、3区などにまたがる地域）の庭園地区を通った。回り道をするのは、ある庭園住宅の一階の窓が暖かい日には少しだけ、暑い日にはすっかり開け放たれており、そこから通りへと音楽が流れ出していたからだった。不慣れな指がピアノの鍵盤をポロンポロンと叩き、退屈な練習曲をさらっているだけのこともあったが、スヴァトプルクは幸せな気分にひたり、メロディは窓からふんわりと広がって息ができないくらい胸を締め付け、そのあと、軽やかに木のてっぺんまで舞い上がり、さらに雲に向かって上っていった。彼はフェンスの土台に坐り、目を閉じて一緒に空まで上っていった。

スヴァトプルクはお父さんを崇め、彼の中に公平な世界のために戦う英雄――マスケット銃を持つ兵士のような、富める者から奪い、貧しい者に施す義賊のような存在――を見ている一方で、母からは奇妙なよそよそしさを感じていた。抱きしめてもらわなきゃと思っても、ほんの一瞬だって近づくことが許されないような斥力が母から発せられているようだった。母はその内部に冷淡さと現実的な厳しさを有していたが、それをもってスヴァトプルクは彼女を悪い人間だと見なすことはできなかった。彼が正しく感じ取っていたように、貧しい者にはある種の強情さがなければこの世を生き抜くことはできないのだ。

しかし、ある日、母が家の裏に小さなバケツを置き、その中で子猫を溺死させたのを見てから、必要とあらば彼女は自分までも溺れさせるだろうという感触を拭い去ることができなくなった。彼は母の行いを決して誰にも言わなかった。過ぎ去ったある午後に痩せこけた子猫を通りで見つけ、ぼろ布で寝床を作ってやっていたヘドヴィカにさえ。子猫が消えてしまうと、ヘドヴィカは何日かのあいだ半狂乱になって探し回った。周囲の中庭をしらみつぶしに調べ、地下貯蔵庫に潜り込み、隣人たちや周囲を歩いている人たちを質問攻めにし、はてしない嘆きと嗚咽でお父さんを辟易とさせ、ついに別のを連れてきてやると約束させた。

スヴァトプルクはふたつめの仔猫の死体を思い浮かべてぞっとした。だが、母が声高に叫んだ。「冗談じゃない。ミルクは、子供の分だってたくさんはないっていうのに、猫になんてやらないよ」そしてヘドヴィカのほうへ向き直った。「あんたはもう忘れるの、でなけりゃ、めそめそする理由ができるよう、一発はたいてやるからね」

ヘドヴィカはやや知性に欠け、そのため学校ですら彼女を受け入れず、来たって無駄だろうとか、ほかの子たちの足手まといになるだけだろうとか、養護学校なら扱いをわきまえているだろうから、そこに連れていくべきだなどと言われていた。母はそれを聞くと怒り、ヘドヴィカは確かにぼんやりだけれど、バカの行く学校に通うほどではないし、そこでもどうせ何も学べず、よその子たちにいじめられるだけだろうから、家に残して家事を手伝わせるほうが良いのだと言った。そもそも、女に必要な能力とは何だろう？　売店でだまされないように少し勘定ができて、可能ならちょっと文字が読めれば良い。でも本当にちょっぴりだけ、というのも、新聞は男のものだし、本や雑誌というのは良家のお嬢さまのものなのだから。

やや足りない知性の分だけ、ヘドヴィカは優しく信じやすかった。母が自分の子供たちのなかで彼女を一番かわいがっていたのはおそらくそのためだろう。ヘドヴィカが母の中の善良な部分だけを見ており、あるがままの母を愛していると母にはわかっていた。ヘドヴィカを自分の十字架として受け入れ、自分――あるいはヘドヴィカ――が死ぬその日まで、彼女の面倒を見なければならないと覚悟していた。その世話ゆえに母の罪は赦され、神の御許に立った時に、主はあまり厳しい目でご覧にならないだろう。

しかし、ヘドヴィカに向けられたものでさえ母の愛には限界があり、ヘドヴィカにはそれがわかっていた。なぜなら、母は彼女の頭をはたくときに、決してためらわなかったのだから。

ヘドヴィカは最後にもう一度ため息をつき、なぜ自分を庇ってくれないのかという恨みがましげな眼でお父さんを見ると、ドウブラフカのところへと行き、おとなしく体を丸めた。

一番上の姉のところへはスヴァトプルクも逃げ込むことがよくあった。擦りむいた膝に息を吹きかけきれいな水で洗ってくれたのはドウブラフカで、彼が夜眠る前にお話を語ってくれていたのも彼女だった。そのうちのいくつかはとても恐ろしく、夜中に悪夢のために目覚めさせられるほどだったけれど。

母はそのような些細なことに割く時間は持ち合わせていなかった。夫が無職のとき――それは本当によくあることだった――家にいくらかでも定期収入を確保しようと、通りにある三棟の賃貸住宅の掃除を請け負っていた。お父さんは勤勉であったものの、人間とは自分の仕事に対して正当な報酬を受け取るべきだと考えていた。公正さや良い給料、健康保険や有給休暇について同僚たちにも語り、それが原因で上司たちの怒りを買うはめになったので、どんな仕事に就こうとも長続きしなかった。

「あんたは常に持論をひけらかさなきゃならないわけ？　せめて職場では一席ぶつのはやめてちょうだい、ようやくのことで仕事を見つけたっていうのに」妻がそう忠告しても無駄だった。

「俺は真実を語っているだけだ」そう答えた。「誰かが上の者たちに立ち向かわねばならない。俺たちが家畜みたいに言いなりになっていたら、決して良くなることはないんだ」そのあと続けた言葉のひとつひとつに彼は興奮させられ、声がどんどん高くなった。「なぜ、車で出かけるものがいる一方で、パンを買う金すらないものがいるんだ？」

スヴァトプルクはお父さんが椅子から立ち上がるのを不思議そうに見ていた。彼には、突如として、お父さんが偉大で打ち勝つことのできない存在に思えた。

「それはね、お口にチャックをして、その仕事に就いて二週間後に厄介払いされたりなんてしていないからでしょ」母はそう言い捨て、バケツとデッキブラシをひっつかむと隣の家の階段を洗いに行こうとした。「おまけに、あたしが言わなきゃお次の子猫をうちに連れて来ていたわけね」声をひそめてそう言い、怒ってドアをバタンと鳴らして閉めた。彼女は泣きたかった。でも泣いたってどうしようもないと考え、せめてもと、運悪くちょうど学校から戻ってきたところだったロスチスラフを雑巾で叩いた。

「この泥を見なさい、あんたが通ったあとに残ってるんだよ！　誰があんたのあとをいつもきれいにしなきゃならないと思ってるの？」

母が出ていくと、父は衣類掛けから上着を取り、帽子をかぶるとドアの向こうに消えた。スヴァトプルクは一呼吸おいて通りに走り出た。お父さんはもうどこにも見えず、でも、狭くて台所のにおいがこもった家に戻る気にもならなかった。あたりを見回したが、外に出ている友達は誰もおらず、隣の二階に住んでいるフランタ（フランチシェクの愛称）を口笛で呼び出すのは、母の注意を引きそうで怖かった。彼女なら間違いなく通りをぶらつくよりもはるかに有用な仕事を息子のために考え出したことだろう。スヴァトプルクは帽子を目深にかぶると、年かさの男の子に見えるように両手をポケットに突っ込み、フェンスの土台の上の彼のお気に入りの場所に陣取ろうと、庭園区画に向かって歩きはじめた。運が良ければ、音楽の部屋の窓が開いているかもしれない。

戦争がすべてを変えた。その襲来とともに不安と恐怖が訪れ、それは大人たちみんなの行動や身振り、言葉や声の調子にまで反映された。人々は知らず知らずのうちに声を潜めて話し、他愛ない会話の時でさえ、誰かが聞いてはいないかと肩越しに注意を払っていた。かつていさかいをしたことのある隣人や知人が今になって恨みを清算しようとしていないか、つまり、適当に思い浮かんだ理由で自分をゲシュタポに密告していないか、胸を張っていられる者など、誰ひとりいなかった。

お父さんは工場で働きはじめ、家では、安い賃金での長時間労働に対する不満に始まり現場責任者に対する愚痴に至るまで、ありとあらゆることについて文句を言っていたが、今回は仕事中は黙っていようという理性を持ち合わせていた。集会にももう参加しなかったが、それは、いかなる集りも禁じられてしまったからだ。

母は安堵したが、それは夫が自分の友達どもと相も変わらずこっそりと集まっていると気づくまでの、つかの間のことだった。夫が帰宅し、たばこやビールのにおいがしないにも拘らず居酒屋にいたと言い張ったとき、どれほど夫を責めたことだろうか。子供たちを起こさないように荒ぶる声を潜め――しかし子供たちはのきなみ寝ているふりをしていただけなのだが――無責任な愚か者だと夫を罵り、そのあと、慎重になってくれ、家族を不幸にしないでくれと請うた。

お父さんは、ただ低い声で、ばかばかしいことを考えつくものだと抗議し、横になるとすぐに寝入った。スヴァトプルクには規則的ないびきの音でそうとわかった。いびきはお父さんを羨ましく思わない唯一のものだったが、いずれ自分がそれを引き継ぐ可能性は極めて高いだろうと想像していた。母はそのあとも十五分は嘆いていたが、夫がひときわ大きないびきをかきはじめると、いまいましげに小突いた。

もうそのころ、スヴァトプルクは学校に通っていた。初めのうちは、大きな子供たちの集団にも入れて、装飾の施された厚い扉の奥の広い階段に踏み入ったり、高い柱のあるタイル張りの廊下を歩いたり、木製の椅子に腰掛けさせてもらえることに誇りを感じていた。支柱で机に固定されているので腰掛けるときにそれをまたごえて坐らねばならない折りたたみ式の頑丈な椅子は彼を夢中にさせたが、もう初日のうちに、それに坐っているのは非常に不快だということがわかった。スヴァトプルクは父親譲りで背が高く、年のわりに大きいので、膝は机の下におさまらず、木の背もたれは彼には固く感じられた。

勉強は心底楽しく、とりわけ数の世界は彼を驚嘆させ、それ以外のはるかに退屈な科目とのあいだを取り持ってくれた。彼がことのほか耐えられなかったのは書き方の授業で、家と学校の席までもが隣のフランタ・ノヴァークを妬んだ。というのも、先生が彼の丁寧に書かれた文字を教室に持ってきて、みんなに手本として示したからだ。

フランタはそんな称讃など関係ないやという顔をしていたが、美しく書かれたノートの「一番」の数字と讃辞が記されたページを広げた状態で、わざとらしく机の上に放ってあったので、スヴァトプルクは殴ってやろうかと思った。もしもフランタが彼の一番の親友でなかったなら、本当にそうしていただろう。

しかし、フランタはもうそのあと学校に来なくなった。毎朝ひとりで学校に急がねばならなくなったスヴァトプルクは困惑した。これがふたりなら、通学路はずっと面白かったのに。さらに面倒なことに、先生たちは彼の隣の席に、誰だか女の子を坐らせた。女の子となんて何も話せるもんか！　さらに、その子はスヴァトプルクが回答を書き写せるほどに賢くもなかった。

フランタのところへは、母に見つからないように、週に二、三回、午後に行った。母はかつてノヴァーコヴァー（ノヴァーク家の女性の名字）おばさんとしょっちゅう中庭で立ち止まり、長話にふけっていたが、あるとき、母がノヴァーコヴァーおばさんに何かの買い物が入った袋を渡すのを見かけると、母はフランタとの交遊を禁じた。

フランタはちっとも変わらず、常に巻き舌の「r」を舌っ足らずに発音し、いつか旅人フリッチのようにインディアンのところへ旅をするぞとまくしたてていたが、フランタと——たとえ隠れてでも——

友達でいるのは、もはや自分ひとりだけだと、スヴァトプルクは気づかずにはいられなかった。ほかの少年たちも同様にフランタの家に通うことを禁じられていて、スヴァトプルクはハンス・リヒテルがフランタの前で唾を吐き捨てた場面まで目撃してしまった。

スヴァトプルクがフランチシェクと結んでいた友人関係は、メッセージを残しておく秘密の隠し場所があったり、誰の目にも留まらない秘密の隠れ家があったりするスパイごっこのようなものだった。その遊びは残念ながら長くは続かなかった。ある日フランタは一家そろって姿を消してしまったからだ。窓にはカーテンが下がったままで、窓台では植木鉢の花が萎れていたにも拘らず、スヴァトプルクがフランタを待ち続けても彼は現れなかった。秘密の隠し場所からメッセージを取り出すものはもう誰もおらず、彼らの家のドアは施錠されたままだった。すっかりチェコ風の名前だったけれどノヴァーク家の人々はユダヤ人であり、収容所に行かねばならなかったのだ。

そのころ家にいたのはスヴァトプルクとヘドヴィカだけだった。母はヘドヴィカを閉じ込めていた。どこかでバカなことを口走るのではないかと恐れていたからだ。彼女は施設に放り込まれるかもしれず、そうすれば、どうなってしまうかわかったものではない。ドイツ人はヘドヴィカのような人たちをこの世から抹消するのだと噂されており、本当にただの噂であってくれと皆が思っていた。正気を保つには信じてはいけないほど恐ろしい話がいくつも語られていた。ドイツ人は全ユダヤ人を東へと移動させるようだ、そのあとはロマで、ポーランド人で、そしてチェコ人で……らしい、らしいよ……人々はしきりに噂した。

ロスチスラフとドゥブラフカはドイツに動員されていた。ロスチスラフは動員される生まれ年に該当していたのだが、ドウブラフカは婚約者のインドジフと一緒にいられるからと、自ら願い出たのだ。母は連合軍がドイツに爆弾を落としていると聞き知ったそのときから、あれは間違いだった、お父さんは許すべきではなかった、と繰り返した。

ノヴァーク一家が強制収容された数週間後、スヴァトプルクは彼らのかつての家に、ドイツ人の家族が引っ越してきているのを目にした。家の正面に停められたトラックから、美しいけれど疲れたように見える、鹿のような眼をした女の人が出てきて、その後ろにふたりの子供が飛び降りた。新顔たちはスーツケース、バッグ、食器の入った大きな籐籠を石畳の道の上に置いた。そのあと、ぶかぶかのジャケットを着た男の指示で、彼らはトラックから唯一の家具――ピアノ――を下し、牽引ベルトを肩にかけて上の階へと引いていった。新たな隣家の主人は空になった荷台にちらりと目をやると、ゆっくりと、杖に体を預けながら、足を引きずって彼らの後ろをついていった。

ドイツ人の子供たちはスヴァトプルクとほぼ同じ年齢で、自分たちにはまったく理解できない、鋭い歯擦音がある妙に耳障りな言葉が話されている国に、みんなが彼らを白い目で見る国に来たことが明らかに面白くなさそうだった。午前中は学校で過ごし、午後はヒトラーユーゲントで体とドイツ魂を鍛えていた。

ツィマー氏は毎朝八時に事務所へと出かけ、晩に戻ってきた。ときどき黒い車が通りで彼を待っており、そのあと数日間家には戻らなかった。ツィメロヴァー*夫人は買い物をするときしか家から出てこず、この異国を安全だとは感じていなかったのだろう。しょっちゅうこしらえていた目の周りのあざや、首に芸術的に巻かれたスカーフと長袖の下に隠そうと努力しているいくつもの青あざからわかるように、家では外よりもはるかに多くの危険が彼女を怯えさせていたにも拘らず。ツィマー氏が仕事に行っているあいだ、自由な時間――それは少なくはなかった――はずっとピアノに向かい、もの悲しい旋律を奏でていた。

＊　ドイツ系の名字ツィマーをチェコ風に女性の名字に変化させている。

「誰があの騒音をずっと聞き続けなきゃいけないのさ」母は不満を漏らした。「あの女にはまともな仕事が何ひとつないっていうの？　旦那が、あれをしょっちゅうぶつのも、おかしくないよ」

「つまり、彼女におまえたちの井戸端会議のお仲間に加わってもらい、各前線でドイツ軍がどんな成果に酔いしれているか、説明してもらいたいってことだな？」お父さんは母の神経を逆なでし、彼女は腹を立てた。

スヴァトプルクにはツィメロヴァー夫人のピアノ演奏が騒音とは思えなかった。両親は彼がツィマー家の子供たちともめごとをおこしやしないかと恐れていたので、午後は家に閉じこもっていなければならなかったのだが、その退屈な時間を耐える手助けとなった。

「もし新入りたちと鉢合わせしたなら、挨拶をして、そのまま行っちまいな」母は彼にそう命じた。

「なんで、あの流れ者たちに、こっちから挨拶をしなけりゃならないのさ？」スヴァトプルクはそう口答えし、母は答える代わりに頭を一発はたいた。

「ドイツ人の奥様がたが店にやってきて、挨拶もなしに販売カウンター*に直行してくるのを、あたしが喜んで見ているとでも思ってるのかい？　列に並んでいるみんなが、店にあるわずかな品物の中から、彼女たちが一等良いものをかっさらっていくのを見ているしかないんだよ。でも、そのうち彼らにもお鉢が回る、心配するんじゃないさ」

＊　当時小売り店では対面カウンターで店員に欲しいものを伝えて品物を受け取るシステムだった。

さらに二、三年その状況は続いたが、一九四五年初頭に母と一緒に街中を歩き回り、隣人であるドイツ人たちが戦争の残した残骸を片付けているのを見たとき、スヴァトプルクの頭にその言葉がよみがえってきた。彼らの中には、ハンス・リヒテルもいた。埃まみれのセーターの右袖に白い腕章（ドイツ人であることを示す印）を付け、まだ使えそうなレンガを手押し車に乗せていた。スヴァトプルクはためらうことなく彼の足元に唾を吐いた。バチン、今度は単なる警告としてではなく、母の平手が彼の頭にお見舞いされた。

「なんだよ？」彼はくってかかった。「俺はあいつがフランタにやったことをやり返しただけだ」しかし、それから何年経とうと、時機を逸した英雄気取りな自分の行為を思い出すたびに、彼は後ろめたさを感じた。

ドウブラフカは、やせ細って疲れはて、のちのち深い傷跡となって残ることとなる、膿んだ吹き出物でいっぱいの顔をして、夫を連れずにドイツから戻ってきた。辛い労働の日々と寒い夜のあいだに、インドジフは、彼の支えとなり、困難な時にぬくもりと慰めを与えてくれる女性はドウブラフカではないと結論を出し、南モラヴィア出身の朗らかな少女を愛するようになったのだった。

ロスチスラフも戻ってきたが、昔の、ドイツへと出ていったあのロスチスラフではなかった。サッカーに身を捧げ、サッカーにより生かされていた若者から、無口な偏屈へと変貌していた。彼の心は体を見放してしまったかのようだった。手を動かしていても心はここにあらず、どこか遠く、爆撃されているドレスデンに置き去りにしてきたかのようだった。午後はずっと家で坐って壁を見つめ、まれに立ち上がって部屋中を数度行ったり来たりすると、どこに何をしに行こうとしていたかを忘れてしまった人のように、また元の場所に戻ってきた。夜には、胸を圧迫する石と口の中に詰まった砂が彼を目覚めさせた。助けを求めて叫び、羽根布団をはねのけたが、我に返り、ここがきれいに埋もれた隠れ家ではなく、自分の家で、ベッドの上だと理解しても、もう寝付くことはできず、長い時間、暗闇をただ見すえていた。

家の人たちには、何か恐ろしいことが、それについて口を開くことすらできないような恐ろしいことが彼に起こったに違いないとわかっていたが、数週間もすると、彼のその状態はみんなをうんざりさせはじめた。誰もが口々に言った。だって、ロスチスラフは生還できて、もうここにいるんだから。彼よりずっとひどい状態の人だって大勢いたけれど、回復したのだ。ロスチスラフも気を取り直して人々と交わったら良いのではないか。

ロスチスラフはそれに従い、家で坐っている代わりに居酒屋に通うようになった。酔って戻ってきていたが、決して翌日に起きて仕事に行けないほどではなかったので、家族は、彼の状態が徐々に良くなってきていると判断した。

しかし、新居の台所で兄と一緒に寝ていたスヴァトプルクには、ロスチスラフの夜の不安が消えていないことがわかっていた。悪夢に叫ぶ兄の声を繰り返し聞き、夜中に窓辺からドアへと行ったり来たりする様子を見ていた。しかし、そのうち彼は兄の奇矯な振る舞いにもなれてしまい、もう、台所をうろうろしているのは子供時代の友人のフランチシェクだろうかとか、ソファの後ろからこっちを見てるのはフランチシェクくんの弟かなとは思わなくなった。

母の陰鬱な予言にも拘らず戦争を生き延びたお父さんは、戦後、人間の権利のための戦いに全力を投じ、午後はずっと集会や所属する党の仕事に勤しんでいた。いくつもの工場に通い、党に新たな支持者を獲得し、階級なき社会がどれほど良いものであるか、そのように団結した国家がどれほど剛健で耐性があるかを労働者たちに説いていた。戦前の同盟者たちの裏切りをやり玉にあげ、解放者たちの国、指導者ヨシフ・ヴィサリオノヴィッチ・スターリンのもと、一丸となって生きている、幸福な人々の祖国を称えた。

国内で速やかに力を増大させていった同志たちは、この忠誠心の篤いメンバーが相応の住まいを手に入れられるよう援助し、共同住宅の二階の空き部屋が彼に割り当てられるようにしてくれた。それは、ツィマー家が手放さねばならなくなったあとも、かわらず、自分のもとの住人をむなしく待ち続けていた、あの部屋だった。

「おまえに言っただろう、党が人々の世話をしてくれると」お父さんは新しい家の鍵をテーブルの上に置くと、自分の妻にそう言った。

「ようやく、その時が来たというわけね」母はそう付け足し、消えてしまった友人、リブシェ・ノヴァーコヴァーとその家族について、ひそやかな思い出をよみがえらせた。それから、食器を運ぶのにちょうど良い箱を探し求め、それらを自分たちの階に持っていくよう息子たちを追いやった。

一九四六年の選挙の年の五月、母は主のお導きに従ってチェコスロヴァキア人民党*に投票しようとしていたにも拘らず、感謝の念に抗えず、共産党に票を投じた。彼らはいっとき彼女のために、それはたくさんのことを成し遂げてくれたからだ。貧困に疲れ果て、約束されたより良い未来に陶酔したチェコスロヴァキアの四十パーセント以上の人々の票が、彼女とともに共産党員を後押しした。彼らはクレメント・ゴットヴァルトを首相に押し上げる手助けをし、彼女の夫もそのひとりである彼の政党員たちが権力を掌握する手助けをした。

＊ キリスト教民主主義政党のこと、カトリックを支持基盤とした。

ジャーク家の社会的地位は高まり、スヴァトプルクには、お父さん同様に彼が実直に信じ、そのためには何であれ行おうと決意していた輝かしい未来への道が開けた。彼らの宗教は党であり、党の指導者たちが神となり、共産主義下の生活が天国となった。全員の平等、それはお父さんが繰り返していた祈りであり、スヴァトプルクが口にしながら眠りにつき、大人になっていった言葉であった。

共産党員たちは、全国民――あるいは、少なくとも、スヴァトプルクが若い力をすべて注ぐことを望んだように、国家建設に参加を望んだ者たち――に幸せな未来を約束したにも拘らず、周りの世界が日ごと精彩を失い色褪せていくことを人々は感じずにはいられなかった。幸福な住人たちの衣服は似たり寄ったりの野暮ったいものになっていった。あでやかな帽子は実用的なスカーフに、ハイヒールはより快適なサンダルに、ひらひらとしたドレスはワイシャツと作業服に見まごうズボンへと替わった。

灰色になったのは人々だけでなく、通りもだった。目を引く商店の看板、飾り付けられたショーウィンドウ、胸をはずませる広告が消えていった。国営店は店舗間で顧客を奪い合う必要などなく、それよりもっと大事なことは、自分たちの平穏な生活について誰に感謝すべきかを人民に思い出させることであり、だからショーウィンドウには、どのみち豊富にはなく、しかもそれを戦争のせいにするのはますます困難になっていた商品の代わりに、指導者たちの、功労者たちの、赤軍メンバーたちの、そしてふたたび指導者たちのポートレートが並べられた……それらは赤い星と鎌と槌とで飾られていた。

灰色になり荒廃したのは音楽の家も同様であり、スヴァトプルクがその家に向かい続ける理由は変化した。彼は週に一、二度庭園地区に通い、フェンスのそばに腰かけ、目を閉じて、彼を周囲の世界の向こうがわへと運び去ろうとするメロディーが、開け放たれた音楽の館の窓から柔らかに流れ出てくるのに聞き入っていた。引っ越してきたとき、家にはノヴァーク一家が残した家具以外に、ツィメロヴァー夫人が悲し気なメロディーを弾いていたピアノも残されており、スヴァトプルクは長いあいだ逡巡したあげく、ついに勇気をふりしぼって、音楽のレッスンに通うことを許してもらえないかと両親に願い出た。反対されるのは覚悟しており、確かにそのとおりになった。しかし、それは母からではなく、またその理由は、彼が予想していた、そんなお金はないというものではなかった。

「ピアノを鳴らすのは、お嬢さん連中やブルジョアどものやることだ」お父さんがそう言ったのだ。「まともな男なら手を使って労働するもんだ。いったいどうしてそんなことを思いついたんだ、とりわけ、まっとうな意見をもった人間が必要とされる、この変革の時代に？」

スヴァトプルクはそのときまで、音楽を何かいかがわしいものとはこれっぽっちも思ったことがなく、返答に詰まった。お父さんだって、ドタスで党の議長になってから何も手から生み出していないじゃないか、思いついたのはそれだけで、これは黙っているほうがよさそうだった。思わぬところから助け船が来た。母からだ。

「何をごちゃごちゃ言っているの？　だってスヴァトプルクは見習い仕事を辞めて、夜な夜な喫茶店でピアノを弾きたいと言ってるわけじゃないんだよ。二、三曲弾けるのは、悪いことじゃないだろう。それに、ピアノはここに残されてるし……」そこで彼女は口をつぐんだ。いまだに、自分たちがこの家へとやってきたいきさつにわだかまりを感じていたのだ。「……ドイツ人の奥さんが出て行ったあとにさ」そう言いよどんだ。

お父さんは部屋の壁のそばに据えられているピアノをにらんでいた。そこはかつて居間だったが、今では同時に娘たちの寝室としても使われていた。

「これは売ってしまおうと言っただろう。ここにあっても邪魔だ」

「だから、これからスヴァトプルクの役に立つの」母が言い返した。「だけど、レッスン代は自分で払うんだよ」息子のほうに向きなおった。

そこには、こんな内情があった。母はピアノを自分の社会的地位の向上を証明するものだと見なしていたのだ。貧しい家に生まれ、ほとんど全人生を欠乏と戦い、裕福な人々に仕え、彼らの汚れ物を洗濯し、彼らが踏みつける階段を洗い清める日々を送ってきた。ピアノのような、何か素晴らしくて益体もないものを所有する日が来ようとは夢にも思わなかった。生活のうるおいなんてものは、財産のある人々にだけ、一ハレーシュ（補助通貨単位、百分の一コルナ）ごとに、払おうか止めようかと迷う必要のない、翌日は食べるものを買えるだろうかと勘定する必要のない人々にだけ許されるのだ。

音楽への愛のためには、自分のささやかな見習い給金を捧げねばならないだろうとスヴァトプルクは覚悟していたものの、この瞬間まで、その必要がなければ良いのにと願っていた。彼と、知的障碍と見なされ障碍者年金を受け取っていたヘドヴィカを除き、家族全員が働いており、ジャーク家はそれまでなかったほどの余裕のある生活をしていたのだから。彼は何ひとつ文句を言わずに、即座に――両親がよくよく考えるより先に――石の土台に乗ったフェンスに囲まれ、窓から音楽を響かせていた家へと向かった。

長い年月を経て、初めて門のそばで立ち止まらずに、胃のあたりに変な感覚を覚えながら小さな門を開け、すり減った砂岩の階段へと続く、砂利の敷かれたアプローチを歩き切った。呼び鈴を鳴らすと、近くに来た今、彼の定位置だったフェンスの土台の上で聞き覚えていた音より、はるかに鋭くけたたましい音でそれは鳴り響き、彼の胃は不安で締め付けられた。もしもみっともないと思われないなら、回れ右をして逃げていたかもしれない。しかし逃げだすにはどのみち時間が足りなかっただろう。ドアが開き、というより、最初は細く開かれ、それからすっかり開け放たれたのだ。

「こんにちは」スヴァトプルクは挨拶した。

「はい、こんにちは」ウエストがやや太めの、黒髪を短く切った小柄な婦人が答えた。髪の毛は青っぽいように思われ、青い髪の毛の人なんて見たことがなかったし、カラーリングなんて想像したこともなかったものだから、不思議な気分になった。

「あの」彼はもじもじと足踏みしながら彼女のへんてこな髪の毛から視線を引き離して言った。「ぼく、ぼく……ピアノの件でここに来ました。つまり、ピアノのレッスンに通わせてもらえないか、お聞きしたいんです」

「君が？」婦人は微笑み、スヴァトプルクの頭からかかとまで一瞥した。

そのとき、スヴァトプルクは自分が優に頭一つ分、先生よりも大きく、初学者としては確実に年を取りすぎていることを自覚した。

「ぼくは音楽がとても好きなんです」と付け加えた。

婦人は少し身を引き、頭で入りなさいと合図した。彼女の前を通ってスヴァトプルクは小さなホールへと入り、どちらへ行けばいいのか迷うこともなく、右手にある一つ目のドアへと曲がった。そこは彼がいつもピアノを聞いていた、あの窓のある部屋だった。

婦人はピアノに向かって腰を下ろしたが、彼には立っておくよう示した。

「じゃあ、何か歌ってちょうだい」彼にそう告げた。「音をあげましょうか？」

スヴァトプルクは混乱して彼女を見た。

「いえ、ぼく、歌いたいんじゃないんです、ピアノが弾けるようになりたいんです」

「でも、あなたに音感があるか、知る必要があるのよ」

スヴァトプルクは一瞬ためらい、そして言った。「何を歌ったらいいのかわかりません」

「じゃあ、私が数音弾いてみせるから、君はそれを歌ってみて」

ポロンポロンと旋律を奏でた。

スヴァトプルクは黙っていた。

ふたたび奏でると、彼女は歌った。「ラ、ラ、ラ……」

「歌えません」スヴァトプルクは言った。突然体が燃えるように熱くなり、ただただ、踵を返して逃げ出したくなった。

婦人はピアノのそばのもう一つの丸椅子を示した。

「坐って、手を見せて」

手のひらを上に向けると、きちんと洗えているか見せなさいと言われたときに母に手を出して見せるように、彼女のほうに伸ばした。彼女はそっと手を取り、裏返した。

「これは、ピアニスト向きの手ではないね。君の手は、手のひらが大きくて、指が短い」スヴァトプルクはますます身の置き所がなくなった。手を引っ込めるとドアに向かった。しかし、婦人はこう続けた。「でも、かまわないのよ、だって君は誰よりまじめな私の教え子なんだから。名前は何というの?」

「スヴァトプルク、スヴァトプルク・ジャーク」もう本当にこの場を去りたかった。この青い髪の女の人はピアノをうまく弾けるのかもしれないけれど、だけど気味が悪かった。

彼の考えていることがわかったのだろう。彼女は微笑んでこう言った。「私の教え子たちが演奏しているとき、私はときどきピアノのそばに立って、窓の外を見ているの。私が君に気づかないなんてありえないでしょ、君は少なくとも一週間に一度、もう軽く十年以上もあそこに坐り続けてきたんだから?私の教え子たちには、そんなに長く、辛抱強く、音楽に身を捧げている子はいない。音楽を好きでいるために、何か楽器が弾けなきゃならないなんてことはないし、歌だって歌えなくったっていい」口ごもった。「君を教えてあげることはできるわ。私の教え子たちは減っていってる。今の時代、音楽はあまり好まれないし、一コルナだってありがたいから。でも、君に嘘はつかないわ。君がピアニストになることはありえない。基礎を習得することはできるかもしれないけど、でも音楽に嫌気がさすかもしれない。来たいときには、いつでもいらっしゃい、フェンスに坐っている必要なんてないのよ」彼が口をつぐんだまま、自分の大きな足のあたりをただ見つめていると、続けて言った。「もし家にレコードプレイヤーがあるなら、レコードを何枚か貸してあげるわ。いっぱいあるのよ」

スヴァトプルクは首を振り、のろのろと立ち上がるとドアのほうへと退いた。

「すみません、お騒がせしてしまいました。本当に、また、ありがたく来させていただきます……さようなら」

背後で門がガチャンと音を立てると同時に、彼は駆け出し、通りの端まで来てようやく立ち止まった。樫の古木にもたれ、目を閉じた。ぼくはバカだ、うちのへドヴィカよりも。この先もうあそこへは行けないだろう。

しかし、彼はふたたび訪れた。家で、自分はピアノを始めるには年をとりすぎていると言うと、お父さんはそれを嬉しそうに聞き入れ、母は黙った。切ない気持ちは少しずつ薄らいでゆき、冷静に振り返ってみると、突然、音楽の先生の言葉は理にかなっており、自分をかなり褒めてくれたのではないかと思えてきた。だって、君は私の教え子だって言っていたよな。何か、そんな感じだった。それに、レコードを貸してあげると彼に提案してくれた。ジャーク家にレコードプレイヤーはなかったが、ピアノのレッスンにお金を費やさないのならば、そのうち、中古品を買うお金を貯められるだろう。

一週間後、彼は思いきって、ふたたび音楽の家の玄関で呼び鈴を鳴らした。今回は長いニットのベストを着て、暖かそうな毛糸の靴下を履き、布の室内履き——それはスヴァトプルクには音楽の先生という高尚な職業に全く似つかわしくないと思われた——に足を突っ込んだ女あるじが、彼を部屋の隅に置かれたウィングソファに坐らせた。鍵盤を叩いていた男の子は、あまりうまく弾けていなかったが、彼のレッスンが終わると、ヴラプツォヴァー（スズメの意）さん――それがこの高貴な職業婦人の名前であり、それは暖かな室内履きと同じくらいふさわしくなかった――はスヴァトプルクにドヴォルザークのピアノ協奏曲のレコードをかけてくれた。

そのとき、ピアノを演奏しようというのはなんと無謀なことだったのかと思い知らされた。これほど美しい何かを自分の指から生み出すなんて、決してありえなかったろう。そのあと、ヴラプツォヴァー先生は彼に紅茶を淹れ、ドヴォルザークの人生について、人生のどのような時期にピアノ曲が生み出されたか、幾たびドヴォルザークが推敲のためにそこに戻って来たか、他のピアノの名手たちがそれをどのように演奏しているかについて語り、スヴァトプルクが帰宅した時には、頭の中でその音が響き、心の中は奇妙に静まり返っていた。

ヴラプツォヴァー先生のところへは、もう木曜日にだけ通うようになっていた。というのも、あっというまに初心者たちの非芸術的な試みに耐えられなくなったからだ。木曜日には上級の生徒たちが通ってきていて、中にはレッスンのあと、紅茶とクッキーを前に、彼と同じく、音楽と作曲家たちに関するちょっとしたうんちく話を聞き、そのあとレコードで実際のマエストロたちの芸術表現を聞くために残る者もいた。

その訪問について、スヴァトプルクはドウブラフカとふたりきりになったときに彼女にだけ語っていた。万人の利益となる仕事へ捧げるべき時間を浪費することに父は賛同していないと感じ取っていたし、母がヘドヴィカにしか関心がないことには、昔から慣れていた。

母を悪く思うことはできなかった。ヘドヴィカはあたかも時を遡っているかのようだった。ほかの者たちが大人になり、人生にそれぞれの道を見つけていくかたわらで、彼女は自分の身のまわりにますます無関心になり、かつて自分でできていたあれこれは、しだいにほとんどうまくいかなくなっていた。彼女の世話に母は一番多くの時間と注意を要し、まだ母の監視下にある年頃の少年だったスヴァトプルクには、ふつうなら許されないような自由が容認されていた。

しかし、スヴァトプルクはドウブラフカにすべてを包み隠さずに語っていたわけではなかった。木曜日の最後のレッスンに、黒髪を長いおさげに編み、ヴラプツォヴァー先生の染めた髪のように青みがかった黒色の瞳をしたきれいな女の子が通ってきていることは言わなかった。彼女が演奏しているとき、スヴァトプルクは彼女の薄い背中に、長い首筋に、そしてしずくの形をしたイヤリングをつけた小さな耳に引きつけられた。イヤリングはリズムに合わせて揺れ、夏には太陽の光を、冬には大きなシャンデリアから溢れた光を反射した。

スヴァトプルクは彼女の名前がエヴァだということを知っていた。彼は教会に通っておらず聖書を読んでいないにも拘らず、少女の存在に楽園のようなものの存在を確信した。彼女とは一言もしゃべったことがなかった。人間のあいだに差異はなく、ただひとつの類的存在が——そしてその敵たちが——存在するだけである、いたるところでそう言われていたにも拘らず、スヴァトプルクは、エヴァのような存在は自分の世界には属していないと感じていた。

彼女は、あたかも地面に触れていないかのごとく、軽やかに、そしてまっすぐに歩き、頭を高くすっくと上げ、静かに、それにも拘らずはっきりと、わかりやすく話した。しかしスヴァトプルクが彼らふたりの世界を隔てる境界と見なしていたのは、エヴァの表情と仄かな笑みのかたちに常に口角を上げた唇だった。こちらの世界の人々は理由のある時にだけ笑い、その表情には日々の辛苦が、その視線には疑り深さと、人生が彼らの行く手に立ちはだからせるお次の罠がはっきりと映し出されている。穏やかであけすけなまなざしを持つのは子供だけだが、スヴァトプルクはエヴァがもう幼い子供ではないとありありと感じ取っていた。

彼女は決して彼に口をきかなかったが、スヴァトプルクにはそれがありがたかった。なぜなら、音楽以外に共通の話題を何ひとつ知らなかったからだ。彼女はヴラプツォヴァー先生と話し、ただ、立ち去るときに彼のほうに向かって会釈し、いくぶん笑みを濃くし、一言だけ、間違いなく彼ひとりだけに向けられた言葉を口にした。「さようなら」

「さようなら」彼はにこりともせず繰り返し、喉はこわばった。彼自身にとってさえ、その声はざらついて、不快に響いた。

木曜日ごとに、彼は音楽とヴラプツォヴァー先生の話以上に少女のことを心待ちにするようになり、彼の意識のなかでは、音楽とエヴァがひとつに融け合っていたのだが、それにも拘らず、毎回、少女が帰っていくと、彼はほっとした。

3　娘

ほっとした。数週間たったが何も起きなかったのだ。まるっきり何も。新たな手紙は届かず、電話をかけてくる人は誰もいなかったようだし、あるいはいたとしても、父がそれについて私に言うことはなかった。誰かが手紙をくれるかもしれないという変わらぬ期待を胸にブリキの郵便箱の鍵を開け続けていたけれど、一番に郵便受けを開けようと学校から家へとまっしぐらに帰ってくることはもうなくなっていた。秋のあいだに届いたのは、ちらしと振替用紙、それにビェラが講読していた生活スタイルの雑誌だけだった。

十二月になると郵便配達人がクリスマスの絵葉書を届けてくれた。〝素敵なクリスマスを迎えられますよう。ジェハーク一家より。〟メッセージの下に数行付け加えられていた。〝お元気でいらっしゃることと存じますが、ご連絡いただければ幸いです。ブランカにもよろしくお伝えください。〟

投函した手紙の中にヤン・ジェハーク宛てのものがあったことを思い出した。この名前の人が返事をくれることはなかった。私が連絡を取ろうとしたことを父に警告したのは、まさにこのジェハーク家の人たちだった可能性がある。それに加えて、あの名前——ブランカ。ブランカ？　夏の終わりごろ病院にお見舞いに行ったとき、おばあさんは私に向かってそう呼びかけた。十月に彼女は亡くなり、父はひとりで葬儀に行った。

「おまえたちはたいして婆さんのことなんか知らないだろう」

「それは誰のせいなの？」父がドアの向こうに消えると、ビェラはぽつりと問いかけた。私が聞いているのに気づくと、きまり悪そうに私を見た。

絵葉書から何かもっと読み取ろうと粘りたかったが、じっくり観察する時間はなかったので、その挨拶状を廊下にあるちらしと広告用の小机の上に置いた。午後にはその挨拶状は消え失せ、それについて誰も一言も触れなかった。でも、もう私にはわかった。うちの家族の過去には何か奇妙なことがある。


スヴィエターコヴァー先生が私に関して辛抱強いことは間違いない。神様みたいな忍耐強さだよ、とは、ビェラの言だ。自分が同年代の女の子たちとちょっと違うということは自覚していたが、それでも、なぜ私が子供のへたくそな絵とぬいぐるみで飾り付けられた相談所に通い、私に投げかけた質問に心理士の先生自身が答えるのを聞いていなきゃならないのか、ちっとも納得がいかなかった。

まだ赤ん坊の時期に母親をなくしたことがトラウマとなっている、私の周囲はそう想像していたようだけど、私はそうは思わなかった。お母さんのことは全く覚えておらず、リビングに置かれたピアノの上に立てられている写真でしか知らない。でも、私にはビェラがいた。

とはいうものの、そのビェラまでもが心理学クリニックを定期的に受診するよう譲らなかった。そのうえ私は、教師たちの何か〝特別な配慮〟――それに教室の最前列の席についても――を確約してくれる書類を学校に提出しなければならなかった。ビェラは毎回私を診察室へと連れていき、金髪を頭全体に逆毛立てた四十歳代の先生と二言三言、言葉を交わすと、そのあと廊下のソファに腰かけて雑誌のページをめくり、私を、そして奇跡が起きるのを待っていた。

努力していた。すっかり注意深くなろう、集中しよう、心理士が私に要求することをすべて行おうと頑張り、その甲高い声に耳を傾け、しゃべり方がものすごく不快だなんて絶対に顔に出したりはしなかった。何よりも、はやく終わって帰れますようにと願っていた。

彼女は診療中ずっと私に微笑み続け、ややこわばっていたものの、同じ微笑みを浮かべたまま、一時間後に私を待合室へと送り出し、ビェラを自分の部屋に呼んだ。そのあとビェラが出てきて、手には私の先生たちへの書類を握りしめていたが、私と同じくげんなりしているように見えた。

「気分直しに、甘いものを食べに行こうか？」彼女は尋ね、もちろん私は嫌だなんて言わなかった。ビェラは自分にパンチ（果実酒をしみこませたスポンジケーキ）を、私にイチゴのホイップクリーム添えを注文し、互いのご褒美も味見しあうと黙り込んだ。ビェラの憂鬱は晩には消え去るとわかっていた。彼女の浮かない気分はどんなときでも、それほど長くは続かなかった。

父はと言えばちょっと厄介だった。ほぼ常に不機嫌で、ビェラが心理士訪問の様子をさばさばと報告するとただ声を荒げた。「だから言ってたじゃないか、なぜこいつを何度も何度もあそこに連れて行くんだ？　おまえの助けを望んでいない人間の手助けなんか、おまえにはできないんだ。こいつのことは放っておけ」それは、私が父に相槌を打つごくまれな事柄のひとつだった。

たぶんビェラは私が家に閉じこもってばかりで、人ごみの中を歩くのを嫌がり、友達もほとんどいないと思って心配していたのだろう。でも、それは彼女の思い違いだった。中学生になると、私にはもう友達が何人かいたのだけれど、ビェラはその子たちを知らなかったのだ。どの子も絶対に家に呼ばなかったから。一番の友人のズザナときたら、ちょうど今しゃべっていることを最後まで話し終えるために、うちの門まで私といっしょに来ようとすることがよくあった。彼女はとてもおしゃべり好きだったし、たぶん、鉄の門の奥に何が隠されているのか知りたくてうずうずしていたのだろう。

私は同級生たちが父と会うのが、ただただ嫌だった。父のことが恥ずかしかったのではない、それは本当に違う。でも、もしも父が彼女たちに、私やビェラに対するのと同じく、冷たく、不快に振舞ったら？　彼女たちは私を哀れみ、彼女たちの家ではどんな様子かをおしえてくれるのだろう。彼女たちは自分の悩み事や秘密をすすんで私に打ち明け、どの男の子が好きだとか、どの女の子が、彼女たちによるとひどい髪形をしているとか、どの子がムカつくかということをしゃべった。彼女たちはなんでも説明してくれた。私が辛抱強く聞き、誰にも何ひとつ漏らさないと知っているからだ。でも、私は彼女たちの秘密に興味がなかった。それらは私の頭の中をひっかきまわし、私の考えを邪魔した。

何より、家では友達なんていらなかった。ビェラがいたのだから。彼女といるのは楽しかったし、彼女には何ひとつ秘密にしなかった。ただ、過去から何かを引き出そうとする試みと、私の記憶たちが、私の生後間もないころや両親と祖父母が生きていたころの出来事のように気化して消えてしまわないように、起こっていることすべてを留めておこうと決意したあの日に書きはじめたノートだけは別だ。

初めのうちは毎晩書いていた。ときに書き込まれた内容は特別なものでなく、ありきたりで、退屈で、書き残す価値もないと思えたけれど、しばらくして読み返すと、それは過ぎ去ったある日を呼び起こす手掛かりになり、においを思い出させたり、色をよみがえらせてくれることに気づいた。自分の記録のおかげで刹那刹那は色あせず、忘却の闇へと沈むことはなかった。

もし友達たちがノートのことを知ったなら、たぶん私をあれほど信頼しないだろう。でも自分の備忘録は誰にも見せるつもりはなく、『博物学』とタイトルを書いて、勉強机の一番下の引き出しに入れておけば安全だと考えていた。父にとって私は興味の対象外で、ビェラは私のプライベートを尊重してくれていた。

心理相談所の訪問記録に、金髪を逆毛立てた心理士、スヴィエターコヴァー先生のイラストを添えた。マンガの登場人物みたいに口に吹き出しを描き加え、たくさんのクエスチョンマークで埋めた。それは、私の人生の一時間を台無しにしてくれたことへの、個人的な仕返しだった。おそらくこの絵なら、心理士が私にしつこく聞きたてて得たことよりもはるかに多くのことを、彼女に耳打ちしたことだろう。


一九九四年のイースターの祝日を前にして父は私たちに数日間プラハに行ってくると告げた。

「ドウブラフカが母の家を売ろうとしている。ひとり暮らしの姉には、あれはもう無駄に広いだけだ。もうふたりっきりしかいないんだから俺にその片づけを手伝って欲しいんだと。誰か雇えないのか、あの古いがらくたをごっそり片付けてくれる人を?」そして、うんざりしたように言い足した。「家具は焚き付けにならなら使えるだろう。あの家に俺たちが越していったときには、すでに古かったからな。どれもこれも捨てるしかない。母は本当にしみったれだった。服だって、古着で買って、さらに二十年間も繕い続けるくらいに」

「大げさに言うものじゃないわ」取りなすようにビェラが言った。「しみったれなんかじゃなくて、人生を常につつましく生きることに慣れていただけでしょ」

ふうん、私は思った。ということは、ビェラは私が思っていたよりもずっと、おばあさんについて知っていたんだ。

「良ければ一緒に行くわよ」ビェラが持ちかけた。「片付けを手伝うし、もしかすると彼女の物の中に、何か切り抜くのにぴったりなものがあるかもしれない。例えばグラビア雑誌とか、布きれとか。春に幼稚園で布の指人形を作ることになっているから」

「冗談じゃない。ここに古いがらくたをさらに引っ張ってくるつもりなのか」父が怒りの声をあげた。「この惨状でまだ足りないとでも言うのか」

私とビェラはキッチンのテーブルの上に目をやった。リボン、絵の具、中身を吹き出した卵の殻からなる洪水にのまれ、テーブル板はほとんど見えなかった。ビェラはイースターの飾りつけを準備していて、子供たちが色塗りできるように、硬い厚紙から大きな卵を切り抜いているところだった。テーブルの反対側には私の教科書と広げたノートが載っていた。椅子の上には、切り抜かれてコラージュになる予定の雑誌が積み上げられていた。

私は頭を下げ、計算に集中していて自分のまわりで起きていることに気づいていないふりをした。父が爆発寸前なのは明らかで、そのあとにはキッチンの大掃除が始まるのだろう。

「まずはこっちをまともな状態にするがいい。なぜいつも、このざまに堪えていなければならないのか。これは台所ではない、これはカオスだ。料理ができないのはともかく、せめて秩序にくらい気を配れ」

私はビェラの両手を見ていた。きつく握りしめられ、爪が手のひらに食い込んでいた。

「それ、本気で言ってるんじゃないわよね」テーブルの上に視線を落としたままそう言った。

思ったとおり父は答えず、くるりと背を向けるとバタンと音を立ててドアの向こうに消えた。ビェラは私に背を向け、切り抜きを箱の中に積み重ねていった。泣くのを我慢しているのがわかった。私は彼女の隣に立ち、彼女の手をなで、一緒に集めはじめた。

　その晩ノートにこう書いた。私よりも父のほうがはるかに心理士を必要としている。数日間父が出かけるのはなんて良いことか。もうビェラを絶対に泣かせないために、彼女を助け、余計な気苦労をかけないようにしよう。

　そして日記帳の最後のページを見た。そのしっかりした表紙の裏側には父が自分の両親ときょうだいたちの名を書き込んだ家系図を貼り付けていた。今日、父とビェラの会話から、ヘドヴィカとロスチスラフがもうこの世にいないということを知った。すなわち、彼らに何を聞こうと答えてはくれないということだ。父の親類のうち、生きていたのはもう姉のドウブラフカだけで、父が彼女について話題にすることはなかった。ごくまれにしか。

4　父

　ごくまれにしか、父親とスヴァトプルクのあいだに不和が生じることはなかった。だから、父親が自分の音楽への愛をさげすんでいることにスヴァトプルクは歯がゆさを感じた。常に父親に一目置き、その言葉を規律と見なしており、それは両親と距離を置きはじめる年頃の若者としてはむしろ例外ともいえたが、それにも拘らず、父親は息子に対して満足していなかった。しかし、家庭用に白もの家電を生造している企業ドタス——国有化されて以降、父親はそこの共産党事務所で働いていた——にて、技術屋であろうとマルクス・レーニン主義者となることを目的とし、研修終了後に引き続き学ばせ教養をつけさせる候補生として、一九五〇年初頭にスヴァトプルクが選抜されると、父親は歓喜した。父親の言葉によれば、これは労働者層出身の教養ある人々が求められているからだという。父親はスヴァトプルクが専門的な書物を古典にいたるまで読むための援助をしてくれていたが、音楽関連の書籍についてはその目に触れないようにすべきだろうと思われたし、レコードプレイヤーを家に持ちこめたらという望みなど、夢のまた夢だった。音楽——とくにクラシック音楽——は父親にとってブルジョア文化の残滓であり、時間の浪費でしかなかった。

スヴァトプルクは変わらずヴラプツォヴァー先生のところに音楽を聞きに通っていたが、もう以前ほど頻繁にではなかった。働きながら学校にも通っており、学校の課題と党の活動に寸暇を惜しんでいたからだ。

「最近では、音楽以上に人生を捧げるものができたのね」ある日彼が訪問したとき、先生はそうつぶやいた。彼の返答を待たず、言い添えた。「もちろん、それでいいのよ」

ブルジョアの生徒のように遊んで暮らしていると思われないよう、ここは正直に説明するのが正しかろうと考え、スヴァトプルクは勉強のこと、党集会のこと、扇動演説のこと、党の仕事のことを話しはじめたが、先生の妙にこわばった表情を見て口をつぐみ、何かまずいことをしゃべったかのように、どこか苦しくなった。

先生はセーターをぎゅっとかき寄せ、頷いた。

「もちろんよ、そっちがもっと大切よね」

スヴァトプルクは彼女の小さな声に怯えを感じ取り、さらに居心地が悪くなった。ヴラプツォヴァー先生の生徒が減っていっていることは知っていたが、音楽の先生が何を糧に生きているのか思い巡らせることもなく、それよりむしろ、黒髪のエヴァはどこに行ってしまったのか、なぜもう毎週木曜日の午後に定期的にピアノのレッスンに通って来ないのかということが知りたかった。尋ねるのは気恥ずかしく、彼自身、そのことに違和感を覚えた。集会で発言の意思表明をし、人々の前で自分の意見を述べるのに苦労したことなど、これまで一度もなかったのだから。たとえ、ヴラプツォヴァー先生が彼を悩ませている問いに答えてくれたにせよ、さらにエヴァを見かけられる場所を知ることができたにせよ、どのみち、自分がエヴァを探し出すことはないだろうと感じていたのかもしれない。彼女に何と声をかけたものか、何をしゃべったら良いものかさえ、わからなかっただろうから。

それからも、ときどき、レコードと音楽に関する話を聞くために先生のもとに通ったが、何かが違ってきたように感じられた。スヴァトプルクが音楽の家をこれほどまでに心地よく感じていた理由である、心の通った親密さが消え、彼の訪いは間遠かつ短時間になり、しばらくたったある日、彼が訪ねてみると、家は閉ざされ、ヴラプツォヴァー先生は彼の人生から消え去ってしまっていたが、とりわけ寂しいとも思わなかった。


ある日、兄のロスチスラフが家を出て行った。仕事からいつものように帰宅したが、何か腹に詰め込んで居酒屋に出かける代わりに、ベッドの下から茶色いボール紙製のスーツケースを取り出し、その中に自分のものを詰め込みはじめた。母は台所にいたので息子の普段とは違う行動に気づいていなかったが、彼が文句や脅しの言葉をヘドヴィカに――彼女はぼんやりだったが、ロスチスラフが出ていく準備をしていることを何となく察し、束ねた靴下やパンツをスーツケースから取り出し、それをタンスに戻そうとしていた――浴びせたことで、母は部屋へと向かうことになった。

「おい、止めろって、このばか。イライラさせずに、出ていけよ」声は部屋の中から響き、ぞんざいな語彙よりも、むしろ、息子の言葉の長さが母の気を引いた。いつもなら、「ああ」とか「おう」だけで返事をするか、あるいは、まったくしゃべらないかだったのだ。

「おまえ、出ていくつもり?」そうたずね、濡れた両手をエプロンで拭い、ヘドヴィカが手当たりしだいにタンスに投げ返した衣服をたたもうとした。

「ああ」

「どこに?」

ロスチスラフは答えず、そこで母は的をしぼった。

「誰か女のところ?」

「ああ」

「ああそう」そう言うと、たたんだシャツをスーツケースに入れてやり、これは良いことなのかそれとも悪いことなのかと考えあぐねていた。

ロスチスラフはもうとっくの昔に成人しており、同じ年頃の若者は自分の家族を持っていたのだから、本当は喜ぶべきなのだろう。しかし、彼女にははっきりとわかっていた。彼がそのような関係に至るのは、仕事場か居酒屋でしかありえず、息子の性格と彼の仕事が自動車修理ということを踏まえると、ふたつめの可能性だろう。まず最初に息子の幸せについて、それから、ちらりと彼のお金について考えた。ロスチスラフの給料の一部はアルコールへと消えていたが、それでも食費と住居費として、いくらか家に金を入れていた。これからは、おそらく、誰だか安っぽい女と一緒になって有り金が尽きるまで飲むんだろう。まともな女とは決して居酒屋では出会わない、それは明白だ——きちんとした女なら彼と同棲しようなんて思わないだろう。

しかし、どこで誰と幸せになれるかなんて、わかりはしないものだ、母はそう考えた。ロスチスラフは気難しい偏屈で、それはもう変わるとは思えない。戦争があの子をここまで変えてしまい、言い合ってもしようがないのだから、なるに任せよう。

「長靴を忘れないで」そう言うと、嫌がるヘドヴィカの手をつかみ、台所へと引っ張っていった。

スヴァトプルクが夜間学校の講義から戻ってくると、ロスチスラフはおらず、台所ではドゥブラフカが悲しみを紛らわそうとブフティ（ジャムやクリームチーズなどの餡入り菓子パン）を食べており、ヘドヴィカは母までもが自分を捨てて出ていくのではないかと怯えて、母のエプロンを握りしめていた。

真夜中にスヴァトプルクは目を覚ました。兄の息遣いや部屋中を歩き回る足音、落ち着きなくベッドの上を展転とする音に深いため息が聞こえないのは不思議な感じだった。唐突に奇妙な孤独感に襲われ、すべての人たちがいつまでも自分の人生に居続けるわけではないという考えが、初めて頭をよぎった。暗闇で耳にする重苦しさを追いやるために、数週間前に出会った女の子、イジナのことを考えはじめた。暗闇で耳にするなら、兄よりも彼女の吐息のほうがずっと心地良いだろう。

もしも誰かがスヴァトプルクに自分のどこが一番好きかと尋ねたなら、彼は少し考えるふりをして、それからこう答えるだろう——声だ。本当に、彼は男らしく、朗々とした、うっとりするような声をしていた。彼はそれを公の演説で聴衆を引き付けるために、さらには、集会に来た女の子たちを、しばしば言葉の内容よりもその抑揚で陶酔させるために披露していた。

彼は自信に満ち溢れていた。言葉は揺るぎなく、自分の信念の正しさと、発するひとつひとつの言葉の正しさを確信していたので、それまで尻込みしていた人々が、まさに今スヴァトプルクのかたわらで彼に手引きされて正しい人生の道を見つけだすだろうという印象を聴衆たちに与えるほどだった。

いかに生きるべきかを知っており、何が人にとって最も大切かを理解しているというスヴァトプルクの率直な確信は、彼を指導者に押し上げる後押しとなった。ただ、指導者には困難がついて回る。彼らは人民にとっての最善を知っているが、それが個人にとって最善であるとは限らないことを忘れてしまいがちなのだ。

スヴァトプルクは父を仰いで成長しつつ、集産主義を、階級闘争の力を、そしてソ連への兄弟愛を信じるようになった。党と人民の幸福のために勉強し、働き、集会で演説し、社会の仕事のために、社会の財産のために、そして社会の努力のために熱弁をふるった。彼はまず企業の青年組織の代表となり、それから精力的な党員となった。父は息子を誇りにし、母はこう言った。「おまえも誰かいいひとを見つけたならねえ」

スヴァトプルクはもう何人かの女の子と付き合ってきた。そのうちのいくつかの関係はちょっとした遊び程度のもので、別のいくつかはそれより長く続き、ときには女の子たちが、自分とスヴァトプルクの関係はいずれ結婚するためのステップだと感じ取ることもあった。その気配を察すると、スヴァトプルクはすぐに関係を終わらせた。もちろん、いつかは結婚するつもりだった。彼の同世代の多くにはもう子供がおり、家族というものは国家の基本なのだから、当然それが正しい。しかし、スヴァトプルクはただそのように自由を捨て去り、彼が人生を謳歌――そもそも、それほど楽しんでいたわけでもなかったが――する妨げとなるだけでなく、仕事においても障壁となる関係を結ぶつもりはなかった。公的な場では尊敬される党員であるが、家庭では嫌味な言いがかりと悪態に追いたてられる夫でしかないお父さんのようになりたくはなかった。

スヴァトプルクは、党の活動について講義し、地方組織における問題解決を手助けするために、しばしばチェコスロヴァキア青年団の集会に通った。集会の委員会で党の規律に抗う咎についても議論した。些細な違反に関しては該当者に訓告を与えれば十分だったが、より大きな違反については除籍をちらつかせて脅した。青年組織やさらには党そのものからの排除は、その人にとって汚点となり、その後の人生に影響を及ぼすということを意識していたので、スヴァトプルクは冷静に、細心の注意を払ってそのような処遇に臨んでいた。しかし、場合によってはやむを得ないこともあると理解していた。

集会では赤いラシャがかけられ、赤いカーネーションで飾られた議長団のテーブルに坐り、どれを取ってもかわりばえのしない演説のあいだ、いつ頷き、いつ拍手すべきかわかる程度に聞き、聴衆席に坐っている女の子をちらちらと眺めて楽しんでいた。ちょうど決まった相手がいなかったとき、あるいは、そろそろ身を固めるべきかと感じていたときには、最も気にいった女の子を選び出し、たびたび微笑みかけ、集会のあとには直球で運試しをしたものだった。立場ある男の関心は女の子たちを喜ばせた。しばしば、そんな女の子たちの誰かが、一時期、スヴァトプルクの新しい彼女になり、それは、スヴァトプルクが興味を失うまで、あるいは娘のほうがスヴァトプルクも他の男たちと本質的にはなにひとつ変わらない――彼のために彼女が捨てた前の青年よりも、さらに忙しくてさらに退屈なだけかもしれない――と確信するまで続くのだった。

十一月のある夕べ、スヴァトプルクは地方の学校の一階にある教室の教壇上に設置された議長団のテーブルに着いていた。自分の演説が終わったらそっと立ち去れるよう、あえてドアのそばの席を選んでいた。それはチェコスロヴァキア‐ソヴィエト友好月間のために企画され、今週スヴァトプルクが参加したもう三度目の集会であり、彼は風邪をひいて調子が悪かったので、家に帰って休まねばと感じていたのだ。

倹約の枠組みに基づき、学校は午後の授業のあいだ暖房をつけなかったので、建物の中はじめじめして寒く、ドアからは不快なほど風が吹き込んでいた。彼は自分の演説の順番が来るのを待ちながら、ドアのそばのコート掛けに吊るされている自分の上着に目をやり、立ち上がってあれを着込んでもひんしゅくを買わないだろうかと考えていた。自分の前の席に坐っているメンバーたちを一瞥した。彼らも寒さに耐えており、集会の終わりが待ちきれないのは一目瞭然だった。

二列目にいる少女に目がとまった。彼女は濃い青色のセーターの中で身を縮こまらせていた。セーターは大きく、袖ぐりは肘まで落ち、袖は指先まで覆い、その指で彼女は髪の毛の端をもてあそんでいた。

セーターは彼女の隣にシャツ一枚で坐り、ちっとも寒くなんかないという顔をした若者のものであるのは間違いなさそうだった。スヴァトプルクはもう一度長い髪の少女を見つめ、どこかで見たことがあると気づいた。そして彼は思い出した。そうだ、エヴァだ。エヴァ、ヴラプツォヴァー先生のところでピアノを弾いていて、ある日、彼の人生から消え去った少女。瞬間、上着は不要になった。彼も、彼女の隣に坐っている若い男がおそらく感じているのと同じ暖かさに満たされた。

エヴァは彼を見た。自分を認めたと彼にはわかり、頭を下げて挨拶した。彼女は微笑んだ。スヴァトプルクはたちまち、自分は集会の最後まで残ることになると感じた。

こっそりと何度もエヴァをぬすみ見たが、もう彼女の視線は捕まえられなかった。彼女は単調な声で挨拶を述べる演説家を見つめており、ほんのときおり、かじかんだ指に目線を落とし、袖を下に引っ張った。ついにスヴァトプルクの順番となったが、実施中のソヴィエトの若者との協力について話すのに、彼は紙から目をあげる勇気が出なかった。彼女の存在にどぎまぎしていた、あのころのうぶな男の子にふたたび戻ったかのようだった。もしも話を忘れ、続けられなくなったら?

読み終え、拍手が起きた。ようやくスヴァトプルクは勇気を奮い起こしてエヴァのいるほうへと視線を動かした。拍手をしていなかった。彼のほうを凝視し、何かについて一心に考えを凝らしているかのようだった。

彼は議長団席の自分の場所に戻り、何も言わずに消えるべきだろうなと思っていた。それでも終わりまで残り、最後の演説のあと前の机に置いてあった紙を集め、知り合いたちと次々に握手をしていった。エヴァのほうは見なかった。彼女のところには行かないと決めた。

「しばらくお会いしませんでしたね」挨拶の声がした。彼はゆっくりと振り返った。彼女の唇にはあの微笑みのきざしが浮かび、それは今でも彼の心を掻き乱した。

「君は今もピアノを弾いているの？」いささか非論理的に問い、エヴァを「君」と呼んでいることに彼自身が驚いていた。ずっと昔、彼女が人生から消えてしまう前に、彼は心の中で彼女との会話をつむいでいたが、いつだって「あなた」と呼んでいた。

「音楽院に通っているわ」肩をすくめた。

「ヴラプツォヴァー先生は引っ越してしまった」彼はそう口走った。彼女に何を話せば良いか、わからなかったのだ。

彼女は口をつぐみ、そして答えた。

「引っ越したんじゃない、亡くなったの。葬儀に出ました。あなたも来ると思ったのだけれど……先生はあなたを気に入っていたから」

「ぼくだって先生が好きだった。知らなかった……ぼくが思っていたのは……」音楽の先生が亡くなっただなんて、予想だにしなかった。亡くなるような年齢ではなかったし、健康上の問題を漏らしていた記憶もなかった。しかし、ヴラプツォヴァー先生は、もともと何に対しても決して不平を言わなかったし、彼らのあいだで何かが壊れてしまったあの瞬間よりも前だって、個人的なことは彼にほとんど話さなかった。「残念だ」うろたえながら、そう言い添え、彼を葬儀の時に探したのだからエヴァは彼のことを忘れてはおらず、もしかすると、彼が参列しなかったことに失望したのではないかという考えが頭に浮かんで消えなくなった。「先生に何かあったの？」そう尋ねた。

彼女は耐えられないと言うかのように首を振った。「亡くなったの、それだけよ」周りを見回した。「ここはすごく煙たいのね。ちょっと歩きに行かない？」

スヴァトプルクは頷いたが、彼女が居ることで感じてしまう動揺が不快だったので、本当はちっとも歩きになんて行きたくなかった。でも、彼女と別れるのも嫌だった。彼女の肌から発せられるぬくもりに惹きつけられ、彼女の石鹸の香りが好ましく思われ、彼女の手を取り、それは見た目どおり本当に柔らかいのか、そっと握ってみたいと思った。ピアノの鍵盤を叩くために創造されたかのようなほっそりとした長い指を自分の手のひらの中に感じてみたかった。

身をくねらせて温かそうなセーターを脱ぐと、彼女の横に立って興味深げにスヴァトプルクをうかがっていた少女に、それを手渡した。「ペトルにありがとうって言っておいてね」そして、スヴァトプルクに自分の上着を持たせると、それにするりと身を滑り込ませ、頭にスカーフを巻いた。熟年夫婦のように彼女は彼に腕を絡ませ、一緒に通りの暗闇の中に出て行った。

「君が集会に来るなんて、考えもしなかった」しばらくして彼はそう言った。

「どうして？」

何と答えたものかわからなかった。彼女は、彼にとっては別世界の、今となってはすでに滅びつつある世界の存在なのだと説明しはじめるわけにはいかなかった。

「君があの場にいることがなんだか想像ができなくて」

数歩歩いて彼女が言った。「今日は、だって、みんなが集会に行っているわ」

「みんなじゃないよ」

「そうね、それじゃあ、周囲に波風立てたくない人は、ね」

「君は波風立てたくないってこと？」

「私はピアノの演奏を勉強していて、学校に居続けたいと思っているわ。労働階級の出身ではないから、祖国建国に対して肯定的だという何かを示す必要があるってことよ」

「でも何かはあるだろう？」

「もちろん。ねえ、こんな話、ちょっと変じゃない？　それより、私に、この数年間、何をしていたのかって尋ねるものじゃない？　あるいは、どんな本を読んでるのかとか、映画を見に行くのとか……」

「この数年間、何をしていたの？」

エヴァは彼に、父親について、大学で古代哲学を教えていたが今では退官していると、母親について、彼女から音楽への愛を受けついだと、住まいについて、ヴィノフラディに住んでいたけれどジシュコフのアパートに引っ越さざるをえなくなったと語った。そこで少しためらい、少なくとも、学校には近くなったと付け足した。だからぼくの人生からあのとき消えたのか、スヴァトプルクは合点し、さらに彼女が休暇について、かつて南ボヘミアの夏の別荘で家族で過ごしたと語るのに耳を傾けていた。

それは彼が知っているのとは全く別の子供時代であり、全く別の人生だった。エヴァの自信、つまり、世界は自分に属しているという感覚がどこに端を発するのか、彼にはわかりはじめていた。

「素敵な子供時代だったんだな」

「子供時代は、そうね」そう答え、彼があれこれ尋ねるより先に、彼にも自分の子供時代のことを何か語ってくれるようせがんだ。

そこでスヴァトプルクも、たった一部屋で暮らしていた数年間について、戦後の引っ越しについて語り、何はさておき、相変わらず使われぬまま居間を占有し続け父と母のいさかいの種になっていたピアノについて語った。ロスチスラフがいなくなって寂しいこと、ドゥブラフカと仲が良いこと、ヘドヴィカのことでみんな悩んでいることを話した。

「兄弟がいるって良いものなんでしょうね」エヴァが言った。「ときどき、ひとりも兄弟がいないことがつまらなかったもの」彼女は立ち止まり、古いアパートの明かりのついた六階の窓を眺めたが、それはスヴァトプルクが住んでいたところにそっくりだった。

「両親は私の帰りを待ってるわ。私が家に帰らない限り、絶対に休まないの。もしもあなたがひとりっ子だったら、厄介なのはこれよ」そう言ってかすかに笑った。そして真面目な顔になると彼の目を見つめた。「ね、どこかに誘ってちょうだい、でなければ、私はまた五年間、偶然何かの集会で再会するのを待たなきゃならないでしょ?」

エヴァが聞くまでもなかった。スヴァトプルクの気持ちはすっかり固まっていた。彼女にまた会いたい、それもできる限り早く。もうこの場所で、モルタルがはげ落ちた、細い窓の並ぶ高いアパートの前の歩道で、ぼくと一緒にこれからの人生を歩まないかと彼女に問う日が来ることを夢想していた。

結婚しよう、知り合って丸一年たたぬまに、どちらの家も乗り気でなかったにも拘らず、スヴァトプルクとエヴァはそう約束を交わした。スヴァトプルクの身内には、エヴァの自惚れが鼻についた。辱められたあの瞬間は忘れやしないよと母が言い立てたように。初めて少女が家を訪れたとき、母は彼女にピアノを演奏してほしいと頼み、エヴァは気乗りしない様子で数度音を鳴らしたあと、蓋を閉め、こう言ったのだ。この楽器は恐ろしく音が狂っています。「恐ろしく」という単語には大きな悲しみが込められていて、それは、世話もできない人に、こんな高価なものはふさわしくないという非難として母の心を射抜き、彼女は将来の嫁を許すことができなかった。

スヴァトプルクの父はそもそもエヴァを気に入らなかった。父に言わせれば、彼女はブルジョア娘だからだ。

そう、エヴァはブルジョアの家庭出身だった。父はもと大学教授だったし、母は職に就いていなかった——なぜなら、母がエヴァの背後で蔑みをこめて付け加えたように、上流の奥様たちは自分のお手々を汚す必要がなかったのだから。スヴァトプルクは、当然、自分の愛する人を擁護した。彼女の家族はみんな、世界を動かしている変化を理解していて、それに順応し、しかるべき場所にうまく納まっていると力説した。

もちろん、スヴァトプルクが想像できたことが完全に正しいというわけではなかったが、エヴァの両親のほうも彼に好意的でないという現実を受け入れるよりも、自分自身を欺くほうが彼には易しかった。エヴァの両親は結婚について長い説得を試みたのち折れたのだが、それは、エヴァも同じく望むことを押し通すとわかっていたからだし、娘婿になろうとしている男が党の構成員だということを考えると、異議を声高に申し立てることが危ぶまれたからだった。彼らにとってエヴァの結婚はいまや存在しない社会階層のピラミッドにおける大いなる凋落であり、娘婿がいないときには彼のことを、あのボリシェビキ派（ロシア社会民主労働党の多数派）のやつ、と口走った。

しかし、スヴァトプルクはエヴァに心酔していたので、たとえ目の前でそう話されたとしてもエヴァと結婚していただろう。それよりも、エヴァにはこの結婚に清い愛以外のねらいがあることを知ったなら、おそらくそちらのほうが彼を悩ませただろう。もちろん、エヴァはスヴァトプルクの毅然とした態度を称讃し、彼を好ましく感じていたが、彼女には何よりも、影響力を持つ誰かを夫とする必要があった。心ゆくまで音楽の勉強と演奏ができるように世話してくれる誰かを。

夜ごとスヴァトプルクが彼女とともに歩む人生を夢に見ているかたわらで、エヴァは黒いドレスに身を包み舞台の上のピアノに向かうことを夢見ていた。何度も大きな演奏会で独奏し、国内中――夢の中でさえ外国のホールを想像することはできなかった――を旅してまわり、演奏会が終わると熱狂的に手を叩いている聴衆に向かってお辞儀をした。

不釣り合いさと両家のあからさまな反対のため、一九五九年の夏に行われた結婚式はそれほど大規模にはならなかった。婚約者たちは該当する地区の役場で婚姻を認められた。スヴァトプルクが党員であるため教会での挙式は論外だった。それゆえ、エヴァの両親はこの婚姻は無効で、したがって罪深いことだと見なし、スヴァトプルクの母は祝福されなかった結びつきに幸せは望めないと予言した。唯一これだけが、姻戚関係となった両家が口をそろえて言ったことだった。

スヴァトプルクの証人[*1]は友人で同僚のイジー・ヘドラが、エヴァの証人は音楽院の学友であるエリシュカ・スィーコロヴァーが務めた。イジーは、妻帯者かつ一家の大黒柱である貫禄を漂わせつつ、その役目を務め上げたが、エリシュカは妊娠したばかりで悪心《おしん》に苦しんでおり、役所の訓示のあいだにも顔をそむけるありさまで、式はエリシュカ証人の機転の利いた介入のおかげで、無事に終えられたのかもしれなかった。訓示が終わるまでのあいだ、ヘドラ証人はふらふらのスィーコロヴァー証人の体を支えてやっており、だから、あのふたりはそういう関係ではないと説明しても、スヴァトプルクの母は考えを変えなかった。ヘドラ家あるいはスィーコラ家[*2]に話題がおよぶたびに、スヴァトプルクの母は嫌そうに顔をしかめ、十年以上のちにエリシュカ・スィーコロヴァーが離婚すると、母は、思ったとおりだよと大っぴらに言い立てた。

＊1　チェコでは婚姻の書類にふたりの証人の署名が必要である。
＊2　スィーコロヴァーはスィーコラ家の女性の名字。

式が慎ましやかな分、披露宴は賑やかだった。華やかに整えられた宴の席で、おのおのの一隅にかたくなに留まり続けている両家の親族以外に、エヴァの友人とスヴァトプルクの同志が招かれていた。当初の喧噪が落ち着くと、地区の住人のあらゆるお祝いと寄り合いが催される地方の居酒屋ホールの緊張は緩み、時間とともに、そして飲み干されたアルコール量が増すにつれ、騒然としていた雰囲気はくつろぎのそれへと変わり、最終的に沸き返るような賑やかさとなった。エヴァの両親は早々にいなくなり、スヴァトプルクの母はワインをちびちび飲みながら、コラーチュ（ケシの実の餡やジャムを載せた円盤型の菓子パン）、ケーキ、フレビーチュキ（小ぶりのオープンサンド）を満足げに食べているドウブラフカと差し向いになると、堕落した若者について持論をまくしたて、この世の終わりについてまた熱弁をふるった。そのあと、ヘドヴィカを家に連れて帰るために立ち上がった。彼女は音楽が演奏されていない瞬間があると、自分のもごもごした歌で場を満たそうと意気込んでいた。

スヴァトプルクの父親は原則としてアルコールには近づきすらしなかったが、唯一、彼が現実に興味を惹かれるもの、すなわち共産主義への道のりに関して、居合わせた同志党員たちと議論を交わしていた。しかし、大半の同志たちは初めての機会に舞い上がり、グラスを飲み干すごとに、より美しく、より開放的になっていったエヴァの女友達をもてなしに行くほうを好み、夜九時を過ぎるころには誰にとっても、本当に誰にとっても、党の所属や政治的信念、それに宗教ですらどうでもよくなっていた。タバコの煙が立ち込めるホールから、ときおりふたり連れが姿を消した。ふたりを結び付けているものは、音楽への愛でもソヴィエト連邦への愛でもなかった。

ひとつだけトラブルが起きたのは、スヴァトプルクの兄のロスチスラフが、酔った勢いで自分の不幸な人生を終わらせようと決意し、ホールからとぼとぼと出て行ったときだった。ズボンからベルトを取り外すと、トイレにつながる水道管の上に渡し、便器の上によじ登りはじめた。大量にきこしめていたのでよじ登るのに難儀し、もたもたしていたおかげで、ようやく首を輪に通そうとした、まさにその瞬間、参加者の女性のひとりが入って来たのだった。少女は不法侵入者を目にすると、悲鳴を上げ、罵倒しはじめた。ロスチスラフは自分が女性専用の場所に迷い込んでしまっていたことに気づき、彼自身、驚愕のあまり詫び言を口にしはじめ、下に降りて、自分の企てを遂げるのにもっと良い場所を探しに行きたいと思った。しかし、そのときにはもう、激怒の金切り声を聞きつけた婚礼の参加者たちがトイレの中に集まってきており、彼の行動は阻止された。

不幸なスヴァトプルクの兄の面倒を見てくれたのは、数年間、ロスチスラフと結婚することなく生活を共にしていたせいでロスチスラフの母からフーテン女と言われていた女性だった。その女性だって自分の現状に納得しておらず、自分と結婚してくれるまではロスチスラフをみすみす死なせはしないつもりだった。彼女は男の目を覚まさせるために数度平手打ちをくらわし、家に連れて帰った。その後、宴は早朝まで続いた。

若いにも拘らず——むしろ、そのおかげかもしれないが——スヴァトプルクはすぐに生産部門担当の副所長職に就いた。今でも数年前に徒弟として就職した企業に勤めていたが、就職中に高校と大学を卒業しており、父を手本とし、また自らの信念に基づいて党の高位幹部となった。エヴァの両親は、あいつは政治的見解の時流に沿っていたから高位に就けただけだと主張して譲らなかったが、実のところ、スヴァトプルクは賢く、勤勉で、自分の仕事を理解していた。

党に所属していることはどんな場合でも不利にはならず、そのおかげで若い夫婦はしばらくののち自分たちの住居を手に入れた。それは、他の若い家族には夢見ることしかできない特権だった。住宅は少なく、候補者リストは長いのだ。

結婚してすぐに彼らはその小さな住宅に入居した。もともと玄関の端だったところに作られた窓なしの奇妙な設計の台所以外に、たったひとつの部屋しかなかった。彼らの住居は第一共和国時代[*]の大きな部屋を三戸の小さな住まいに分割してできたものだったので、若い夫婦は浴室とトイレをほかの二世帯と共有していた。

＊ 第一次世界大戦後の一九一八年十月二十八日からミュンヘン協定が締結された一九三八年まで約二十年

間存続したチェコスロヴァキア共和国。

それにも増して厄介だったのは、煙と、隣の部屋から聞こえてくる激しい咳だった。痰の絡んだ音が響くのはたいてい夜で、眠りをかき乱すほどうるさかった。

エヴァはその当時妊娠しており、たばこの煙に吐き気を催し、さらに、共有空間に漂っていて、ドアの下から侵入してくるに違いないバイ菌が、まだ生まれていない子供に悪影響をおよぼすのではないかと怯えていた。おまけに、老人は、家はもうずっと前からすべて彼のものというわけではなくなっていることを理解しようとせず、着古したガウンをひっかけただけの姿で、ノックなしにどこであろうと入ってきた。咳をしていないときには、ほかの賃借人が周りを散らかしていることに文句をつけるのだった。とりわけ彼の癇に障ったのは、エヴァの長くて暗い色の巻き毛で、見つけた黒い髪の毛をつまみ、声もかけずにジャーク家に侵入しようとしていたが、この家から出ていかせるぞとスヴァトプルクに脅されて、ようやくそれをやめた。その後、彼は廊下でぼやくしかできなくなった。

別のふたつの部屋には四人の小さな子供のいる家族が住んでおり、その子たちは、嵐のような夫婦喧嘩とそれに続くいっそう猛烈な和合の賜物としてこの世にもたらされたのだろう。六人家族の騒音以上にエヴァを悩ませたのは、殺菌のために煮沸するおむつの臭気と、休みなく作り続けられる料理のひどい臭いだった。そのせいで、彼女は音楽の教科を教え合唱団を指導していた学校にできるだけ長く居残るようになり、その結果、勤勉かつ責任感ある同志教員と評されることになった。

スヴァトプルクはエヴァに、子供が生まれてしまえば、騒音にも臭いにも悩まされなくなるよ、僕も平気なんだから、と言って慰めたが、疲れ切ったエヴァは彼が自分とは違ってこれと似た境遇で育ったからだと考えた。もちろん、そう告げた。

その六か月後、大家族が子供のために田舎の両親の家に引っ越すことを決め、この問題に終止符を打った。

「両親はもう年を取っちゃって、私たちの手助けが必要なのよ」疲れ切った奥さんはそう言い、何気なく、またもや丸くなったおなかを何度もさすった。手助けはむしろ妊婦のあなたにこそ必要でしょうとエヴァには思われ、家族の問題というよりも、両親の家にもっと大きな興味があるんじゃない？　とこの大家族を少しだけ疑った。「私たちの代わりに誰がここに入るのかしらね」偉大な母はそう言うと、えっちらおっちらと自分の部屋へ戻っていった。

エヴァも同じくよたよたとした足取りで、新たな賃借人に対する不安を芽生えさせつつ、ピアノのほうに向かった。スヴァトプルクはそれを両親の家から移動させ、調律させていたが、エヴァは他の住人たちをうるさがらせないように、鍵盤に手を浮かせて演奏するだけだった。

心配は取り越し苦労に終わった。大混乱と大騒動を巻き起こしながら、喧嘩好きな夫婦は子供たちを連れて引っ越していき、年寄りの咳き込み男は、共産党員たちが常に警戒し、萌芽の内に摘み取るべく努力していたあのクーデターを、反動分子たちがついに遂行したから部屋が空になったのだと考えた。つまり、状況は一変し、自分はふたたび全借家の主となったのだ、彼はそう結論づけた。素肌に直接ガウンをひっかけた姿で家賃の徴収を始め、興奮して叫び、ここは俺のものだと言いつつ出ていったが、四階にたどり着く前に救急車がお迎えにやってきて、彼をどこかへ連れ去り、そこからもう戻ってこなかった。

ただエヴァのためだけにスヴァトプルクは自分の原則を破り、コネを駆使して三つのみすぼらしい小部屋に手を加えると、そこは立派で広々とした、ひとつの家になった。居間にはピアノが置かれ、エヴァはいつでも好きなときに弾けるようになった。つまり五階ではもう音楽が誰かを煩わせることはなかったし、たとえそうであったとしても、いったい誰が、国営企業の副所長かつ党組織の幹部の住まいの窓から流れ出る妙なる音色に、苦情を申し入れることなどできただろうか？　しかし、エヴァはほんのときおり演奏するだけだった。それはたいてい、スヴァトプルクが彼女に求めたときだった。ある限りのすべての時間と愛情を、エヴァは自分の家族に捧げていた――スヴァトプルクとその年の七月に生まれた小さな娘に。しかしエヴァ自身もピアノのそばを通るたびに、放っていることを謝るかのように後ろめたい気持ちでそれをなで、そして心の中で誓うのだった。いずれ、いずれあなたのところに戻ってくるわ。

一九六〇年代初頭、ラジオでは明るい未来が約束されていると告げられていた。* スヴァトプルクは幸せだった。

＊　一九四六年に第一党となった共産党が一九四八年に共産党政権を樹立し、一九六〇年に国号をチェコスロヴァキア共和国からチェコスロヴァキア社会主義共和国と正式変更した。経済停滞が起こった時期でもある。

5　娘

幸せだった。姉が家を処分するのを手伝いに父が出て行くと、私は安らぎを感じ、それは春の最初の日を晴れやかにした。父の不機嫌な顔やいかめしい目つきに怯える必要はなかった。キッチンのドアを開けるのに、まずドアに耳を押し当てて気まずい人がいないことを確認する必要もなく、父の注意が私に向かないようにと廊下を爪先立ちで歩くこともなかった。

残念なことに、憩いのひとときはそれほど長く続かなかった。父は当初の予定より早く戻り、出発前よりもさらに不機嫌になっていた。

「母が亡くなってからのこの数か月で、ドウブラフカはすっかりだめになってしまった」玄関に入るなりそうぼやいた。「ヒキガエルのようにだらりとソファに坐り、何かを食うこと以外、何にも興味を示しやしない。今までも太っていたが、今やまともに立ち上がれないありさまで、食事を配達してくれる保健婦のために玄関を開けに行くことしかできない。二人前買ってあっという間にたいらげてしまうと、さらにロフリーク（角型パン）やらクッキーやら、食いつくしていくんだ。片付けを手伝ってくれなんて、まったく言い出せやしなかった。それどころか、こっちがあいつの話を聞いてやらなきゃならなかった。介護施設にドウブラフカを連れて行くのに迎えが来たが、自力で階段を下りることすらできなかった。ドウブラフカがそこに行けば、みんな、さぞかし幸せになれることだろうよ！」

私は下の引き出しから両親の結婚式の写真を取り出し、ドウブラフカ伯母さんだと思われる、太った若い女性を探した。ちょっと体格の良い女性が花婿の右後ろに立っていたが、うつむいているので顔は確認できなかった。

しばらくすると、父がドアを通って自分の部屋に入っていく気配がした。足を緩めもしなかった。私は父がいなくても寂しくはなかった、それは本当だ。それなのに、父が私の部屋へと来なかったことが悲しく思えた。もしかすると、私がこの世に存在することなんて、この数日間ですっかり忘れてしまったのかもしれないし、もし私がいなくなったって父は探しもしないのだろう。

膝を抱えて外を眺めた。私の部屋の窓は通りに面している。そこから十字路まで見通せたが、私の知る安全な世界、テリトリーはそこでお終いだった。

強い春の日差しがベームさん夫婦が住んでいる右隣の黄色い住宅の屋根を照らしつけていた。ベームさんは立派な口ひげを生やした甲高い声の小柄な人だった。たびたび庭の境界になっている鉄条網のそばでうちの父と向かい合っては、木の剪定や最適な農薬散布や施肥について話していた。そんなとき、父は私が知る父とはまるで別人になった。私やビェラに向かっては決してしゃべらない、穏やかで親切な口調だった。声のトーンは急に低くなり、もっと耳あたりが良くなり、言葉のテンポはややのんびりとなった。社会情勢に対して声をそろえて文句を言ったり、共産党時代のほうがましだったと懐古しているときに、ふたりの紳士はときおり興奮した。

ベーモヴァー（ベーム家の女性の名字）おばさんはビェラと話をしに、うちにちょくちょく立ち寄ったが、私はいつだって大歓迎した。隣のおばさんの話がすごく面白かったかというと、そうではなく、ベーモヴァーおばさんはとっても料理上手で、毎回、何かお菓子を持ってきてくれたからだ。ビェラはコーラーチュやブフティにそれほど大喜びしなかったと思う。というのも、スレンダーな体形を維持しフランス風に小粋であるために、彼女は甘いものを食べなかったし、そのうえ父がベーモヴァーおばさんを褒め、繰り返しビェラの手本にしようとして、何かをしょっちゅう焦げつかせてしまわずにいることはさほど難しくもなかろうと言っていたからだ。ビェラはそれでも何か冗談を言われたかのようにただ微笑んでいたが、ベーモヴァーおばさんはたぶん、気まずい雰囲気をおしゃべりで紛らわせようとしたのだろう、ひたすらしゃべり、次々と話を重ね、言葉は彼女の口から川のようにあふれ出したので、私はおばさんの言葉の激流で溺れてしまうと思い、逃げ出さねばならなくなった。

ベーム夫妻のふたりともが好きだったが、一番好きだったのは彼らの犬のズプだ。ベームさんの庭に犬小屋があるのに、ズプは玄関の敷居の上でうずくまり、チャンスがあればいつでも家の中に入りこもうとしていた。ベーモヴァーおばさんはそれに大声をあげ、ほうきで外に追い立てた。というのも、ズプの足が磨き上げた床を汚し、絨毯や家具に――ああ、だめだめ――毛が付くのではないかという想像に耐えられなかったからだ。

ズプは私と同じだった。見知らぬ人を嫌がり、知っている場所に陣取っているのが一番好きで、吠えるのなんてぜんぜん聞いたことがなかった。私が学校に行くときには垣根の反対側で庭の端っこまでついてきて、そこで私が家に帰ってくるまで待っていたのだから、たぶんズプも私たちは同類だと感じていたのだろう。私が庭に出るたびに走り寄ってきて、ふたつの庭のあいだの門を開けてくれとせがんだ。ベーモヴァーおばさんの呼びかけに、しっぽを足のあいだに入れてしぶしぶ帰っていったが、私のほうを振り返り、悲し気なまなざしを投げかけた。ベーム夫妻が子供たちのところに行ったり休暇に出かけるときには、いつも私がズプの世話をしたが、嬉しいひとときは本当にちょくちょく訪れた。あるとき、彼らが休暇から戻ってきてもズプが私のもとから離れようとしないという事件が起きた。ベーム氏は首輪をつかみ、彼らの庭へと引っ張って行こうとしたが、ズプは門のそばに坐りこみ、大好きなクッキーにもつられなかった。自分のその居場所にどっかりと坐り、翌朝、昼、そして夜になっても居坐り続け、真っすぐにうちの家を見つめている様子に、ベーム夫妻はズプがうちに留まることを認めてくれた。こうしてさび色のぼさぼさの毛をした、コッカー・スパニエルとよくわからない犬種との雑種が、家であろうと庭であろうと私のあとを追い、私の行くところはどこにでもついてくるようになったが、決して門から外へは出なかった。

ズプはまだ子犬のころに迷子になり半日間行方不明だったことがあったが、そのときからこんなに物音に怯えるようになったのだとベーモヴァーおばさんは言っていた。ベームさんたちは何度も通りの端から端まで探し回り、みんなに尋ねてまわったが、窮地に陥ったズプの鳴き声がターフルさんの中庭のあたりから聞こえる気がするにも拘らず、見つけ出すことはできなかった。最終的にベームさんが晩にひとりでターフルさんの家の門を開け、建屋の周りをぐるりと回って、裏庭の木の根元に短い紐でつながれているズプを見つけた。それでベームさんはターフルさんと激しく言い争った。ターフル氏は犬がメンドリを追い立て、一羽はそれが原因で死んでしまったと怒鳴り、ベーム家がメンドリの弁償をしない限り、犬は返さないとわめいた。ベームさんは、メンドリはかみ殺されたのではなく年を取って死んだだけだから一切支払わないときっぱりと言った。最終的にどうなったのか知らないけれど、そのときから、ベーム家とターフル家は口をきかなくなり、ズプはターフルさんの背の高い姿が見えるたびに茂みに潜り込んだ。

私たちのほうはターフルさん一家とうまく付き合っていた。ズプにひどいことをしたに違いないと思って、私はターフルおじさんが少し怖かったが、ターフロヴァー（ターフル家の女性の名字）おばさんは優しく微笑む人で、彼らの息子のルカーシュは私のいちばん好きな人たちのひとりに入っていた。そう、ほのかな恋心を抱いていたのかもしれない。でもそれは不思議なことではなかった。ルカーシュを知るすべての女の子たちが、彼を褒めそやしていたのだから。

私は彼を自分に幸運をもたらす人のひとりと考えていた。それは、朝に彼を目にすれば、その日一日、万事順調で悪いことは何ひとつ起きないという意味だ。私の別の幸運の人はドゥトゥコヴァーおばさんで、うちの通りの曲がり角にあるたばこ屋で売り子をしていた。彼女からは確実に幸運をもらえた。平日は毎日、陳列棚の奥に坐っていたのだから。通りがかる人たちに微笑み、私がみんなを知っていて、みんなが私を知っている安全な通り——そこなら私に余計なことを聞いてくる人はいなかったので、私をあたふたさせたり自分たちも気まずい思いをせずにすんだ——を私が離れようとするときには、絶対に忘れることなく私に手を振ってくれた。

何か大切なことを考える必要があるときには、いつも大きな窓台の上に坐ることにしていた。だから高校の合格通知を受け取ったあの午後も、足元のズブといっしょにそこに坐っていた。建築系の工業高校への進学志望を告げたとき、ビェラはあまり良い顔をせず、父はたぶん驚いたことだろう。でも、はっきりとはわからない。肩をすくめ、それはおまえが決めることだ、俺は何も口出ししないと言った。あのときビェラは、どうしてまた工業高校なんて選んだのと尋ねたが、説明できなかった。言い換えるなら、彼女は私の動機にたぶん納得しなかったと思う。

私が工業高校へ願書を出したのは、一年生の時から友達だったズザナ・ホラーコヴァーもそこを志願したからだ。私たちはいつも最前列の席に坐っていた。私のほうは先生が私をしっかり見ていられるようにという理由から、長い脚をした巻き毛のズザナのほうは何でも一番が好きだったからだ。彼女はやや落ち着きに欠け、何にでも首を突っ込んでは、一身に注目を集めていた。彼女との友情は私にはことのほか重要で、なじみのない環境に踏み込むのを容易にしてくれていた。私が新しい人たちに慣れるにはいつも少し時間がかかったが、友人がそばにいてくれることはそれを手助けしてくれた。そのうえ、建築系工業高校は悪くない考えだと思われた。だって大半の学生が男の子なのだ。男の子というのは女の子たちほどおしゃべり好きでもないし詮索好きでもない。

それに技術分野を選んだなら、父を喜ばせられると思っていた。父はいつでも、人文系分野なんぞ何の役にも立たないと言い張っていた。

工業高校の卒業生がどんな仕事をしているか、すっかり正確に想像することはできなかったけれど、ズザナがほとんど生き神様のように崇めている自分のお兄さんのマルチンのことを、いつも建物の製図をしているだけねと語っていて、それならちっとも難しくなさそうに思われた。さらに、卒業なんてはるか先のことだった。だって高校はまる四年間もあるのだ。[*] それは十五歳の人間にとって永遠に続くようにも思われた。

最初の登校日が近づいてくると、表に出さないよう努力していたものの、私はどんどん落ち着きをなくしていった。ビェラは、新しい学校について行ってあげるよと言ってくれたが、私は断った。絶対に誰かがそれに気づき、未来の同級生たちに、ますます、こいつは変なやつだと思われるようになるだろう。

＊　チェコでは高校卒業資格を取れる学校は四年制。

朝、いつもよりも早く目を覚まし、起こりうるすべての場面を頭の中でおさらいし、これから毎日通うことになる道のりを思い描いた。町の真ん中を通り抜けなくてはならず、たくさんの人に会うことだろう。でも、もう私は知っていた。そんなものなのだと。世の中には数多くの人々がいるのだ――詮索好きな人に無関心な人、良い人に悪い人。どこか隅っこに隠れ、ただ見ているだけというのは何倍も簡単なことだけれど、私は彼らの中で生きていくことを学ばねばならない。

勇気を出してベッドの上に起き直り、室内履きを履き、浴室に行ってからキッチンへと行った。ビェラはもう朝食を済ませたあとで、部屋中を走り回り、何かをカバンの中に突っ込んではまた取り出し、ひっきりなしに何かを探し、次から次へとしゃべり続け、だから私には、新たな学校への移行が彼女を神経質にさせ、私のことを案じているのだとわかり、起きたときには抑え込むのに成功した恐怖がまた戻ってくるのを感じた。

家を出て、通りを通過し、ドゥトゥコヴァーおばさんに手を振ると、彼女はお店の中から行ってらっしゃいと言ってくれた。いつもの場所でズザナが待っていた。私たちは長いあいだ会っていなかったので、彼女は道すがら、休暇のあいだに誰に会っただの、何をしていただの、何を見ただの、私を誰に会わせなくてはならないだのと話してくれたが、私はそれを上の空で聞くばかりで、ガラス張りの門の中に入り、知らない人がたくさんいる教室のドアをくぐらねばならないその瞬間のことを考えると、恐怖を感じた。

私の同年代の子たちは、最初はたいてい私に親切だけど、そのあと眉をひそめ、ちらちらと盗み見するようになり、友達どうしで何かをささやきあい、最終的には、私に悪意のこもった言葉を投げつけるようになるか、良くても無視するようになった。小学校で、いろんなサークルで、スポーツクラブで、それにたぶんスヴィエターコヴァー先生が助言してビェラが私を参加させようとした活動で、そのようなことが起きた。しばらくするとビェラはこれは駄目だと理解し、あるとき、ベーモヴァーおばさんがビェラに、あの子はひとりでいるのが好きなだけなの、たくさんの人々といることがあの子の落ち着きを失わせているのよ、と言っているのを耳にした。

たくさんの人々から落ち着きを失わせているのは私だ、そう付け加えねばならないだろう。

教室にそっと足を踏み入れたが、自分の隠れ場所であるズザナの背後から、不安なのはここにいるみんななのだということが窺えた。学校に兄がいて、だからまるで新人気分でないズザナ以外は。さらに、彼女は、新しい環境や見知らぬ人といった些事に何ひとつ恐れを抱かないタイプの人間だった。彼女が私と友達になれて、私が彼女と友達になれたのは、結局のところ、それが理由だったのだろう。

「おはよ、みんな」彼女はドアのところで臆することなく声をあげた。「あたしはズザナ、そんで、こっちはボフダナ。ボフダナはちょっとできる子だよ」そう言って、にっと笑うと、私を前に押し出した。「でも、あたしだって、カンペ作りは一流だよ。ほら、行こう、灯台もと暗しって言うよね」彼女はそう言って、教壇の真正面の一列目に坐った。これでオッケー。

私は本当にそこそこ賢かったので、ズザナが率先して一番前の席に坐ったのは、ビェラがお願いしたことだなと気づいた。ビェラがスヴィエターコヴァー先生の手紙を持ってズザナや私の未来の先生たちのもとを訪れて、ボフダナには〝特別な配慮〟の必要があると説いてまわる様子をありありと思い浮かべることができた。彼女にはそのことで感謝しなくてはならないし、確かに感謝してはいたものの、そのことでさらに、自分は普通じゃないのだという思いを強くした。

私は高校には何ひとつ期待していなかったので、がっかりすることはなかった。むしろ逆だ。私の同級生の大半は男の子で、ほとんどが私に気づかないか、あるいはその年ごろの男の子にありがちなように、少なくとも思ってることを表に出さなかった。それに加えて、彼らのうちの何人かは、私と同じように変わっているように思われた。だから私は本当にうまく周囲に溶け込んだ。

しばらくすると、描画、図法幾何学、それに専門科目というのが、どうやら私に向いているということが判明した。それらは女の子たちがとても不慣れなことで、だから私の好成績は私の周囲のみならず、誰よりも私自身を驚かせた。

自分の部屋で心穏やかに坐り描画していると、家の中に漂う静けさのことを忘れていられた。静けさの種類はさまざまだ。心地良い静けさ、眠りへといざなう静けさ、親しい人のおとないを心待ちにする静けさ、しかしそれだけでなく、次の瞬間に、叫び声と乱暴な物言いで破られるのを今かと待ち構える、重くのしかかる静けさもある。うちの家の静けさは神経質でもろく、まだ口に出されていない言葉に満ちていた。ひびが入り、引きとどめられていた言葉たちすべてが外に転がり出し、宙に浮いたまま留まり、二度と消せなくなる恐れがあった。

父は年とともに激しやすくなり、寡黙になり、私にはほとんど口を閉ざし、ビェラには皮肉な言葉を放つだけになった。私がいるときには、ビェラはしょっちゅうその言葉を冗談に変えようと頑張ったり、あるいは単純に気づかないふりをした。しかし、キッチンから聞こえてくる押し殺したいさかいはますます頻繁になり、そのあとにはふたたび数日間の沈黙が続くのだった。

ビェラの忍耐が尽き私たちを見捨ててしまうかもしれないという想像に私は怯えた。おばあさんは父に何と言っていたっけ？　みんなを自分の周りから追い払ってしまうんだ、と。ブランカまで、と……。あれから長い時が経ったけれど、いぜんとして私はおばあさんが誰のことをしゃべっていたのか知らずにいた。

自分の部屋の静けさの中に坐っていることや、製図したり製図用インクでなぞったりすることは私の気持ちを落ち着かせたが、何よりわくわくするのは、いつの日か本物の家が設計できるようになるのを想像することだった。その家の中には人が住み、この私が彼らのために考案した部屋や廊下を歩きまわる。どんな生活を送っていくのだろう、私は思いを巡らせた。

ほとんどの学生たちにとって、図法幾何学と、とりわけ製図は難問となった。紙はインクで汚れ、線の種類や寸法線のつけかたを規則に合わせせられず、だから私が技術描画を何ら苦もなくこなしていると知ると、助けを求めて私のほうへと向き直るようになった。私にはビェラのお手伝いの経験があり器用でもあったので、製図のみならず空間模型についても、クラス半数のお手伝いをした。同級生たちは私を仲間に入れることで感謝の気持ちを示し、教師たちは私を学校代表として全国大会で模型を製作するグループに入れた。

それはあまり嬉しいことではなかった。すべてが常に自分の思いどおりにいくわけではないのだ。

6　父

すべてが常に自分の思いどおりにいくわけではないのだ。筋金入りの共産党員だったスヴァトプルクはすでに正式に社会主義国家となっていた共和国を誇らしく思っていたものの、一九六〇年代に始まった、その発展を鈍らせようとする動き*が彼には気に入らなかった。

＊　一九六〇年代に活発になった民主化運動や改革派の台頭。この動きが一九六八年のプラハの春と呼ばれる政治改革に繋がりそれを軍事弾圧しようとするチェコ事件を招いた。

より良い未来のための国家建設と協同作業に対する信頼が消え去った。生産部門を担当する副所長という自分の立場から、スヴァトプルクは、工場の工員や事務所の事務員のあいだだけではなく、党員のなかでさえ、国家建設への熱意が陰謀と不信感に取って替わったことに気づいた。崇高な目的よりも自分自身の快適さのほうが労働者の興味をひいた。女たちは洗濯機や冷蔵庫、ミキサーに憧れ、男たちはバイクや自家用車を、若者たちはラジオやテープレコーダーを、親たちは、週末を別荘で過ごすのが新しい流行になっていたので、小さな庭で過ごす日曜日を欲した。

『西』への扉が少し開き、人々は比べはじめた。スヴァトプルクや多くの同世代人が子供時代を過ごしてきた、あの困窮を経験していない若い世代が成長してきて、社会主義を批判する声や約束と現実のあいだの隔たりに目を向けようという声が頻繁に響いた。

それはスヴァトプルクには理解できないことだった。

「党が彼らのために行ったことに、なぜ目を向けようとしないんだ？　我々はどれだけの仕事を成し遂げた？　彼らには失業というものの概念もないし、おまえも、子供の口にせめてカチカチのパンでも入れてやれないだろうかと思うことがどんな気持ちなのか、わからないだろう」夕食のときに腹に据えかねた様子でエヴァに不満をこぼした。

「『西』には共産党員はひとりもいないけれど、彼らだって悲惨なことにはなっていないでしょう」エヴァはそう静かに言葉を返し、それがスヴァトプルクの怒りをさらに煽った。

「アメリカが援助したというだけだ。あいつらはもう『西』にどれだけ金をつぎ込んできたことか」

「かたやロシア人どもが私たちから召し上げるだけ召し上げておいて、それを国際協力だなんて言ってるわけね」エヴァが鋭く切り返した。

「我々を解放してくれたんだぞ、もう覚えていないのか？　彼らがいなければ我々はどうなっていたと思ってるんだ？」

「もう少し『西』寄りにいたんじゃない？」エヴァが皮肉をこめて聞き返すと、スヴァトプルクははじかれたように椅子から立ち上がり、教師が指示棒で教壇を叩くようにスプーンでテーブルを叩いて、怒鳴った。「おまえのお母さんは三棟の共同住宅の階段を洗いに通わなくてよかったし、おまえのお父さんは失業もせず、おまえは一日中ピアノを鳴らしていられた。おまえにわかるのか、人生の何たるかが、この世間知らずめ」

しかし、すでにエヴァも立ち上がっており、テーブルに両手をつき、次々に言葉を切り返していった。

「あなたたち共産党員が私たちからすべてを奪い、住まいから追い出し、六階のみすぼらしい部屋に押し込めたじゃない。パパは大学を追われ、ママは無職者*として牢獄に閉じ込められないよう、駅の居酒屋に食器を洗いに行かねばならなくなった」深く息を吸い込んだ「ピアノのことを言うなら、あなたたち共産主義者がいなければ、私は中学校で音楽の授業を教えてなんかいなかった。私は成功していたはずだったのよ、間違いなくね」

＊ 無職であることは違法で処罰の対象となった。

「おまえにそんなことを言ったのは誰だ？　ヴラプツォヴァー先生か？」

「他の人たちにもだし、ヴラプツォヴァー先生もよ。あなたたちは、まず先生の家を没収し、上の階に見知らぬ人たちを越してこさせ、ピアノのレッスンで不法収入を得ていると告発した。先生は裁判に引きずり出されるよりましだと考え、自ら命を絶ったのよ」

「ママ、けんかしてるの？」

エヴァは腰を下ろし、ブランカを引き寄せた。

「大人はね、ときどき、何かをはっきりさせなければならないの、でも、だからといって叫んでいいってことじゃないわ、ね？」彼女はスヴァトプルクを見た。彼はいまだテーブルにのしかかり、てこでも動くものかと足を踏ん張っていた。「それに夕食の席で話し合うようなことでもないわ、特にママがこんなにがんばって、あなたたちのためにイチゴのクネドリーキ*をこしらえた日には。おかわりする？」

＊ イチゴをパン生地で包んで茹でてクリームやカッテージチーズなどを振りかけた料理。

ブランカは首を振った。

「あなたは？」エヴァはスヴァトプルクに向きなおったが、彼は自分の皿を取り上げ、台所へと運んで行った。そこで食べ終えていない皿をテーブルの上に置き、どすんと坐った。

これはこのテーマについての初めての喧嘩ではなく、最後でないのも確実だった。最も激しい口論ですらなく、彼らはしばしば二匹の怒り狂った犬のように睨みあい、言い争い、互いに異議と論拠をぶつけ合い、叫びもしたが、相手を傷つけるような言葉は互いに決して使わなかった。ふたりとも、そのくらいはわきまえており、あらゆる対立の際にたやすく口から飛び出す人格を傷つける言葉は、相手を深く傷つけ、二度と取り返しがつかなくなると意識していられるくらい、相手のことを愛していた。打撃のあとは傷となり、それは時とともに癒えるが、彼らの関係には刻み込まれた傷跡が永遠に残るだろう。その傷跡が増えれば、関係はきしみをたてるか、あるいは完全に崩壊してしまうだろう。

でも、スヴァトプルクはエヴァを大切に思っていた。彼女を愛し、幸せでいてほしかった。彼は彼女といることが幸せだった。彼女は彼の夢の具現だった。彼にとって彼女は今でも、唇に微笑の気配を漂わせたあの凛々しい少女であり、夢想することすら恐れ多い少女であり、異世界の少女だった。しかし、このところ、自分は何事かで彼女を失望させ、彼女の望みを叶えてやれておらず、彼女は自分といても幸せではないのだと感じはじめていた。彼女の今日の言葉はそれを確信させた。

ブランカを寝かしつける気配が伝わってきた。そのあと彼女は台所に入ってきて、とりなすように彼の肩に手を置き、少しだけその手に力を込めて尋ねた。「今日はお話を読んであげに行かないの？」

「本当に、ヴラプツォヴァー先生は、自ら命を絶ったのか？」そう尋ねた。「なぜ一度も言ってくれなかった？」

「もう終わったことよ」沈黙ののち言った。

スヴァトプルクは理解した。エヴァはヴラプツォヴァー先生の死に関して罪を負っている者たちにスヴァトプルクも属していると思っており、そう気づかせたくなかったから、何も言わなかったのだ。エヴァの指をなでると立ち上がり、家で過ごす晩にはいつもやっているように、小さな娘にお休みの物語を読んでやるために出て行った。

すべてがいつもと変わらず、しかし同時にどこかが違っていた。

スヴァトプルクが幼いころ、彼や彼のきょうだいたちにだって、寝る前に物語を読んでくれる人など誰もいなかったので、エヴァが晩に少なくとも半時間はブランカのために時間を割いてほしいとお願いしてきたときには、本当に驚いた。

「毎日あなたは働いている」彼女は言った。「でも、お金を稼ぐだけがパパじゃないのよ。あなたはブランカともっと一緒に過ごさなくちゃ」

その瞬間まで、スヴァトプルクはそんなことを思いつきもしなかった。ブランカをかわいく思っており、彼女は愛くるしくて、間違いなく、彼がこれまで目にしてきたほかのどの子供よりも美しいと思えた――正直なところ、彼がほかの子供を気に掛けることなどほぼなかった――のだが、幼い子供というものは、何はともあれ、母を必要としていると信じて疑わなかった。それにも拘らずエヴァの要求に応じたのは、彼女と無用ないさかいをしたくなかったからだし、また、エヴァだって、午前中に学校で子供たちと過ごし、午後に幼いブランカと過ごしていれば、晩に少しは休みたいだろう、彼女にだって気分を落ち着かせるちょっとした時間の権利があるだろうと考えたからだった。

ところが、読み聞かせが一度始まると、寝る前の半時間は何より楽しみな日課となった。スヴァトプルクはブランカと一緒に、彼が過ごしてこなかった、あるいはそのことを全く記憶していない、安全な子供の世界にたどり着いた。彼女はスヴァトプルクが無条件で信頼できる国を、何ものにも汚されていない喜びを、終わりのない空想の世界を垣間見る手助けをしてくれた。母親そっくりのブランカの黒い瞳に浮かぶ期待でいっぱいの表情が彼をとらえ、一心不乱な集中力にいつも驚かされ、物語がかくあるべく、めでたしめでたしで終わったり、善い者が悪い者を打ち負かしたときに彼女が浮かべる満足げな笑みは、いつも彼を喜ばせた。ブランカの好奇心でいっぱいの「どうして?」に喜んで答え、いっしょに古い物語に新しい結末を作り出し、ふたりで過ごす半時間が一時間かそれ以上に延びることが嬉しく、エヴァは部屋にやってきて、もうずっと前にブランカは眠ってなきゃいけないのよと彼にそっと注意せねばならないのだった。

しかしその晩は、物語にも、眠らなければならない時間を引き延ばそうとするブランカの問いかけにも集中することができなかった。製造会議や党の集会からもっと早く帰ってくるとたびたび約束していたが、快適に暮らしたいと望む人は増え、責任を持って働きたいという人たちは減っていたので、企業は彼を必要とし、同志たちも彼を必要としていた。エヴァは、共同作業に興味のある人などひとりもおらず、他人のために働くことは人間の持って生まれた性質ではないと断言していた。常に、他人の仕事に寄生するだけの人たちが出てくるだろうけど、あなたはそれを何一つ変えられない。彼女は続けた。

人は自分のために働く時にだけ、しっかりと働くものよ、ごらんなさい、やる気のない売り子を、レストランのしみだらけのテーブルクロスを、業務時間の終了前にタイムレコーダーの脇で列を作っている従業員たちを。嬉しげに歌を口ずさんでいる、あなたが言う社会主義体制の建設者たちは、どこにいるというの？　たぶん党の会議の席でふんぞり返っているんでしょうね、そう揶揄し、彼らはふたたび言い争った。

持てる者と持たざる者とが共存するような体制が平等主義社会よりも公正であるということをスヴァトプルクは頑なに信じなかった。一部の人たちには平等を強制せねばならなかったが、それはやむを得ないではないか？　お父さんは資本主義者たちの首を踏みつけてやらねばならないと常に言っていた。他人の仕事を食い物にする農場主たちや個人事業者たちの……

彼はヴラプツォヴァー先生のことを考えた。彼女のような事例があることを知っていた。彼の父親は手を振って仕方なかろうと言った。大きな仕事を成し遂げるときに犠牲はつきものなのだ、そう繰り返していた。しかし、そのような犠牲がスヴァトプルクに大きな衝撃を与え、悲しませた。

ブランカはようやく眠りについた。スヴァトプルクは、小さく開いた口が安らかに息をしているようすや、おさげに編まれた黒い髪の毛を眺めた。両手は枕の上に放り出され、幼子が眠るときの無防備な姿をしていた。エヴァと結婚したとき、彼は彼女だけを欲し、子供のことは考えていなかった。できるだけ長い時間、彼女とともに過ごすことを望み、彼女を見つめることを望み、彼女に触れることを、そして彼女と愛し合うことを望んだ。変わらず彼女を神聖な存在と崇め、あこがれていたものの、さらに子供たちをもうけ、その喜びにあふれたエネルギーを自分のそばに感じ、彼らから生への気力をくみとる必要を感じていた。

エヴァは拒否した。彼はエヴァが考え直してくれると信じていたので、常に次の子供の話を蒸し返し、彼女の中に赤ん坊への愛おしさが根付き、偶然地面に落ちた小さな種のように発芽して成長することを期待していた。彼女ははじめ、彼の言うことを話半分であしらい、微笑みながら返事をしていたが、その後、どんな内容であれ、ふたりめの子供に拘わる話になると、うんざりした様子で部屋から出ていくようになり、とうとう叫んだ。

「ふたりめなんて要らないの、おわかり？　私はあなたのみじめな世界にさらに子供を連れて来たりなんかしない。ブランカはもう十分大きくて、私はまたきちんと演奏したり、自分が心から楽しめることを、少なくとも、わずかにはできるわ。さらに数年間家に縛り付けられるなんて、まっぴらよ」

この乱暴であからさまな拒絶と、エヴァが彼の人生をみじめだと断言したことのどちらにより深く傷つけられたのか、スヴァトプルクにはわからなかった。

連綿と続くエヴァの不満の源泉がどこにあるのか、彼は理解できずにいた。

エヴァは彼のことを愛していた、それは間違いない。晩には長い時間、ふたりでラジオから、あるいは黒いレコードから音楽を聞き、本を読み、あるいはただおしゃべりを楽しんだ。ふたりはいくらでも話を続けることができたが、危険なテーマである、祖国の建設について議論を戦わせることはご法度だった。その瞬間、火花が散り、盛大に炎を巻き上げたが、それは燃え上がるのと同じくらい急速に鎮火した。夜中に彼はふと目を覚すことがあった。それは眠りの中でも仕事のことを忘れられない彼にはしばしばあることだったが、エヴァは子グマが母グマにぴったりとくっつくように彼に身を寄せて横たわっているか、すくなくとも伸ばした手で彼の肘に触れていた。昼の光の中では勇ましい女神のように見え、口論では野生のメスオオカミに変貌していた女が、夜には彼のそばで安心と安全を探し求める子供になっていた。

エヴァだけが社会主義のチェコスロヴァキアに居心地の悪さを感じていたわけではない。変化への呼びかけは党の上層部および政府からもあがり、そのこともまた、スヴァトプルクの安眠を妨げた。国が歩んでいる道は正しいと彼は固く信じていた。いかなる改革も、開放も、経済を循環させる新システムも、それに人間の顔をした社会主義ですら彼は信用していなかった。彼にとってそれは、ひとにぎりの反動主義者たちが利益を得るよう、国の発展を覆そうとする、新たな試みでしかなかった。

最終的にスヴァトプルクの父も彼と同様の意見を唱えた。すでに年金生活者だったが、相変わらず盛んに政治活動をしており、それはスヴァトプルクに感銘を与え、母を怒らせた。父がヘドヴィカの世話を手伝ってくれたなら、母は何倍もありがたかっただろう。ドウブラフカは結婚せずに、いまでも両親と住んでいたが、仕事に通わねばならず、だから午前中は母を手伝えなかった。

ヘドヴィカの状態は年とともに悪くなっていった。子供時代には知的発達の軽い遅れに見えていたものが、大人になると知的障碍と自立不可能な状態になり、さらに身体の障碍が付け加わった。時が経つにつれ、ヘドヴィカからは何であれ新しいことを学ぶ能力がすっかり失われ、かつて——苦労しながらだったが——学び取った物事が記憶から失われていった。ヘドヴィカが自分や他人に危害をおよぼす何かをしでかさないよう、母は常に注意していなくてはならず、娘がドウブラフカや、ことのほか魅了されていた幼いブランカを探しに街に行かないよう、鍵をかけるようになった。

四十歳になろうとするころ、ヘドヴィカの心は幼い子供のままであったが、その体は老女のものとなって機能を停止しはじめた。苦しそうに息をし、ますます頻繁な発作に見舞われるようになり、ひとたび発作が起きると痙攣しながら地面に倒れ、そのあと数日間、こんこんと眠り続けた。医者たちは、それは精神障碍の現れだと診断して薬を処方し、それを飲むと彼女はさらにもうろうとしたのだが、母はこれまでどおり、あの子はただ単にのろまなだけで、不器用さや健康上の問題は何キログラムだか太りすぎているのが原因だと頑固に繰り返した。

「それについては、まったくどうしようもないんだよ。うちの血筋は太りやすいたちなんだから」母はそう言い、自分の堂々とした腰回りを叩きながら、どんどん丸くなっていくドウブラフカを眺めた。

彼女は人の好さげな笑みを浮かべているだけだったが、エヴァは確信していた。ジャーク家の女性たちにくっきりと刻印を打っているのは、血筋の影響なんかよりも、満足に食べられなかった時代を経て、今や飽くほど堪能している、バラ肉、クネドリーキ（パン生地を蒸したり茹でたりした主食）、オマーチカ（料理にたっぷり添えられる肉汁やソース）、ブフティのほうだ。幸いなことにエヴァには、水曜日の定期的な実家訪問のときに自分の考えを母にだけ少しずつ打ち明けるしたたかさがあった。その母はスヴァトプルク以外の娘婿の家族に我慢がならず、避けていたので、婚家間の緊迫した関係がさらに悪化しかねない危機に陥ることはなかった。スヴァトプルクにとってエヴァは崇拝に値する女神だったが、実のところ彼女にだって、陰険さやそれ以外にも多くの女性たちに——そして女性たちに限られたわけでもなく——贈られている醜い性質が備わっていた。

ブランカはもう学校に通っており、エヴァは今こそ自分自身の夢と計画を実現させ、プロとして演奏を開始するための最後のチャンスだと考えるようになった。ピアノ演奏にひたすら邁進していたわけではない、あの失った時間を取り戻すのは、もはや厳しいだろうとわかっていたものの、才能と勤勉さがあれば、一流のオーケストラでのポジションを獲得できると信じていた。

「私は、もういいだけ待ち続けたわ」スヴァトプルクが、辛抱して、もう少しのあいだ中学校の音楽の先生のポジションで満足していてもらえないかと求めると、彼女はそう言った。自分の威光を利用して契約を探し出す手助けをするようエヴァが望んでいることが、彼には少しも悦ばしく思えなかった。エヴァは確かに良いピアニストで、それには疑いの余地がなかった。何と言ったって、音楽院を出ていたのだから。ここ数年間は、やるべき量の演奏をしてこなかったものの、この何か月かは一日に数時間ずつ練習していた。すでに隣人たちが——今のところ遠慮がちで丁寧な口調ではあったが——苦情を申し立てるようになっており、スヴァトプルクにはその気持ちが理解できた。彼は音楽とエヴァを愛していたが、果てしなく続く演奏には、その彼でさえおかしくなりそうだったのだから。ブランカの初級者の練習曲がそれに加わるようになると、何かが根本的に変わらない限り、どこか人里離れた家に引っ越さねばならないだろうと覚悟するようになった。

それを除けば、彼はあたかも大した数の問題を抱えていないような顔をしていた。彼の言葉は現実となった。経済と政治において影響力を増そうとしていた怪しげな改革派は痛手を負ったのだ（チェコ事件）。スヴァトプルクにはどこ吹く風だったろう。畢竟、彼は何か別のものなど望んではおらず、ただ、その事件がどのような方法で起きたかということと、そのあと必然的に引き起こされたことが彼を不愉快にさせた。つまり、友好国の軍隊をチェコスロヴァキア内へ進軍させざるをえず、彼はそれに屈辱を感じて、マルクス・レーニン主義の破壊的な修正主義の気風を広めたかどで同志たちを告発した。今やつけが回ってきたのだ。彼らはいわゆる真正の共産主義者ではなく、離党を余儀なくされた。それは党からだけではなく会社の役職からでもあり、粛清後に所長の地位に繰り上がったスヴァトプルクにとって恥ずべき状況に思われた。党および企業の上層部から否応なく去ることになった者たちのなかには、逸材もいた。そのあとがまを見つけるのは容易ではなかった。家庭内の問題解決のための時間はなく、そんな気分にもなれなかった。

「おまえのように素晴らしいピアニストなら、自力で就職先を見つけられるだろうに」そう言ってお茶を濁そうとした。

「音楽院時代から、学校のオーケストラでしか演奏していないピアニストなんて、誰が相手にすると思ってるの？」

「彼らの前で何か演奏してみるとか……？」

「誰かの口利きがなければ、私になんて耳をかさないでしょうよ」

「待ってくれよ。俺のとりなしがおまえのために役に立つと言うのか？　俺は専門家でもないのに？」

「はぐらかすのはやめて。あなただってわかっているでしょう、電話一本で事足りるんだって。あなたに逆らう勇気のある人なんていないでしょう」

「いきなり、おまえにとって、夫の党員という身分は素晴らしいものになったわけか？」

エヴァは真っ赤になったが堪えた。彼にぶちまけてしまいたかった。もしも自由な地で生きていたなら、彼女はピアノの名手となっていたはずだと吐き出してしまいたかった。そうかもしれない。しかし、もしそうだったなら、彼女は彼の妻ではなかったろうし、ブランカが生まれることもなかったろう。だから言葉をのんだ。

「ちがう、あなたが党に所属していることに納得したわけではないわ。だけど、もう所属しているのなら、私にも何かしてくれたっていいでしょう」

「いや、そうはいかない」

「そうはいかないの、それとも、そうしたくはないの？」

スヴァトプルクはためらったが、正直に言うことにした。

「実際のところ、両方だ」

たしかに、自分の妻のための口利きは、この見通しの立たない時代、トラブルを招きかねなかった。人々は互いに身構え、監視しあっており、自分の地位にあぐらをかいていられる者は誰ひとりいないことに彼は気づいていた。彼の座を狙っている者が鵜の目鷹の目で彼の失敗を待ち構えているとしたら？

さらに、その手につかみ取り満足している生活の中で、何かが変わってしまうのは嫌だった。もしもエヴァがプロとして演奏を始めるなら、それは、何時間もの練習に次ぐ練習と夜の演奏会、そして家を長期間離れる演奏旅行を意味することになろう。

それに加えて、彼は妻の心配もしていた。エヴァの才能については疑っていなかったが、プロの音楽家ならばこなすべき量の練習を彼女が行っていなかった期間、同期生たちは彼女を引き離し、自信をつけ、音楽界にその名を打ち立てていた。スヴァトプルクはエヴァを愛しており、彼女を落胆させたくなかった。

「おまえだって、他の団員たちに白い目で見られたり、ポジションが得られたのは単にひいきのおかげだと言われるのは嫌だろう」

「どっちみち同じことを言われるわよ」彼女は言下に斥けた。

彼女はさらに何度か、そこでならチャンスをつかめるのではないかと踏んでいた楽団を引き合いに出し、スヴァトプルクを口説き落とそうとしたが、彼は聞こえないか、あるいは、何のことだか理解できないというそぶりをしていた。そこで彼女は別の作戦に切り替え、入団試験を受けたオーケストラ内で、彼女が誰と結婚しているかが噂となるように仕組んだ。ある日、彼女の選んだ方法は実を結び、エヴァはザージェ室内楽団のピアニストとなった。そこの団長がエヴァと同じような考えの持ち主だったのだ。

彼はこのように考えていた。むろん、もっと優秀な音楽家はいるけれど、でもある日、私やあるいは室内楽団がちょっとした手助けを必要とする事態になったら？　楽団員の夫で影響力を持っている人物の口利きは、有利に働くだろう。

スヴァトプルクの平穏な家庭は突然大混乱をきたした。彼が常日頃慣れ親しんでいた秩序から、天地がひっくり返ったような大騒ぎになったのだ。もう何が、そして誰が家で待ち受けているかわからなくなった。エヴァが演奏会かあるいは楽団と一緒に演奏旅行に出掛けてしまうと、ドウブラフカかスヴァトプルクの母が彼のところにやって来た。

スヴァトプルクは自分の姉のドウブラフカのことは好きだった。彼が帰宅した時にはたいてい、姉はブランカと一緒に台所に坐り、「ペクセソ」（神経衰弱に似たカードゲームの一種）か「イライラしないで！」（ボードゲームの一種）をやって遊んでいた。大きなカップから甘いミルクコーヒーを飲んでは、お菓子を口にしていた。それは道すがら自分とブランカのために買ってきたおやつで、お母さんがいないあいだ、姪っ子を文字どおり甘やかすためのものだった。彼女は穏やかで満足気であり、ブランカのこともひとときわよく理解していたので、スヴァトプルクは自分自身に――それを姉に尋ねるだけの勇気はなかった――問いかけたものだった。どうして姉さんは自分の子供と自分の家庭を持たないのだろう。ドウブラフカは決して弟に真実を打ち明けはしなかっただろう。それはあまりにも重く、ドウブラフカは悲しい出来事については絶対に口を開こうとしなかったのだから。ドイツで過ごした戦時下の数年間のことを、ともにドイツでの勤労を志願した青年が妊娠した彼女を見捨てたときに味わった失望を思い出したくはなかった。

　母だけが、戦争が終わって戻って来た時に彼女が苦しんだ妊娠後期の堕胎のことを知っていた。胎児の大きさ、ひどい健康状態、あまり良いとは言えない衛生状況のため、彼女は高熱を出した。もしも、違法な堕胎のために捕らえられると怯え、抗おうとしたドウブラフカを母が病院へ連れて行っていなければ、命を落としていただろう。自分の身に起きたことで自分を責め、戦時中の出来事は自身の過ちだととらえていた。辛い年月は彼女の顔に深い傷跡を残し、孕むことのできない体を残したが、ドウブラフカはこの世界を厭いはしなかった。ただ、幸せと安らぎを男のそばではなく、食べ物に見出していた。盛り付けが多いほど、デザートが甘いほどドウブラフカは深く満足した。食べるために生き、親類が手助けを必要とすればそこに行く、彼女にはそれで十分だった。

　しかし、ブランカがもっと頻繁に午後の時間を一緒に過ごしていたのは、スヴァトプルクの母だった。

突然手にした時間を彼女はそうして埋めていた。というのは、もうヘドヴィカがこの世にいなかったからだ。ある重い発作のあと、ヘドヴィカはベッドに寝かされ、彼女はそれ以降起き上がることなく、その後の悲しい数か月間を過ごした。食べられなくなっていき、ときおり水を数口流し込めることはあったが、すでに嚥下能力さえ失ってしまったかのように、水は口の端から流れ落ちた。泣かず、しゃべらず、ただ薬でもうろうとして横たわり、ときに、でも本当にまれに、言葉にならない叫び声をあげた。母には、ベッドが大きくなってゆき、かたやヘドヴィカは小さくなっていくように思われ、しばしば、時が巻き戻り、ヘドヴィカが四十年以上前に母の子宮から出てきた赤ん坊にふたたび戻っているような感覚に襲われた。

ヘドヴィカが眠りにつき、そしてもう二度と目覚めなかったとき、母は深い悲しみを感じた。突然、全人生のよりどころにしていた娘を失い、自分のこれからの日々を思い描くことができなかった。彼女の年代の女性たちは、自分の子供たちが死にゆくのを看取らねばならないことも多かったが、彼女たちがその悲嘆に慣れることはなかった。人生は過酷だと母は知っており、四人の子供たちがみんな成人した自分は、より幸福な部類に属していると自覚していた。歯を食いしばり、前進すべし。それが彼女が全人生において守り続けた掟であり、今後もそれを頼りに歩み続けようと決意していた。

いっぱしの演奏家となった息子の嫁が、自分の時間を家族の世話でなく、ピアノを鳴らすのに捧げると決意したのは、母にとってうってつけの展開だった。行けるときにはいつでも、おざなりになっている息子の家の家事をやってのけるべく、彼のもとへと駆けつけた。それに、たったひとりの孫娘と楽しい時間を過ごすために。

自分の子供たちの幼少期のことは、その当時、もっと重要な心配事が重くのしかかっていたので、ほとんど記憶になかった。子供たちはいつでも、服を着せ食事を与える必要のある小さな大人と見なされるか、そうでなければ自分の世話は自分でやらねばならなかった。ブランカについてはどうも様子がちがっていた。そんな感情を表に出すなど軟弱さのしるしだと見なしていたので、決して認めようとはしなかったが、彼女は自分の孫むすめを女神のように崇めていた。彼女の美しい髪の毛を、大きな黒い瞳を、それにもうピアノを弾ける小さな手を褒めそやした。学校の宿題をするのを見守り、読本を朗読するのに喜んで耳を傾けた。スヴァトプルクが当初ブランカを通じて自分の子供時代を見ていたように、彼の母はブランカを通じて、自分は我が子に対して良いお母さんではなかったかもしれないと初めて思い当たったのだった。しかし、そんな感傷のようなものは弱さだと見なしていた彼女は、過去を悔やむことに時間を費やさず、そのような考えにさらに浸ることはなかった。

きっとブランカは人生に必要な意志の強さを、まさに彼女譲りで持っていたのだろう。おばあさんはかつてヘドヴィカにのみ感じていた愛で彼女のことを愛していたが、孫むすめを決して甘やかすことはなく、大好きだよと口に出すことすらなかった。しかしブランカは彼女の溺愛ぶりを感じ取り、自分の感情について声に出す必要がないのと同じく、あたりまえのことと思っていた。

おばあさんだけでなく、母親が自分の音楽の才能をよみがえらせる努力をしていた時にブランカと時間を過ごした大人たちは、みんな、それぞれが何かを彼女に刻み込んだ。

ドウブラフカからは忍耐と人間の弱さに対する寛容さを学び、すべての悲しみは食べ物によって癒されうるという思いを抱いた。

エヴァからは道はおのおのの目的地へと導くものであるという確信を受け継いでいた――ただそれを見つけ出しさえすれば良い。期待されている言葉を口にすることを、そしてそのあと、自分に最大の利益がもたらされるように手立てを講じることを彼女から会得した。ブランカのなかに音楽への傾倒を目覚めさせ、スヴァトプルクへの愛を共有していたのはエヴァだった。そのスヴァトプルクからは自分の意見の正当性に関するゆるぎない信念を受け継いだ――どの家庭でも珍しくないとはいえ、彼女の考えは残念ながらスヴァトプルクの意見とますます頻繁に対立するようになっていき、特に彼女が大人になっていく時期にはしばしばもめごとの種となった。

ドウブラフカがブランカの面倒を見に来ているときには、もう玄関で、コーヒーと温め直されている焼き菓子のこうばしい香りがスヴァトプルクを出迎えた。母が来ている午後には艶出し剤のにおいがし、掃除機の音が聞こえた。そして、何より素敵な夜、すなわち、エヴァが家にいる夜には、家の外で時間を費やすことを家族に償おうとする彼の妻の温かな夕食のにおいが漂ってきた。しかし、それよりはるかにスヴァトプルクを喜ばせたのは、毎年クリスマスにエヴァに買ってあげていた香水の香りだった。愛し合うときには彼女の体に鼻をくっつけ、エヴァの肌がもともと発するにおいとまじりあった香りを吸い込んだ。なぜ自分の妻にこれほど寄りすがるのか、自分でもわからなかった。すべての諍いや世界の見方の違いをも飛び越えて、彼を彼女へとたぐり寄せる枷《かせ》はどこから現れたのだろう？　あまたの女たちの中で、まさに彼女が、その人なしでは世界のすべての色彩が失われる女性となったのはなぜだろう？

ドアの枠に背中を持たせかけ、スヴァトプルクは穏やかな家庭の夕べを味わっていた。ブランカはピアノを弾き、エヴァは彼女の隣に坐って旋律のリズムに合わせ指を宙で動かしていた。

みんなでテレビの「夕暮れのおとぎ話」をちょっと見たら、ブランカが体を洗って眠り支度を済ませるまで、スヴァトプルクはテレビのニュースを見る。そのあと、いっしょに『マンモスの狩人』を読むのだ。

間違いなくやってくるはずのある日、ブランカが彼とともに過ごすひとときを望まなくなる日をスヴァトプルクは少しばかり恐れていた。すでに、晩の儀式は変わってしまった。彼女の部屋で本を読み聞かせてやることはなく、居間のソファに腰かけ、一章ずつ交代しながら読んだ。演奏会がない時にはエヴァが彼の隣に坐り、耳を傾けていた。

エヴァが家に留まり、スヴァトプルクを喜ばせる夕方が増えつつあった。彼は決してそれを話題にしたり理由を詮索したりはしなかった。早かれ遅かれ、エヴァから聞かせてもらえるとわかっていたからだ。オーケストラで演奏することの何かにがっかりしたのではないかと想像していた。当初の夢見心地があらかた落ち着くと、音楽団体との契約とは、分けても果てしない練習と不快な移動、それに、ことさら高いともいえないギャラなのだということを彼女は理解したのだろう。

それらはみな真実だったが、エヴァが今までよりも夕方を家で過ごすことが増えた一番の理由は、彼女が他の団員たちに後れを取っていたからだった。すべき量の練習をこなしていなかった年月を悔やむ日がいずれ来るだろうというあの日のスヴァトプルクの忠告は間違っていなかった。オーケストラの団長はすでにエヴァを団に受け入れた決断を後悔していたが、所長どのの奥方を解雇したりすれば、自分の昇進に差し障るのではないかと怯えていた。彼女を腫れもののように取り扱い、団員のためにピアノなしの演目を選び、エヴァを団体の祝典や年会に送り出した。そこでなら、彼女の演奏は、フレビーチユキの大皿やケーキ、それに何はさておき不可欠な酒瓶の前座となる、あって当然の演奏会という添え物になれたからだ。

エヴァはもちろんそれに気づいていた。夢見ていたのは、誰もが瞠目し、彼女の才能を認めるようなスターとなることだったのに、今や同僚たちの冷笑と憐みのまなざしに懊悩し、いずれ、断念せねばならない日がくるのだろうと感じていた。でも、まだ今じゃない、今はまだ挑戦中なのだ。そう心の中で繰り返し、できる限りの時間を練習に費やした。それが何の足しにもならないことを、彼女自身、知っていながら。せめて多少なりとも威厳を保とうとするならば、退場せねばならないだろう時が近づいていた。

彼女は自分の希望をブランカに託しはじめた。この子には才能がある、エヴァはそう確信した。ブランカはピアノを弾くのが楽しそうだし、練習を積んでいけば……満を持してこの子が満員御礼のコンサートホールに立つ日がやってくるかもしれない。

オーケストラに入って三年目だった。幾日もの眠れない夜を経て落胆を和らげてから、エヴァは自分のピアノのキャリアに終止符を打つ決意をした。あとはもう手ごろな口実を見つけるだけだった。社交行事のたびに夫に同伴しなければならないからと言っても良かったし、家族が何か重い病にかかっていると言い訳することもできただろう。しかしこの考えは、縁起でもないとすぐに打ち消した。

結局のところ、エヴァが案ずる必要はなかった。十月革命を記念する祝典の晩、彼女は少年少女合唱団の伴奏をしていたのだが、酒に酔っていた合唱団の指揮者が足をもつれさせ、倒れまいと、とっさにピアノをつかんだ。ピアノの蓋がエヴァの両手の上に音を立てて落ち、何と不幸なことか、彼女は二本の指を骨折してしまったのだった。このような形でピアニスト生命が絶たれようとは、エヴァは想像もしていなかった。絶望は装うまでもなかった。

時を置き、痛みが薄れ、骨折が治癒すると、あれは置かれた状況の中で起こりうる最良のシナリオだったと彼女は考えた。誰もが彼女に同情し、『赤い権利』（チェコスロヴァキア共産党の機関紙）でさえ、才能あるピアニストの悲劇的な引退について言及し、彼女がもっと演奏できていれば世の中にあまねく音楽を行き渡らせただろうにという美談が生まれた。

エヴァは人民芸術学校で教鞭をとりはじめ、そこでは同僚や生徒、それに生徒の保護者たちまでもが、彼女を往年の名ピアニストにふさわしく丁重に扱った。

スヴァトプルクは演奏生活の終了によって、彼の生活をきわめて不快にする母の訪問が終わりを告げるだろうと期待していたが、それは誤算だった。エヴァは午後を学校で過ごし、スヴァトプルクは晩まで働くことがよくあり、集会、研修会それに研修旅行に多くの時間を費やしていたが、ブランカはまだ小学生だったので、エヴァは娘を家にひとりで残すことを気にした。エヴァの両親はすでに悠々自適な生活を送っていた。取り壊しが決まった、ジシュコフに立つ外廊下式の古い集合住宅の六階から、新規開発中の南町住宅街の二部屋付き集合住宅に引っ越したがっていた。エレベータがあることに大喜びしたものの、それがしょっちゅう故障するという内情にいくぶんがっかりさせられたし、小売店やサービスがひとつもない開発中の住宅街からは、バスを使っても、鳴り物入りで開通した地下鉄の初路線が伸びるカチェロフ（プラハ4区の地域）までは、たどり着くのすら難しかった。スヴァトプルク一家が住んでいた五階へ続く階段は彼らにはきつく、娘婿と顔を合わせることも彼らの前に立ちはだかる厚い壁となり、たったひとりの孫むすめのためなら乗り越えられたものの、それでも彼らがやって来るのは年にわずか二回、ブランカの誕生日の七月と名前の日*を祝う十二月だけだった。

＊　チェコの伝統的な名前にはそれぞれ名前の日が決められており、誕生日と同様にお祝いする習慣がある。

エヴァとスヴァトプルクの母とのあいだにも親密さは存在していなかったが、互いの必要に即した、独特な関係が出来上がった。エヴァにはスヴァトプルクの母が家事を手伝ってくれることが都合よく、スヴァトプルクの前で彼女のことを役立たずのかみさんとか、ピアノを弾き鳴らすしか能のない甘ったれのごりょうさんと言っているのに気づかないふりをしていた。エヴァの家事代行に費やす時間以外、一日のほとんどの時を母はブランカと一緒に過ごした。彼女はとげのある言葉で息子を攻撃するのを止められなかった。スヴァトプルクは、かつて自分の父親が我慢するのに慣れていたように、いまいましく思いつつもたいていは耐えていたが、それらは彼の中に堆積していき、地下の灼熱するマグマのように膨張していった。彼はエヴァを傷つけたくなかったし、母には感謝しなければならないことが多くあるとわかっていたので、沈黙を貫いていた。痛く的を射た辛辣なコメントで、母は、時に彼が彼女に感じることもあった最後のかすかな愛の火花を消してしまった。

スヴァトプルクの父親はヘドヴィカに続き、すでに永遠に旅立っていた。健康状態について一切不満を漏らしたことはなかった――それはもしかすると、ジャーク家では健康に関して愚痴を言う習慣がなかったからかもしれない――にも拘らず、ある朝、妻はベッドの上で夫が亡くなっているのを発見した。

母の止むことのない非難が父を打ちのめしてしまったとスヴァトプルクは確信していたが、母は政治が彼を殺したのだと主張し、医者は大規模な梗塞を見つけ出した。

長年連れ添った伴侶を失った母の悲しみは切実で深かった。

「あの人とは、ちっとも一緒に過ごせなかった」そう、恨みつらみを並べた。「だって、あの人はいつもあの集会のために走り回ってたんだから。今やあたしはここにひとり残されたんだ……」すすり泣くドゥブラフカにそう語った。「……この娘と」

自分の子供たちに対して母はそれぞれ難癖をつけ、悪いところしか見ていなかった。ドゥブラフカの自制できない食欲に腹を立て、それは意志薄弱なせいだと見なし、ロスチスラフは定期的なアルコール摂取で何とか克服しようとしていた引きこもりで母を失望させ、スヴァトプルクに関しては、何もかもが彼女の気に障った。ただヘドヴィカだけを自分の人生の光のように追慕した。

ロスチスラフは母が彼を見誤っていないことを証明しようといわんばかりに、父の葬儀のあとに催された会食で普段以上に飲み通し、またもや、あるひとつのことだけを切望する状態になった——人生を終わらせるのだ。そっと葬儀の宴会から抜け出し、近くの川へと向かった。服を着て靴を履いたまま水の中に入り、木の根や石に足を取られながら、水の流れに足をすくわれ、その中に飲み込まれてしまうのを待った。しかし、彼が選んだ場所は流れがことに緩やかだったので、水面が胸のあたりに達すると、水の冷たさで彼は正気に戻り、もう死にたくなくなって、岸辺へ戻ろうと振り返った。その瞬間、彼は深みにはまり、バランスを失って水中に沈んだ。激しくもがき、立ち上がろうとしたが、流し去ろうとする水流よりも酒の酔いのほうが、彼を強く水底に押さえつけ、足をもつれさせていた。もう本当に溺れると思ったとき、誰かの腕が彼をつかみ、水の上に引き上げてくれた。ロスチスラフは足で水底を探り当て、立ち上がった。水深は彼の腰上に達する程度だった。彼を助け上げてくれた釣り人たちは、念のため、彼を居酒屋まで送り届けたが、そこではそれまで、彼の不在に気づいていた者は誰ひとりいなかった。ロスチスラフの内縁の妻がけたたましい悪態の嵐を浴びせず、母までもが非難で加勢したりしなければ、彼は誰の目も引かずにその場を立ち去れていたはずだった。そのときロスチスラフは、釣り人たちが彼を静かな水面下に永遠に放っておいてくれなかったことをはっきりと惜しんだ。

スヴァトプルクはお父さんの死を回顧することがずっとできなかった。父亡きあと、ぽっかりと残された虚無が彼の頭の中に座を占め、感傷的な場所となり、そこに自分自身の終焉に対する意識が忍び込みはじめた。彼にとっても自分の時間は限られており、世界は自分の先にもあとにも続いていることを思い知らされた。そんなとき、彼はブランカのところへ行った。短い会話かピアノの練習曲を数曲弾いてもらうだけで、重苦しさは消え去った。

人生につきものの困苦からブランカを守ってやる必要があれば、スヴァトプルクはどんなことでも行っただろう。彼は娘の無垢な子供時代を引き延ばそうと努力していたが、彼の母はその方面に関してはいっさい孫むすめを守ろうとしなかった。彼女は自分の辛い人生について、戦時中の貧しい時代と暴力について孫むすめに語り、中でも一番のお気に入りのテーマは、人々が最終的に屈服させられた病についての描写だった。ブランカはおばあさんの歴史語りが大好きだったが、それははるか昔のおとぎ話のように非現実的なことだと思っていたので、心に刻みこまれることはなかった。

スヴァトプルクはおしなべて人生に満足していた。次の子供を設けようとエヴァを押し切れていたなら、さらに幸せだったかもしれない。それはつまり、彼の妻がもっと家にいて、もっと彼を頼りにし、母の不快な訪問がここまで頻繁ではなかったかもしれないということを意味しただろうから。

スヴァトプルクは七〇年代ほど育児に良心的な時代などこれまでありはしなかったと躍起になってエヴァを説得していた。公共の場で「正常化」と呼びならされた時代――社会の雰囲気はあらゆる言葉で表現されたが、正常という言葉だけは当てはまらなかったにも拘らず――ほど多くの子供たちが生まれたことは、いまだかつてないのだ。もう一点、スヴァトプルクが妻と意見が合わないことがあった。彼は粛清と自由の制限を主張し、全体の利益の中で、ときに個人が犠牲となる必要もあると抗議した。

「もしもそれが自分に近い誰か、例えばブランカに関係していても、そう言える？」エヴァはそう詰め寄ったが、スヴァトプルクはそれには答えず、険悪な雰囲気の議論に手を振ると、うんざりした様子で出て行った。

子供のことに関しては、エヴァは一歩も引かなかった。彼女自身、ひとりっ子であり、そのことで悩んだことは全くなかった。ブランカの音楽の才能を認めると、それはあらゆる世話と注目に値すると主張した。彼女は娘が幸せになることを望んでいて、それは彼女の頭の中では成功することを意味し、ブランカを音楽院で学ばせようとしたが、スヴァトプルクは自分の妻の職歴がそれほど輝かしくないという観点から、それはちょっと現実的ではなかろうと考え、全く歯に衣着せずに言及した。しばしばそれで喧嘩になったが、結局、もっと研鑽を積むかどうかの選択は、最終的にブランカが決めるべきだということでふたりは同意するのだった。

彼らの夫婦生活は、ふたりの頑固者の嵐をはらんだ結びつきだったが、いさかいが尾を引くことはなく、憎しみに満ちた後味を残すこともなかった。エヴァはスヴァトプルクのことを、ふたりの関係の中でより深く愛してくれる存在だと感じ、満足していた。それに、エヴァもスヴァトプルクをとても愛していて、彼はほかの誰よりも彼女を魅了したが、その感情が彼女から正常な判断を奪い去ることはなかった。だから彼女にとって次の子供をもうけることには、どんな理由もありはしなかった。

7　娘

世界を前にひとりっきりで自分の部屋に閉じこもっていることには、どんな理由もありはしなかったが、それでも、自分がよく知るその場所がどこよりも安全なんだといつも感じてきたし、今でもそう思っている。私は町はずれの静かな家の中でこれまでの人生を過ごしてきた。うちのフェンスの石の土台から向こうをのぞくだけだったあのころ、緑の灌木の後ろにたやすく身を隠せていたあのころ、庭の通用門から外にひとりで出てはいけなかったあのころ、自分の周りのものは、すべて、生きていると信じていた。私たちの重みを感じていないというなら、どうして足元で階段が呻いたりしようか？　私たちの手で開け放たれ、冬には氷のような寒さが、夏にはうだるような暑さが、そして毎回外からあらゆる音を侵入させることが不快だと思っていないのなら、どうして窓が悲鳴をあげようか？　私をとりまく世界は果てしなく広がり、命にあふれていた。キッチンでは暖かさと慣れ親しんだにおいに包まれた。キッチンはビェラのように私を両腕に抱きしめ、あやし、目の前の戸棚や引き出しの中に嬉しい驚きを隠していて、気前よく分けてくれた。

リビングは自分の扉を閉ざしていて、私がそこに入ろうとするときにはいつでもひんやりとした空気で歓迎しないことをあらわにした。ガラス張りの飾り棚の中から陶器のカップとカットグラスが私を見て顔をくもらせた。たぶん、この奥なら安全だと思っているガラス扉を私が開け広げ、華奢な食器を子供の手で取り上げ、手を滑らせてしまうのを恐れているのだ。私がそのずっしりとした重みを味わいたがることや絵付けや繊細なカットを間近で見たがることを十分に予期していた。私がそうしなかったのは、自分の繊細な宝物を守るために、高みから私に向かって倒れこもうと決意しているような、背の高い茶色の棚が怖かったからだし、それよりもさらに、冷たい一瞥だけで私を地面に押さえこんでしまえる父を恐れていたからだった。

二階の私の部屋は心の底から私に優しく振舞った。人形たちは喜んで私と遊んでくれて、私をどれほど好きか身振りで示してくれたし、ぬいぐるみの動物たちは滑らかな毛皮で私の手のひらをなで、組み立てブロックたちは誰が私と時間を過ごすかで競い合っていた。

でも日が暮れるとすべては一変した。色とりどりの積み木はわざと私の足にまとわりつき、人形たちの顔は悪意のこもったしかめっ面になり、その目は暗闇からこちらをにらんだ。ぬいぐるみたちは待ち構えるかのように身をかがめ、私が寝入ったら飛びかかってやろうと待ち構えているようにしか見えなかった。

私はそれらを戸棚に突っ込み、扉を閉めて鍵を回したけれど、それでも何とかして外に出ようとしている気配が感じられ、まんまと抜け出すのではないか、そうすれば閉じ込めたことに対する仕返しは震えあがるようなものになるだろうとびくびくしていた。

　ビェラは夜の読み聞かせのあと、小さな灯りをつけたままにしてくれていたが、しばらくすると父が、あれはもう大きいのだから暗い中で眠るのに慣れるべきだと言い、だからビェラはせめてもということで廊下に続くドアを少しだけ開けておき、いつでも寝室の彼女のところに来ていいよと言ってくれた。そんなことできるわけなかった。大きくて、無口で、よそよそしい父のほうが、ほかのどんなものよりはるかに恐ろしく、だから父がビェラといっしょに眠っていたころは寝室のドアの中に入ることは一度もなかった。そこに行く勇気を出せたのは、父が自分のいびきのやかましさを理由に書斎の寝椅子へと寝場所を移してからだった。

　すべてのものが生きていることを大人は知らないのだと知ったときにはびっくりした。大人は腕時計の針が進むことを不思議に思わず、私がココアを猫ちゃんのついた自分のカップからしか飲みたがらないのは、ほかのカップで飲んだりしたら私のカップは悲しみ、見捨てられたと思うかもしれないからだということを理解しなかった。

　私と同じく周りにあるものすべてに魂があると知っていた、ただひとりの大人がビェラだった。世界を子供たちの目で見ることができ、彼らを理解し愛していた彼女が自分の子供を持てなかったのは悲しいことだった。

　ビェラの話によると、彼女は子供時代ずっと、お父さんを出ていかせたお母さんをひどい人だと思ってきた。心の中で――決して声には出さなかった――ビェラはお母さんが自分の夫に優しくなく、みんなで幸せになろうという努力をあまりしないことを責めた。お母さんは些細なことでお父さんと喧嘩した――帰りが遅い、靴下が脱ぎっぱなし、約束を守らない、カーテンが煙草の煙で真っ黒。

カーテンが灰色であろうと、数時間帰りが遅くなろうと、ほんのちょっと散らかっていようと、それが何なのか、重要なのは、自分の子供たちのためにお父さんがいることであり、家族でいることだとビェラは思ったが、お母さんはどうやら別の考えの持ち主だったようで、それでお父さんはある日家に帰ってこず、次の日も、一週間たっても、そしてもう二度と家には帰ってこなかった。

ビェラはずっとお母さんとお姉さんの三人で暮らしていた。数年たってようやく、ビェラはお父さんが別の女の人のもとに移って、彼女のふたりの息子たちのお父さんを務めているということを耳にした。どこかに妻とふたりの娘がいることなど完全に忘れ去っていた。つまりお父さんの新しい奥さんは心の狭い人ではなく、家族の喜びのためには何か犠牲が必要だと理解しているのだろうとビェラは判断した。例えば清潔なカーテンや自分の考えなどの。

彼女はお母さんの失敗を反面教師にしようと心に決め、自分の夫を満足させるために、夫婦仲を良くするために、家を子供でいっぱいにするために全力を尽くそうとした。最初の結婚が七年目に離婚という形で終わったとき、彼女はさらに大きな幻滅を味わった。ビェラが尽きることない努力で夫の過ちを黙認し、幸せな家庭を作ろうとしたことは完全に無意味なことだった。なぜなら、結婚してすぐにビェラには子供ができないことが判明していたのだから。不思議なことに、夫はそれについては全く気にせず、むしろ、この先ずっとビェラの世話と愛情を独占できることを喜んでいるようにさえ見えた。彼は養子の提案をきっぱりと断り、ビェラは即座に夫にすべてを与え続け彼女には何ひとつ見返りのなかった関係を解消した。

彼女は、母の、そして明らかに満足気な独り身の姉のもとに戻り、生涯独身を決めこんだ姉のように、自分と自分の興味のためだけに生きようと決意するとそれを実行した。でも彼女が興味を持ち夢見たものは、鉄条網がめぐる国境のはるか彼方にあった。ビェラはフランスとそれに関するものすべてを愛していた。フランス古典を読み、雑誌からフランスに関する記事とフランス料理のレシピを切り抜いた。きちんとした調味料を持っていなかったし、実のところ料理が好きではなかったので、決して作ったりしないにも拘らず。自分の夢見ている国の言葉を学びもしなかった。習う場所もなかったし、彼の地を実際に目にするチャンスは限りなくゼロに近かったのだから、習う理由だってなかった。

だからビェラはコラージュを作りはじめた。切り抜いていった小さな紙片に、自分の空想や夢、願いをこめた。じっくりと長い時間をかけてそれらを並べていき、自分の世界を作りあげていった。喜びと色彩にあふれた世界、すっかり何だってできる世界。国境を越えるだけでなく、時さえ自由に旅してまわる、すでに――あるいはまだ――この世に存在しない人たちと出会う、冬のさなかに夏を、暗闇の中心に光を作りあげる。

ときおり、子供を持てない人たちが本当は子供なんて欲しくないと自分自身に言い聞かせることがある。身構え、頑なになり、他人の子供たちを、なんてうるさくてうっとおしいんだろうとしか思わない。でも、ビェラの場合はそうではなかった――幸いなことに。だって幼稚園の先生がそれじゃあ大問題となっただろう。ビェラは子供――すべての、そしてあらゆる境遇の――が好きだったが、ときおり他の子供たちよりもずっと愛着を覚える子供が彼女の前に現れた。私もそんなひとりだった――無口な、ボフダナという名の女の子。その子を園に連れてくるのは、おばあさんか背の高い厳めしい男だった。そして、のちにその男から彼と彼の幼い娘を受け入れてくれないかと申し込まれると、少しもためらうことなく、父に魔法をかけられ、娘に惹き寄せられ、頷いた。

私が高校に通いはじめると、ビェラは私が紛れもなく存在し、このような人間であって、それ以外にはなれないのだということを受け入れた。要するに、私は普通からずれているのだと理解しはじめ、スヴィエターコヴァー先生のところに通わせるのを止めた。そのことは私だけでなく、こんなにも長いあいだいかなる成果も上がらず、理解不能と感じていたに違いない心理士をも安堵させた。

日記は毎晩書き続けていた。日記をしたためるというには大げさかもしれない。なぜなら、多くの時間をひとりっきりで自分の部屋で過ごしていたころに、自分の考えや他人の人生を詳細に把握しようと、数ページに渡って記録していたのはもはや過去のこととなり、いくつかの記載はむしろ簡素な書き付けとなっていたのだから。でも、ことあるごとに数か月前や数年前のページを繰ってみるのは楽しく、それらのさして重要でもない日々の出来事がよく記憶の中から抜け落ちなかったものだと、あとになって感慨深く思った。

もとはといえば、自分の家族の過去について確認したことをすべて書き留めておくためにノートを書きはじめたのだった。自分の誕生に先立つ年月についてもっと知り、まだうちにお母さんがいたころの、自分の人生の始まりについて確認しない限り、私には何かが欠けたままなのではないかという考えをいまだ捨てきれずにいた。私はいくつかの紙片が剥がれ落ちた不完全なコラージュのようなものなのかもしれず、出来上がった絵は意味をなしていないのだ。

これ以上人づてで知ろうとするのは、もうあきらめかけていた。だって、どこをどうやって探したら良いかわからなかったのだから。それに、家族の歴史をひも解こうとした私の最初の試みは、本当は知りたくもない何かを明るみに出してしまうのではないかという、辛く、恐怖とまでも言える感覚を残していた。

高校三年生のとき、ドウブラフカ伯母さんが亡くなった。伯母さんと会ったことなんて覚えていなかったけれど、彼女の死は、私の家族の絵に自分の断片を付け加えられる人物をまたひとり失ったことを意味した。

その知らせは、ドウブラフカ伯母さんが住んでいた老人ホームから、父に電話で知らされた。受話器を置き、数秒間の沈黙ののち、父は絶叫した。

「おまえたちに言っていたじゃないか、こう、言っていただろう！　あいつは自分の脂肪のなかで溺れ死んだんだ！」私とビェラに向かっていきり立って叫び、まるで私たちにその責任があるかのように、こぶしでテーブルを殴りつけた。

父の剣幕に私は震えあがった。不機嫌でむっつりしていて意地の悪い父を知っていた。ときおり声をあげてビェラと口論しては難癖つけるのを聞いていたが、父は私の前では決して叫んだことがなく、私を怒鳴りつけるなんてもう絶対になかったのだ。父の怒声が頭の中でうなりをあげ、両腕が震え、目の前の世界がぼやけはじめた。私はテーブルのほうへふらふらと二歩ばかり後ずさり、すとんと坐った。

父は私を見ると、突然黙り、激しく喉をひくつかせた。おそらく、さらに何か言いたかったのだろう、しかし、喉が詰まり、目からは涙が幾筋も落ちはじめた。背を向けると、何もかもが無意味だと言うかのように空中で手を振り、上の階に駆け上がって書斎のドアを音を立てて閉めた。夕食にも下に降りてこず、閉ざされたドアの向こうからは今回はどんな音楽も聞こえてこなかった。

うちの父にも誰かを好きになれるんだとわかった。

それからしばらくたってようやく、金曜日の恒例の電話が止んでしまったことに気づいた。父は毎週うちで唯一電話の引かれているリビングに閉じこもり、長時間静かに電話をしていた。決して誰としゃべっているのか言うことはなく、私たちは父に尋ねることもなかった。ビェラはそれに興味がない顔をしており、私たちが聞き耳を立てていると父が思わないように、キッチンでわざとガタガタと音を立てた。

数年たってから父が自分の家族および過去とのつながりを完全には断ち切っていなかったことを知った。リビングのドアの奥で繰り広げられていた通話は、全く謎めいたものではなかった。父はごく当たり前に、週に一度、自分の姉としゃべっていたのだった。

日記の記述は簡潔になった。もうそんなに長い時間をひとりで過ごしてはいなかったからだ。私にはボーイフレンドができ、ビェラはそれを大げさなくらい喜んだ。彼女はそこに、私の、世間並みの人生を送る能力のきざしを見て取り、どうやって私たちの関係が始まったのかということにたぶん興味があったのだろう。けれど実際のところ、私にだってそれはわからなかった。

学校対抗設計コンクールの準備で上の学年の学生たちと一緒に作業をしたが、そのひとりがマルチン・ホラークで、友達のズザナのお兄さんだった。ごく普通の青年で、あちこちに飛び跳ねたふさふさの巻き毛に銀縁の眼鏡をかけ、それがしょっちゅう長いまっすぐな鼻からずり落ちるので、無意識のうちに絶えずそれを上に押し上げていた。考え込むときには下唇を噛み、顎をこすった。答えが思い浮かぶと笑い、完璧な並びの白い歯を見せた。ただ、すごくまじめで、そんなに微笑むことがないのが残念だった。どんなことにも一切動じることがなく、相手が誰であろうと共通の話題を見つけることができたが、何より好きだったのは、ほかの人たちが問題だと口にしているものに解決策を見出すことだった。彼にとってそれは課題であり、挑戦であり、人生の意味なのだった。持って生れたリーダーの資質があり、みんなが彼の舵取りを歓迎して――実際、誰も気づかないうちに――彼に従っていた。

マルチンは私の特異さが際立つようなことをさせなかったので、彼が私たちの小グループのメンバーになったことが嬉しかった。最初のうち、いつも私を自分のそばにいさせたので、これはズザナが私のことをちょっと気にかけてあげてとお兄さんに頼んだんだなと考えた。たぶん本当にそのとおりだったのだろう。

学校の設計コンクールはつつがなく終わり、それどころか私たちは全国大会で優秀賞のひとつに輝き、みんなが口々に私の器用さの賜物だと言ってくれた。私が褒められるとマルチンは満足げに微笑み、私はそれを見て、彼は私のことを誇らしく感じているのだと知った。

それは心地良い感覚だった。生まれて初めての。父は私のことを恥じていたし、ビェラは私をとても愛してくれていたものの、どちらかというと哀れんでいた。

マルチンはいつも家まで送ってくれていて、私たちの共同作業が終了してからも、学校を出たどこかで待っているか、午後にうちにやって来た。にわかに詳細な日記を書くことや、窓台に坐ってルカーシュ・ターフルを探すことがもう面白くなくなった。だって、私の幸運の人は全く別の誰かさんになったのだから。

マルチンが大学に進学し、私はこの町の工業高校でさらに勉強を続けるようになってからも、彼はその誰かさんであり続けた。彼はまるでふたりで示し合わせているかのように毎週私を訪ねてきて、そのあともう本当に私たちはそう約束を交わし、同時に、みんなが私たちの関係を知ることになった。

あるとき夜を過ぎてもマルチンは帰らず、私の犬のズプにとって甚だ不愉快なことに、彼はマルチンにベッドの上を明け渡して自分は読書用の肘掛け椅子の上で丸くならねばならなくなった。ベッドから聞こえる音に聞き耳を立てていたが、私たちの吐息にもううんざりすると、ズプは飛び降りて、肘掛け椅子の下に隠れた。でも、私が夜中に目覚めると、ズプはベッドの足元にかけていたベッドカバーの上の自分の居場所で、満足気に丸くなっていた。

マルチンは最終的に週末の大半をうちで過ごすようになった。ビェラは自分の息子のように彼の世話をやき、父はマルチンの存在に気づかないような素振りをした。あるいは、私に関する他の大半のことと同じように、本当に全く気付いていなかったのかもしれない。父に関心がないというのは、いかにもありそうなことだった。でも誰もがマルチンはこの先ずっと私と共にここにいるのだとわかっていた。私たちはたくさんのことを一緒に行い、理解しあい、補いあった。それに加えて私には、たぶんマルチンは私の特異さに気づきもしない、この世でたったひとりの人だという気持ちがあった。

マルチンが学業を終えたとき、私はもう設計事務所で働いていて彼は実質的にうちで暮らしていたので、私たちは結婚することを決め、次のミレニアムの幕開けをふたりの新しい共同生活の始まりとすることにした。ビェラの反応はいくぶん私を動揺させた。彼女は泣きだし、そのあと私を抱きしめ、髪の毛をなでてこう言ったのだ。とうとうみんなうまくいったことがとっても嬉しいよ。

8 父

みんなうまくいった。エヴァの努力とブランカの素直さが実を結び、ブランカは音楽院で学べることになった。それにも拘らず、スヴァトプルクは彼の知る世界が崩れ落ち、両手の下にこぼれ落ちるような感覚を覚えた。

スヴァトプルクの父親は正真正銘の共産党員で、世界に対する自らの見解を、自らの原則を自分の息子に託した。そのお父さんはもうここにおらず、スヴァトプルクは孤独を感じた。自分の同志たちを信頼することはできない、彼はそう感じていた。一九六八年のソヴィエト介入ののち、状況が改善されることもなく、あるいは、国家はこれまで破滅に向かって疾走していたのだと開眼することもなく、情勢は悪化の一途をたどっていた。露わな抵抗であればまだ戦いようもあっただろうが、そのようなものは稀になり、大半の人々は頑なになって、安全な殻の中で困難な時を耐え忍ぼうとするかのように、自分の家庭に閉じこもった。

立身出世主義者たちは光に向かってにじり出し、すぐに自らの立ち位置を確かめると、何が自分にとって最も有利にはたらくかを見つけだした。偽善と利己主義で党をむしばみ、スヴァトプルクはそれに打つ手を持たなかった。まじめな信念など影も形もなく、あるのは不正と欺瞞ばかりだ。どこへ向かっていくのだろう？　かたや家では、彼のもとで、愛くるしくて好奇心旺盛な少女だったブランカが、見事な跳ねっかえりへと成長を遂げた。年月が彼女を変えた、スヴァトプルクにはそれがはっきりとわかっていたが、行き過ぎと思われるほどの寛容な教育がブランカの臆面のなさの一因となっていたことも間違いなかった。ひたすら彼女を愛し、愛しすぎた結果だった。

音楽はスヴァトプルクの情熱であったものの、ブランカがより実学的な学校を選び、ピアノは楽しみのためだけに弾いてくれていたなら、ずっと嬉しかっただろう。音楽院を支配していた放漫な雰囲気を非難し、放課後に若者たちが公園でベンチに坐りギターをかき鳴らしているのが気に障った。彼らを警察官が身分照会し、その中に自分の娘がいる、その恥辱たるや！

それにあの恰好は何だ！　長く伸ばしたざんばら髪にくっきりと縁どられた目、黒い色素をぼってりと糊付けしたまつ毛。だぼだぼの上着にシャツ、釣り鐘型のカラフルなズボン。揺れる長い耳飾りにサンゴ。彼らはテレビで知っているだけの西側を見ている。あちらの服の流行をまね、表面的なことにあこがれ、片や本質が抜け落ちている。

「我が家では、この映画とテレビドラマは絶対に流すわけにはいかん」スヴァトプルク自身、意味もなく興奮しているとわかっていたが、どうしようもなかった。妻と娘とともに静かな土曜日の晩を過ごせたらと思い、本を囲んだり、たあいのないおしゃべりで一緒に時を過ごす習慣を復活させられたらと思ったが、ブランカはもう、夕べの家族団欒に興味を示さなかった。それよりも仲間たちとどこかをぶらぶらするほうが楽しかった。彼らは音楽グループを結成し、それについて壮大な計画を立てていた。

エヴァは最近では夫の批評に口を挟まなくなった。ブランカが父と言い合っているので十分だった。実のところ、彼女にはスヴァトプルクが哀れに思えた。彼が奉じていたイメージは実現せず、現実がひとつ、またひとつと、彼の幻想を奪い去っていたからだ。死を目前にした動物が最後の力を振り絞って自分の周りに穴を掘っているみたい、彼女にはそう思われた。そうすれば逃れられない運命から逃げきれるかのように。

「パパに裁量権があったなら、『羊のおばあちゃんの物語』* 以外、何も放送できなかったんでしょうね」ブランカはそう口答えした。その言葉がパパをさらにずっと怒らせてしまうとわかっていたが、言わずにはいられなかった。娘への過干渉で信じられないほど苛立たせられるにも拘らず、ブランカはパパのことが好きだった。間髪を入れず、彼女は身を屈めてその額にキスをした。「でも、心配しないで、パパ、今日はテレビが私を堕落させることはないから。練習に行ってくる。遅くとも十時には家に帰ってくるね。ピオニールの栄誉にかけて」もう一度スヴァトプルクにキスをし、エヴァに手を振ると、もう出て行った。

＊　幼児向けのテレビアニメーションシリーズ。

「うまく丸め込まれちゃったわね」エヴァはそう言って微笑んだ。

「やめてくれ」スヴァトプルクはうなったが、そのとおりだとわかっていた。

ブランカはいつもすべてを自分の意思で行った。ピアノ、ぞっとするような服装、彩られた目、そして今はそのバンドだ。ピアノを勉強してるが、同時に夜には何かポップスを演奏している。歌ってもいる。まるでヴォンドラーチュコヴァー*のように。彼女がなんとも味わい深い声の持ち主で、母親譲りの美しさを誇っていたことが物を言った。ブランカは漆黒の髪に加え、あのまなざしも受け継いでいた。すべてを見透かす、高慢な、憂いを秘めた……もうエヴァと二十年間暮らしてきたが、そのまなざしを何と名づけたら良いのか、いまだにスヴァトプルクにはわからなかった。かつて彼女に言葉をかけるのを躊躇させたまなざし、彼を彼女のとりこにさせたまなざし。

＊　ヘレナ・ヴォンドラーチュコヴァー。一九四七年生まれの人気歌手、女優。

彼は自分の妻に向きなおった。

「今晩はテレビを消して、赤ワインでも開けるのはどうだ？」

彼女は微笑んだ。

「いいわね」

ブランカが歌っているグループは、ふたつの区の区境いにあり、園芸愛好家が多く住む一画に立つ小さな家に集まっていた。その住まいはバンドのメンバーのひとり、ヨゼフ・プロフ——ホセと呼ばれていた——の両親のものだったが、練習場の所有者という立場が後押しして、彼は目下名称協議中のグループのリーダーに奉られていた。ほかにも未解決のことが山積みで、レパートリーについては侃々諤々の議論中だったが、あることだけは、はっきり決まっていた。最初のうちは、音楽活動の審査を通過させ*、ダンスパーティである程度金を稼ぎ出すために、今まさにヒット中の曲をいくつか演奏する。それから徐々にオリジナル曲をレパートリーに加えていく。名前が売れてきたら独自のスタイルを作り上げ、そのうちラジオに、そしてそのあとはテレビにも出演するようになるだろう。富と名声が手に入るのだ。それが彼らの手の届くところにある。

＊　当時は当局の審査を通過しなければ公的な音楽活動はできなかった。

ブランカには計画がそれほど非現実的だとも思われなかった。だって、エルヴィスの父はカメラマンで、テレビ局で働いているのだ。もちろん彼は実際にはエルヴィスという名ではなく、エヴジェン・ザイーツだったが、エヴジェンという名ではショウビジネスの世界に切り込めないので、名前を変える必要があった。ギタリストのチャーリーは本当はカレルだったが、あるカレル――すなわち、カレル・ゴット＊――がすでにテレビに登場しているということで、人々を混乱させないために別の名前を選ぶことを余儀なくされた。名前に加えて彼らは本当によく似ていたのだから。

＊　一九三九～二〇一九年、チェコで絶大な人気を誇った歌手。

そのことは、シャールカ、ああ失礼、サーラも保証した。彼女はチャーリーに恋していたので、その目は愛に眩んでいたのだが。それでも彼女の歌は上出来で、それに加えてブロンドだったから、大いに都合がよかった。その当時、スウェーデンのグループＡＢＢＡが世界中でけた外れの人気を博しており、本物を聞くことができない人々は、せめてあまり酷くなく、本物をどこか彷彿とさせるバンドを必要としていたのだ。しかし承認委員会の条件を満たすために、歌は当然チェコ語で歌うことになろう。

それに関して、彼らはすっかりブランカを当て込んでいた。彼女はその黒髪がグループにぴったりだっただけでなく、卓越したピアニスト――実際、ホセを除くと、唯一のプロ並みの腕前だった――でもあり、素晴らしく歌い、それに加えて有力なお父ちゃまがいた。それは決して損にはならないだろう。

ブランカひとりだけが、自分の名前をブランシュと変えることを拒否した。自分の名前が気に入っていたし、あだ名なんて子供っぽいと思えた。念のため、バンドの仲間たちには、パパを必要とするような事態に陥ったときにパパが彼らのために祈ってくれることなどまずないだろうとは伝えていなかった。

スヴァトプルクは家では穏やかに過ごすのを好んでいたが、采配を振っている企業で彼の周囲がますます不穏になっている今では、なおさらのことそれを望んだ。

彼が自分の提案に関して議論すべく部下たちを呼んでも、本質的な意見は何ひとつ返ってこなかった。何を言おうと、みな頷くものの、背後では彼の決定をいぶかしんでいた。こっそりとスヴァトプルクのもとに来ては、誰それは同志所長どのより自分のほうがうまく問題解決できると思っていますと陰険に密告する者たちが出てきた。もっと抜け目のない者たちは、昼食のときや廊下でたまたま顔を合わせたとき、あるいは車で移動しているときなどに、ついうっかり口を滑らせたという体を装っていた……

彼はかつて、密告の試みはことごとく萌芽のうちに摘み取っており、密告者たちをしゃべるがままにはさせないか、あるいは何が言いたいのか理解できないという顔をしていたが、時が経つにつれ、同志たちは彼に秘密を漏らすのと同様に、彼についてもより上層部の同志たちに告げ口をしているのだとわかってきた。例えば、企業の名声を汚す行いをし、それにより社会主義体制の根幹を踏みにじっている人々に対し、スヴァトプルクが処分を行わず、われ関せずの態度でいることを告発しているかもしれない。そう考えると恐ろしくなった。自分についてはまだしも、自分の家族の未来が不安になった。不要な過ちを犯してエヴァの仕事やブランカの未来を脅かしたくはなかった。

ここ数日間、さまざまな噂を通じてスヴァトプルクにまで伝わっていたある憶測を、彼は頭から追い払えずにいた。イルカ（イジーの愛称）・ヘドラの息子が休暇でユーゴスラヴィアに行ったきり戻ってこなかったとささやく、いくつもの声。彼は妻を連れてオーストリアに逃げたという噂になっていた。スヴァトプルクはそれが根も葉もない噂であることを祈った。イルカは経理部門担当の副所長であるだけでなく、彼の友人でもあった。旧知の仲だ。イルカ・ヘドラはスヴァトプルクの結婚式の証人まで務めてくれたのだから。彼は古くからの仲間のひとりであり、スヴァトプルクが心置きなく信頼している数少ない人々のひとりだった。それが今になってこんな渦中に巻き込まれるとは！

噂は真実らしいと示されてしまえば、イルカは副所長の職を追われるだろう。そのような決まりとなっているのだ。党が造反者の家族に報復する可能性はなかった。いかなる場合であろうと、それはない。しかし、誰か逃亡したとなると、それは家族の中に何か良からぬ点があるということを意味した。手を触れたリンゴのひとつが腐っていれば、すぐそばにある不運な果実も腐らせてしまうのが常なのだから。

そうは言うものの、スヴァトプルクはイルカ・ヘドラをよく知っており、信頼に足る同志であると考えていた。彼の身になぜこんなことが起こりえたものか？

スヴァトプルクは、業務に拘わる心労を会社の玄関奥に預けて帰ったり、作業ズボンを脱ぐように自分の体から取り外したり、家族の生活に影響を与えさせないようにするすべを身につけた。しかし、それはどんどん難しくなっていった。不安は頭の中だけではなく胸の中にも居坐り、周囲が静寂に包まれるたびに、意識の上によみがえってこようとした。そんなときはいつも、ブランカかエヴァに何か弾いてくれるよう頼んでいたのだが、最近ますます増えてきた彼女たちが気乗りしないときには、めっきり数を増し続けているクラシック音楽のコレクションへと向かった。そのコレクションは楽しいものだったが、作曲家順にきっちりと並べられた音源を見るたびに、可哀想な音楽教師、ヴラプツォヴァー先生のレコードを思い出した。

スヴァトプルクが玄関の鍵を開けると、廊下でもう女たちの声が耳に入った。まだ母が帰ってなかったのか？　毎日、午後になると母が彼のところに家事を手伝いにやって来ており、時には仕事帰りのドウブラフカが母を迎えに立ち寄り、コーヒーを飲んでおやつを食べ、それからふたりして家へと帰っていくのだった。

ドウブラフカと言葉を交わすのは楽しかったものの、その異常な食欲には辟易し、ちょっと気を付けるべきではないかとちょくちょく意見したが、ドウブラフカは笑ってこう言うだけだった。そんなことしたら、人生を楽しめるものが何も残らないでしょう。母のことはできる限り避けようとした。ブランカはドウブラフカのことが好きで、不思議なことに、祖母のことをさらに気に入っているようだった。彼女の辛辣なコメントや不平ばかりの言葉は笑って流していた。

スヴァトプルクは立ち止まり、耳を澄ました。もしもまだ母がここにいるのなら、いったん着替えに寝室へ引っこんだらいい。そのあいだに、たぶんいなくなるだろう。しかし、声は客間から聞こえていた。変だな。母はたいてい台所に坐っていた。客間とは訪問客のためだけにあるのだと繰り返していた。靴を脱ごうとして、おしゃれな女ものの靴に気づいた。ふむ、それでは、誰かエヴァの友達か同僚が来ていたのか。彼はそっと台所へと向かったが、そのとき客間のドアが開いた。

「帰っていたの！　もう帰ってくるはずだからって、ヤナにずっと言っていたのよ」

ヤナ？　ヤナだと！　くそっ、ヤナ・ヘドロヴァー（ヘドラ家の女性の名字）じゃないよな？　彼は少し身をかがめ、エヴァの肩越しに中をのぞいた。この訪問は、母の来訪と天秤にかけたって、もっと気分を沈ませるものだった。

「ヤナは何かあなたに頼みがあって来たのよ」エヴァが言った。「ワインを持ってくるわね。それとも、コーヒーにする？」

「ワイン」スヴァトプルクは腹をくくってそう言うと、部屋へと入った。

ヤナ・ヘドロヴァーはソファに坐り、せわしなくハンカチを手でもみくちゃにしていた。頬は赤く腫れ、目は充血していた。一見して、今まで泣いていたのだとわかった。ということは、あれは真実だったというわけだ。ヘドラの息子は妻とともに外国に留まったのだ。くそったれめ。こんなことがあっていいのか。

ヤナが彼のほうへと視線を上げた。

「うちのパヴリーク（パヴェルの愛称）が……」泣きはじめた。

「もう知ってますよ」そう言うと、彼女の向かいの椅子に腰を下ろした。エヴァはどうした？　なぜ俺を彼女とふたりっきりにするんだ？　何をすべきなのか、言うべきなのか、彼には見当もつかなかった。

「もう、あの子には会えないんです。孫たちにだって……どうして私たちにそんな仕打ちができたんでしょう？」

どうして俺にそれがわかる？　スヴァトプルクはそう答えたくてたまらなかったが、黙っていた。ヤナ・ヘドロヴァーは俺に何をしてもらいたがっている？　オーストリアに行って、彼ら全員を連れ戻して来いと？

エヴァが戻ってきて、彼に白ワインを注いだ。グラスを手にすると、考えあぐねながら口をつけた。

「残念です」そう言い、そのあと、決まって付け加える口上を添えた。「私どもに何かできることがありましたら……」嘘だ。スヴァトプルクが彼らにしてやれることなど何ひとつない。

「ここに来たのは」ヤナが口火を切り、スヴァトプルクは、彼女の声の中に聞き取った期待に身構えた。「イルカは完全に打ちのめされてしまいました。仕事にすら行かず、休みを取っています」おずおずとスヴァトプルクを見た。「追い出される、そう言ってるんです」

スヴァトプルクは黙っていた。

「そんなことありませんよね？　うちのターニチカ（ターニャの愛称）はまだ学生で、大学に行きたがっています……スヴァーチャ、だってあなたはイルカと友達ですものね」

ついにスヴァトプルクは彼女を見た。

「何もお約束はできません。これはもう私の力の及ばないことなのです」

ヤナは身をこわばらせたが、あきらめなかった。

「でも、あなたの言葉には、意味があるでしょう」

スヴァトプルクはグラスを小机の脇に置いた。乱暴すぎたのだろう、ワインが飛び散り、しずくが数滴、ガラスのテーブル板に飛び散った。

「亡命は重大な法律違反で、あなたたち家族にどんな影響が及ぶか、パヴェルは知っていたはずです。イルカは私の友ですが、それより何より、共産党員です。共産党員の家族は模範とならねばなりません。例外はありません」

ヤナは顔を赤らめ、何度か喉をひくひくとさせた。そのあと立ち上がり、どこにドアがあるのか急に思い出せなくなったかのように視線をさまよわせ、すがるようにエヴァを見た。エヴァは目を伏せ、カーペットを見た。

「すみません、お邪魔いたしました」ヤナ・ヘドロヴァーは言い、ドアへと向かった。玄関でよろめきながらおしゃれな靴を履き、出ていくと静かにドアを閉めた。

彼女が帰ったあとには、手つかずのワイングラス、後味の悪さ、それに静寂だけが残った。

丁寧にすき返された土の上では、植えられたばかりのパンジーの繁みに花が咲いていたが、それは、「安らかにお眠りください」というメッセージ付きの黒リボンが結ばれた、しおれた花混じりの花束や花輪に押しつぶされていた。スヴァトプルクが妻と贈った花輪は見当たらなかった。おそらく、枯れた花束や濡れた花輪と一緒に、近くにあったゴミ入れのなかに放り込まれていたのだろう。

酔ったスヴァトプルクの兄がうまくやり遂げられず、もう何度も試みていたことを、イジー・ヘドラは最初の試みで成功させた。合法的に所持していた武器を口に差し込んだとき、彼は完全に素面だったからだろう。

スヴァトプルクはイジー・ヘドラの葬儀に行かなかった。行きたかったのだが、エヴァが必死に思い留まらせようとし、口論にまでなり、ついには彼女が嗚咽を漏らしたのだ。彼を家に留まらせたのは、説得でも口論で投げつけられた言葉でもなく、その涙だった。だって彼女が泣くことなんて、決してなかったのだから。

訃報は住所の記されていない白い封筒に入って郵便受けに届いており、葬儀は親族と親しい友人のみで執り行うと書かれていた。さらにヤナの手でこう書き添えられていた。〝哀悼の意に感謝いたしますとともに、家族の願いが尊重されますことを〟。それは様々に解釈できた。

スヴァトプルクはヘドラを友人だと考えていたので、なぜ葬儀に行くべきではないのか納得できなかった。イジーは長年にわたる同僚かつ仲間であり、その彼が副所長の事務所から左遷させられた庶務課のデスクに坐る代わりに、ある月曜日の朝、人生を終わらせる決意をしたことについて、スヴァトプルクは責任を感じてはいなかった。庶務課への移動はさほど大きな処罰ではなく、イジーはボイラー室や守衛室へ移動させられることだってありえたのだ。

最終的にイジー・ヘドラは自分ひとりで決意した。ヘドラの落ち度の重大さを判じるために招集される党集会の前に、スヴァトプルクは友人を事務所に呼び出し、そんな習慣はなかったにも拘らず、自分と彼とにコニャックを注いだ。

「何をしなければならないか、わかってるよな、イルカ」彼に言った。

イジー・ヘドラは彼を見ると、首を振った。

「おい、パヴェルは行っちまったんだ、もう君にはどうしようもないんだ。君とヤナにとってパヴェルの計画が寝耳に水だったことは、誰もが知っている。だから言ってるんだ、上層部に洗いざらいしゃべってしまえ、パヴェルの逃亡を社会主義に対する裏切りだと糾弾し、公的に彼を勘当してしまえ。ほかの手は思いつかない」

信じられないという顔で、イジーは彼を見た。

「そんなことはできないよ」

「やるんだ。娘のことを考えろ。君がそうしなければ、あの子の人生を台無しにしてしまうんだぞ。ヤナが言っていた。ターニャは大学に行きたいんだってな……」

ヘドラは頭を抱えた。

「なあ」スヴァトプルクは続けた。「パヴェルは過ちを犯した。大きな過ちだ。そのしりぬぐいを君たちに求めることはできない。彼はもう選んでしまった。今、選ばねばならないのは君なんだ。君は本当に、息子の利己主義のために、娘の未来を犠牲にしようというのか？」

イジー・ヘドラは首を振った。

「口にするだけさ」スヴァトプルクは言った。

イジーは彼を見た。スヴァトプルクが彼の前に置いたコニャックを一息で飲み干し、友人がもう一杯注ごうとするのを手で遮った。

アルコールの力とスヴァトプルクの巧みな説得により、彼はそのあと同志たちの前で自分の息子の裏切りを非難し、公の面前で彼との縁を切り、すべてに署名して同意した。企業の副所長職に留まり続けることはできなかったが、彼の家族に生涯消えない汚点を残す、最大の罰則——党からの除名——は免れた。

しかし、自分の言葉を企業全体の党集会で繰り返さねばならなくなるとは、彼は予期していなかった。さらに、パヴェルおよびその家族とは、手紙であろうと電話であろうと、いっさいコンタクトを取ることが許されなくなるとは。

「それじゃあ、あの子たちは死んじゃったみたいじゃない」泣き疲れたヤナ・ヘドロヴァーはそう言い、イジーはその声に非難を感じ取った。

状況はさらに悪化した。事務所の同僚たちは彼を避けた。それはもしかすると長年自分たちの上司であった人物に対する気おくれであったかもしれないし、あるいは彼と何らかの関わりがあると思われることを恐れたのかもしれない。しかし盗み見や廊下でのささやきに、イジー・ヘドラは、実の息子との縁を切るなんて、なんて野郎だと口々に言われているのを感じた。外では背中に刺さる視線を感じ、人々が彼のほうを振り返り、指さし、いまいましげに唾を吐き捨てているように思えた。必要がない限り、彼は家の外に出なくなった。

彼の頭の中に、同志たちが自分を監視しているという考えが根を下ろした。そうでもなければ、宣誓が守られていることをどうやって確かめられる？　間違いなく、俺の郵便物は検閲され、電話は盗聴され、家の向かいの歩道には監視者が立っている。彼らは、息子が俺とつながりを持ち続けていて、あいつがやったように、俺にも祖国を裏切らせるんじゃないかと疑っているんだ。

鎖の頑丈さは最も脆弱な環で決まる。同志たちにとって、その最も弱い場所となったのが彼だった。最終的に彼らはイジーから何かを見つけ出し、党から、そして庶務課からも彼を追い払ってしまうのだろう。時間の問題でしかない。ターニャは裏切り者の娘となり、大学に進学するなんて不可能になるだろう。彼は息子を勘当し、自分と家族に泥を塗った。死んでしまうべきだった。そうすれば、彼はまっとうな党員として息子の裏切りに耐えられなかったのだと言われたかもしれない。けれど、今なら間に合うかもしれない。今、この世を去れば、彼らはイジーを追放することができず、彼の家族は苦悩をもたらす烙印を押されることもないだろう。彼の将来には何が待っているだろうか？何か素晴らしいものが待ち受けていることはなかろう。しかし、ターニャにはまだ幸運をつかみ、幸せな人生を送る可能性があるかもしれない。そのような考えが彼の頭の中に根を下ろし、眠れない夜を過ごすうちに、その輪郭はますますくっきりとしてきた。愚かな思いつきから計画が生まれ、最高のタイミングを待つのみとなった。それは月曜日の朝にやってきた。夏はゆっくりといとまを告げ、イジーはともにこの世を去ろうと決意した。

ヤナ・ヘドロヴァーは仕事から戻ってくると、買い物の入ったカバンを下に置いて鍵を開けた。運良くきれいなパプリカとトマトが手に入ったので、夕食はレチョ*にしようと考えていた。パヴェルはそれが大嫌いだったが、ターニャは好きなのだ。息子を思い出してため息をつき、靴を脱ぐと、パラシュートシルクのコートをコート掛けのイルカの上着の隣にかけた。その下には靴と革のカバンが置かれていた。あら、もう帰っているの？

* パプリカ、トマト、タマネギを煮込み、卵やソーセージなどを加えた料理。

その瞬間、彼女の頭を何か違和感がよぎった。

「イルカ？」声をかけ、開いていた客間のドアに近づいた。しかし、もうそこに近づくあいだに、今晩はレチョを作れないだろうという漠然とした感覚を覚えた。

イジー・ヘドラが自分の妻に宛てた手紙には、みんなを愛している、パヴェルには、おまえはいつだって私の息子だと伝えてくれと書かれてあった。同志たちの誰ひとり、それを変えることはできなかった。

罪を自分ひとりに負わせたイジーとは異なり、ヤナには夫の死に責任のある、ただひとりの人物が存在していた。スヴァトプルク・ジャーク。イジーを助けてくれなかっただけでなく、彼らが交わしていた友情を逆手に取り、息子を勘当するよう、そそのかしたのだ。それは単なる言葉だった。しかし、その言葉はイジー・ヘドラを殺した。

スヴァトプルクは親友の死におののいたが、しかし、ヘドラ夫妻は自分の息子を教育するどこかで、実は過ちを犯してしまったのだと確信していた。パヴェル・ヘドラがチェコスロヴァキアを見捨てると決意したその瞬間、彼は自分の家族にはもう二度と会えないと覚悟せねばならなかった。この点において規則と慣例は明快だった。それにも拘らず彼はこのような形で国を去り、それはスヴァトプルクにとって、ヘドラ夫妻が自分たちの息子の教育を失敗したあかしだと思われた。

墓地は自分自身のはかなさを思い起こさせるから好きではなかったが、葬儀の翌日、彼は友に別れを告げるために墓参した。長く留まりはしなかった。墓石にはまだイジーの名は入っておらず、写真からこちらを見つめるイジーの祖先たちの視線は、スヴァトプルクを妙に落ち着かなくさせた。帰宅すると、肘掛け椅子に腰かけてシューマンのレコードをかけた。

イジー・ヘドラの死後、スヴァトプルクは疲労感と混乱に悩まされた。生まれて初めて、引退するまで、あとどのくらいの年月が残っているかを数えた。国営企業の所長という逃げ道のない立場が彼に重くのしかかっていた。具体的な成果は何ひとつ見えず、あるのは計画が詰め込まれた表とグラフだけだった。常に彼にとって重要であり、彼が有能であることを示してくれた仕事というものから、あらゆる喜びが消え失せてしまった。

まだあと十年以上あった。そんなに長く耐えられるだろうか？　夜眠りにつく前にこう夢想するようになった。辞表を提出して、責任と重圧のもっと少ないポジションを見つけ、どこか田舎に引っ越そう。プラハの家を売却してしまえば、どこか森の近くの田舎家を手に入れられるだろう……

それが単なる夢でしかないことはよくわかっていた。高齢の域に達しても頑なに娘の結婚を認めようとしなかったエヴァの両親は少し前に亡くなっていたので、彼女をプラハに引き留めるものは何もなかった。しかしブランカはまだ学生だった。卒業後、ピアニストとして食っていくには、どこか田舎よりも大都市のほうがはるかに容易に思われた。

スヴァトプルクにはブランカを残して夫婦でプラハを去ることなど考えられなかった。娘が独り立ちしはじめ、両親の世話から自由になりつつあり、無意識のうちに飛び立つ準備をしている様子を見るのがもう苦しかった。彼女を家に閉じ込め、どこにもやりたくなかった。なぜなら、玄関のそとで彼女の存在をかぎつけた危険や、あの子はなんと美しい女性になったことかと息をのむ男たちから娘を守るには、それしかないように思えたのだ。

エヴァはとりこし苦労だと笑った。しかしスヴァトプルクには、自分の若いころとブランカの育った乱脈を極める時代を比べることができなかった。スヴァトプルクが娘の年齢のころには、未来を考え、みんなのための良い世界を作り上げようと奮闘していたが、ブランカの頭の中には面白おかしいことだけがあり、彼女が何かに努力するとすれば、それは自分の成功のためだけだった。

「そういう考えは、老いはじめた兆候よ」娘の行動をまったく意に介していないエヴァが言った。ブランカが成長していくあいだに、数年間の反抗期を経て、ふたりの共同生活は母と娘の関係から友達の関係へと変化を遂げていた。

スヴァトプルクは、もちろん、エヴァの言葉に反感を持ったものの、そのあと、エヴァの言葉はあながち真実から外れてはいないと認めざるを得なかった。世界は変わってしまい、彼はそれを理解することをやめようとしていた。

ブランカは音楽院で高校卒業資格を取得し、修了試験へと進んだ。* エヴァは娘を自慢に思い、それから、どこで彼女に最良のポジションを見つけられるかを確認しようと、自分の知人たちにたずね回った。エヴァがふたたび大きなコンサートホールと海外の演奏会を夢見ている一方で、ブランカには自身の別な計画があったが、彼女は賢かったので、それで両親を刺激するようなことはしなかった。古典的なピアノ演奏にさらに邁進する可能性を残しつつも、自分の未来はポピュラー音楽にあると考えていた。彼女たちの音楽グループはいよいよ評判を博し、レパートリーを増やしていた。「渡り鳥」は耳に心地よく無害な歌詞の作品群で審議委員会を通過し、これから自分たちの音楽をハードロック寄りにしていこうともくろんでいた。

＊　音楽院は通例六年制で、四年間の修学ののち高校卒業資格を取得可能、さらに二年間の修学で修了資格を取得可能。

もちろんブランカがそれを家で口にすることはなかった。微笑んで頷くほうが荒々しい言い争いよりも目的達成の好手となることを、彼女はもう心得ていた。そして最悪の場合には、彼女のピアノの才能を育んだパパの音楽への愛と讃美を利用し、彼が最も気に入っている作品から何かを演奏した。彼女は自分の計画が実を結びはじめていると感じ、幸せだった。

9 娘

幸せだった——ほぼ、幸せだった。人生の装置に組み込まれた歯車がすべてあるべき場所に落ち着き、規則的な動きで、前へ前へと私を押し出しているように感じられた。ただ、まさにその駆動のため、私の幸福は無限だとはいえなかった。時の流れを嫌と言うほど意識し、次に何がやってくるのだろうかという不安が現在に暗い影を落とした。記憶の深淵——それが私自身のものなのか、祖先のものなのか、私には区別がつかなかった——のどこかから、気楽な毎日に浸りきり慣れてしまってはならないと警告する声が聞こえてくる。人生がこんなに素晴らしかったことなどいまだかつてなく、絶対にまたすぐ私を打ちのめす何かが起きるだろう。

マルチンもうちに住んではどうかと言い出したのは父だった。私は彼が自分の近くにずっといたいだろうと思い込めるほど、うぬぼれやではなかった。父は必要に迫られなければ私に口を開くことすらなく、キッチンやリビングでたまたま私とふたりきりになったりすると、あからさまに神経質になり、新闇に没頭したりそそくさとその場を立ち去ったりした。そんな冷酷なうちの父は、不思議なことにマルチンを気に入った。たぶん、息子を欲しがっていたのだ。だから私にこんなにも失望したのだろう、そんな気がした。それをマルチンに見出したのだ。

それでも初めのうちは私に関わるすべてのものをねめつけるように彼を見ていたが、マルチンは父のよそよそしさをまったく意に介さないか、少なくとも、それについて一言も触れなかった。ビェラとは、語りうるあらゆることについて話を弾ませることができた――ラベンダーの栽培やコラージュの作成についてまでしゃべり、それですっかり彼女の心をつかんだ――一方で父とはいつも礼儀正しく挨拶を交わすだけだった。

それが終わりを告げたのは、私が自分の部屋の窓台に腰かけ、素晴らしい春の日を満喫しながら、読むともなしに本のページをめくっていたある日のことだった。太陽は気持ちよく照り、夏の燃えるような日差しで悩ませることもなく、庭の草や木々の新緑は萌えたち、何ものにも汚されていなかった。石畳の敷石から立ち上る温気だけが、快適な月はすぐに灼熱の夏に変わることを思い出させた。

年を重ねるうちにおとなしくなったズプは窓の下の床にうずくまり、まどろみながら、部屋に差し込む最初の暖かい日差しを味わっていた。フェンスのそばでレンガを積み上げていた父を除き通りにはひとけがなかったので、マルチンが現れるはずの十字路のあたりまで、私の視界を遮るものはなかった。そのころ、彼は毎週土曜日にうちに通ってきていた。大学で勉強していたので、平日は近郊の寮に泊まらねばならず、金曜日の午後は孝行息子として自分の家族と過ごした。そして週末の残りは、私たちふたりの時間となった。自分たちにとって心地良い、規則的なリズムを私たちは作り上げていた。

曲がり角の裏からマルチンが現れ、私を見つけると手を振り、大股で門までやって来たが、そこで足を止めてしまった。けげんに思い、よく見えるように身をかがめた。マルチンは二、三言、父に言葉をかけ、父は答えた――何と言ったのか私にはわからなかったが、その口調は穏やかで、古くからの友人どうしがしゃべっているようだった。マルチンはレンガの山をぐるりと回り、何かを示すと、両手を腰に当てて父の応答――びっくりするくらい長かった――に耳を傾けていたが、ふたたび何か言ってリュックを下ろし、それを草むらに投げ、セーターを頭から脱いだ。

「すぐに行くから」上の窓の中の私に向かって呼びかけると、Tシャツとジーンズ姿でシャベルをつかみ、バケツの中に砂を入れはじめた。ズプは誰が私にとって最も信頼に足る存在であるかを気づかせるようなまなざしでこちらを見つめ、近づいてきたが、私がそのあいだも、父が砂をふるいマルチンがモルタルをかき混ぜている様子を目で追っていると、満足げに眠り込んだ。

ガスメーターのボックスを取り付ける柱をふたりで建てたこの日から、父はマルチンを認識するようになっただけでなく、あたかもずっと前からうちの家族だったかのように迎え入れた。夕食を食べながら彼としゃべり、地下室に新しい棚を作るときや、温室や敷石を修理するときに彼に相談したが、そんなとき父は、私とビェラが見たこともないような人になるのだった。

「お父さん、良かったよね」ビェラが私に言った。「お父さんは、たぶん、私たち女のあいだだと、疎外感を感じてたんだと思う」

確かに、父がマルチンを理解してくれたことは嬉しかったし、私が人生を共にしようと決めた人を受け入れてくれたことは喜ばしいことだった。けれど同時に、いつか私とだってそんなふうにしゃべってくれることをもっと望んでいた。

結婚式の数か月前、マルチンがもう私たちのところに住むようになり、父とともに上の階を独立した居住スペースに改築しようとしていたころ、私は彼にすっかり心を奪われていたものの、ビェラが変わったことに気づかないわけではなかった。相変わらずスリムだったし、漆黒の艶を持たせるためにカラーリングしていたものの、髪は黒々としていた。今までどおり何にでもラベンダーを使い、コラージュを貼り付けるのに情熱を注いでいた。でも著しく無口になり、ちょくちょく見せた笑顔は心からの笑みではなく、弱々しい仮面の笑みとなっていた。

少しでも可能であれば不機嫌な夫とのいさかいを慎重に避けた。もう辛辣な言葉を冗談に変えることもなく、謝ろうと努力することもなく、ただ疲れた表情で夫を見つめ部屋を出ていった。父は意地の悪い笑みを浮かべて目で彼女を追い、表情だけでなく、あらゆるしぐさやポーズで、ビェラには対抗しようという意思がないとか、自分に立ちむかう勇気が爪の先ほども残っていないなどと示して彼女を貶めるのだった。

うちの家の二階は建設現場へと姿を変えた。新たなキッチンが作りつけられ、古びた浴室はリフォームされ、間仕切りは撤去された。どっしりした夫婦用のベッドと、数年来ビェラだけが使っていた寝室の曲木のクローゼットは、最終的に廃棄場行きとなった。三面鏡のついたきれいな化粧台も同様の運命をたどった。

「これは取っておくか?」そうビェラにたずね、彼女がそれに肩をすくめると父は声を荒げた。「それはボフダナから学んだのか?」そして少し開いていた三面鏡のサイドミラーを乱暴に叩いたので、それは壁に激しくぶつかって割れ、それで化粧台の運命は決まった。

父は自分の持ち物をすべて書斎から一階のリビング横の部屋に移した。書籍は見栄えよく並べられ、昔のレコードとCDは作曲家順に並べられた。レコードプレイヤーについては頑としてあきらめず、たんすの上にCDプレイヤーと並べて置いた。唯一新たに手に入れたのは寝心地のよさげなベッドだけだった。

ビェラは自分の衣装ダンスの中身と羽根布団をキッチン脇の小部屋に移動させた。長年にわたりそこは彼女の作品や仕事道具、それにもったいなくて捨てられない不用品の倉庫として使われていた。コラージュはほとんど誰かにあげていたが、手元に残ったものや人にあげたくないものは、一階のその小部屋の壁に小さな美術館のように掛けたり、たんすの上の書類入れの中に貯めたりしていた。切り抜きや、コラージュ、それにがらくたが入った箱の山を部屋の隅に置くと、ビェラは布張りの寝椅子の上に羽根布団を広げた。

「要らないのよ」マルチンが長椅子ではなく、新しいベッドを注文しようと持ちかけると、ビェラはそう答えた。「私にはこれで十分」

マルチンはちょっと眉をあげたが、自分の意見を他人に押し付けるたちではなかったので、説得しようとはしなかった。

私は到底納得がいかなかった。ちっぽけな狭苦しい部屋のがらくたの中に、まるでビェラまでもが不用品であるかのように納まるなんて。彼女が自分から私たちのもとを離れ、遠ざかり、内に閉じこもろうとしているのが気になった。私と一緒に過ごす時間はどんどん短くなり、避けられているのかと感じるほどだったが、しばらくたったあと、それはマルチンと私にプライベートを与えようとしているのだと解した。何度もビェラが私をそっとうかがっているのに気づき、彼女はそのまなざしで私に別れを告げようとしているかのように思われた。でも、それを深く考えている時間はなかった。結婚式までもう間がなく、疾走する列車の窓から見える光景のように、日々は過去へと過ぎ去っていたのだから。

10 父

疾走する列車の窓から見える光景のように、日々は過去へと過ぎ去っており、ブランカの音楽院での締めくくりとなる試験の日が近づいていたが、スヴァトプルクの目には、娘がそれにふさわしいだけの十分な時間を準備に充てていないことがはっきりと映っていた。ことあるごとにカレンダーを見ては、あと何日かと数え、晩には勉強しているのだろうかと娘に目をやり、エヴァにブランカは準備しているのか、どれくらいピアノを弾いていたのかと何度も尋ねていたものの、娘の前では彼女を無駄に刺激しないよう、自分の不安を表に出そうとはしなかった。

ブランカよりもスヴァトプルクのほうがすっかり修了試験のことで頭がいっぱいになっていた。高校卒業資格を得た時点でブランカは余裕を感じ、そのあと二年間の勉強など不要だと見なしていた。それでも彼女がそれに同意したのは、ひとえに母親がそれを望んだからであり、それに、その期間は歌手としてのキャリアの始動に専念できると考えたからだった。これから数か月かければ、彼女たちのグループは食っていけるだけのお金を稼ぎ出せるようになるだろう、彼女はそう期待していた。

当面のところ、すべてが順調に見えた。もう庭園地区の中心の小さな家――そこでは冬には指がかじかみ、温かい時期には、園芸愛好家たちが当然のごとく騒音に苦情を申したてた――で練習してはおらず、本物の練習場を使っていた。賃借料を支払っていたが金額は大したことはなく、そのうえホセが辣腕マネージャーとしての頭角を現し、グループのためにナイトクラブ、エリカで金曜日の定期的な仕事を見つけてきたので、彼らはその数コルナをまかなえるようになっていた。演奏できるのはチェコ語の歌詞が付けられた外国の曲に限られていたものの、それは定期収入となった。そして土曜日には地方のダンスパーティーに通った。そちらは通うのにより時間がかかったが、そこでは自分たちの曲までも演奏させてもらえたし、いくつかの歌は英語でも歌えた。

すでにいくつかデモテープも準備できており、今は彼らをさらに後押ししてくれそうな、恰好の人たちを見つけるだけとなっていた。

運搬だけは苦労していた。楽器と機材を運ぶのには大きな車が必要だった。とりあえず、彼らの音響も兼ねているイゴルから古いバンを借りていた。小柄ながらも筋骨隆々の彼は信じられないほどの怪力で、グループにうってつけだった。彼らはガソリン代に数コルナ上乗せして支払うのが精いっぱいだったが、バンドメンバーであることで得られる注目が嬉しかったイゴルは喜んでメンバーを運んでくれた。女の子たちは彼とおしゃべりをし、しばしば笑顔に加えてそれ以上のものまでくれた。重たい楽器や木箱の牽引にイゴルは見事な貢献をしてくれたが、音響の仕事はいまひとつだった。彼の前では誰も口にしなかったものの、適当な中古車を買うお金がたまったら、誰か別の、もっとうまいやつをイゴルの代わりにしようということでみんなの意見は一致していた。

バンに全員は乗れなかったので、必要に応じて借りられる車を借りていた。グループのためにもっとも頻繁に家のシュコダを借り出していたのはブランカだった。ジャーク家では週末にプラハ郊外に出かけることはなかったので、さほど車を必要としていなかった。スヴァトプルクには別荘暮らしを楽しむ時間はなかったし、エヴァは森や野原よりも石畳の歩道のほうが好きだった。

ブランカの運転技術はなかなかのものだった。プラハ市内を自由自在に運転してのけたので、その点、スヴァトプルクが彼女を信頼しない理由はなかった。そして運転するとなると、娘は少なくとも酒を飲まず、だからいかなる愚かな出来事も起こるはずはないと確信していた。

娘を心配しているものの、親としての忠告や詮索で、彼らのあいだを統べるのんびりとした雰囲気を壊したくはなかった。だからブランカのバンドへの熱狂が単なる気まぐれにすぎず、早くピアノへと戻っていってくれることを期待しながら静観していた。

今日の演奏にブランカは満足していた。バンドでともに演奏してきたこの二年のあいだに、彼らはぴったり息が合うようになっていたし、居酒屋のホールの音響効果は悪くなく、イゴルでさえ今のところ何のへまもしていなかった。ただ、室内がこんなに煙たくなければいいのに。夜がもっと暖かくなり、屋外の広い夜空の下で歌いはじめるのが待ち遠しかった。煙草の煙は髪の毛や服や肌に、翌日でもわかるほどに染み込むだけでなく、さらに声帯にも悪いのだ。ブランカは外に出て冷たい夜の空気を深く吸い込んだ。あとふたつ曲が残っている。そのあと短いアンコールをやって、荷物をバンに積み込んだら、やっと家に帰れる。

酒場のドアから、ホセが開襟シャツにジャケット姿の男と連れだって出てきた。

「ブランカ、おまえと話したいって人がいるんだけど」

ブランカは濃色のジャケットを着た男に目を向けた。どう見ても彼女たちのバンドが演奏しているダンスパーティーにやってきた一般客のひとりではなかった。年齢は彼女よりも彼女の父親世代に近く、ブランド物のジーンズを履いていた。つまり外国との行き来があるか、海外製品用のバウチャーを手に入れられる人物ということだ。*

* 西側諸国の製品を正式に入手するには個人所有が禁じられていた外貨でバウチャーを購入する必要があった。

「何の話？」いくぶん警戒しながら尋ねた。

「将来についてですよ」ホセの代わりに男が答えた。「自己紹介させてもらいましょう。ヤン・ロバークです」

「ジャーコヴァーです」ブランカは男と握手をした。

「バーで一杯やりながらって、どうです？」

ロバーク、ロバーク？　聞いたことがあるけど、どこでだっけ、ブランカは考えを巡らせていた。思い出せなかったが、ホセの悦に入った表情から、バンドの将来にとって重要な人物だと推測した。

「もう歌いに行かないといけないんですけど」戸惑いながらホセを見た。「それに飲めません。運転するから」

「行きなって」ホセが割り込んできた。「おまえ抜きで何曲かやってくる。それに、ゆっくり飲んで来いよ。俺が今日は運転するからさ」

逆らったりせずに、おとなしく行ったらいいんだと理解させるように、ホセはブランカを見た。彼女は、もしロバークがしつこかったら、あとで覚えておきなさいよと先回りして考えると、笑顔になって言った。「わかった。それじゃあ、ウォッカのカクテルをいただこうかな」

ホセは満足げにステージへと去り、ブランカはロバークとバーに腰を下ろした。彼女にウォッカのカクテルを、しかし自分にはただのソフトドリンクを頼んだ。

「私には運転を代わってくれる人がいないのでね」そう言うと、グラスで乾杯の仕草をした。ブランカは笑い、今の笑みが、心得ているという印象を与えるよう期待しながら、用心深く飲んだ。

「すでにしばらくのあいだ、あなたたちのバンドを追っかけていたんですよ」ヤン・ロバークが口を開いた。「デモテープも聞かせてもらいましたが、こう言わなければなりませんね、まったくもって、悪くない」

話はどっちに向かっている？　ブランカは考えをめぐらすと、気を引き締めた。

ロバークは前を見つめ、言い足した。「もうひとりのヴォーカルの子は取るに足らないですが、あなたは素晴らしい。私の知る限りでは、あなたは正式な音楽教育を受けているんですよね？」

ブランカはわずかに不快になりはじめた。

「ええ。音楽院を終えるところです」

「あなたたちの曲はほとんど全部、ホセが書いている、そうですね?」

ブランカは即興演奏をしているステージへと視線を飛ばした。踊っている人たちの頭の向こうに、彼女たちを見ているホセが見えた。

「要するに、こういうことなんですよ」ブランカが答えずにいると、ロバークは言った。「あなたとホセは、バンドの他のメンバーより格段にうまい。私のほうは、今さしあたり自分のグループに新しいメンバーを探しているんですが、あなたたちふたりが欲しい。ふたりだけがね」

ブランカは彼を見た。思い出した、どこで彼を見たのかを。ヤン・ロバークは最近ラジオで頻繁に演奏し、テレビの娯楽番組にまで幾度か登場しているバンドのリーダーだった。今まさに世間で受けているスタイルの演奏をし、人気上昇中で、すっかり将来有望に見えた。

ロバークは彼女の沈黙を脈ありととらえたようだった。

「自分のミュージシャンたちには、全力投球を求めます。それに対して相応の額を支払いますがね」間を置いた。「つまり、当然ですが、ここは辞めて貰わねばならないということです」

ブランカはふたたびステージに目をやった。

「ホセは何て言ってるんですか?」

「同意していますとも。こんなチャンスを足蹴にするやつがいたら、そりゃバカですよ」

ブランカは男に向かって「おととい来やがれ」と吐き捨てたくなったが、今、唯一できることは、時間稼ぎしかないと気づいていた。ホセとこの件について話そう、そうすれば、きっと、分別ある結論に至るだろう。

「じっくり考えさせてください」そう言った。

「じっくり考えて下さい、でも速やかに。あなたをうちのバンドに迎えたいと思ってはいますが、素晴らしいヴォーカルは、あなたひとりじゃないんです」ヤン・ロバークは彼女に電話番号の入った名刺を差し出し、立ち上がると、出ていった。

うぬぼれ屋のチャラいやつ。バーに残ったまま、もう一杯、ウォッカのカクテルを注文し、ゆっくりと飲み下していった。バンドがさらに二曲を演奏してしまうと、彼女の隣の椅子にホセが腰を下ろした。

「どうよ？」

「どうよ、とは何よ？　やばいと思わないの？　私たち、二年以上もみんなで練習してきて、一緒にレパートリーを増やしてきて、連絡先も集めてきて、それがようやく実を結びはじめた矢先に、すべて水の泡になろうとしてるんじゃない、あんなバカ男のお遊びのためなんかによ？」

「歌で食っていこうと思わないの？」

「それでも、私は自分たちの曲をやりたい。あんなかび臭いまぬけな曲じゃなくて」

「あれは古臭いけどさ、でも国中みんなが歌ってるし」

「だからと言って、良いってことじゃないでしょ」

「でも、永久にあいつのところに居続けなきゃいけないわけじゃないいんだよ。俺たちの名前が売れたら、そのあと別れればいいんじゃない」

「そして、サーラとチャーリーとエルヴィスのところに現れて、こう言うのね。お久しぶりー、戻ってきたわよ。あんたたちを見捨てて行っちゃったけれど、あれは、あんたたちに良かれと思ってのことなの。ぜーんぶ水に流して、もう一度一緒にやりましょうね、何かまた美味しい話があたしたちに降ってくるまでは」

「こんなところで何をわめいているんだ？」彼女の背後からチャーリーの声がした。

「ホセに聞いて」ブランカはそう言い捨て、バーのスツールから滑り出ると、少し頭を冷やそうと外へ向かった。しかしドアにたどり着かないうちに、突然、バーで荒々しい言い争いが始まった。彼女が目をやると、チャーリーがホセの首元をつかんでいて、ホールの反対側から驚いたエルビスが彼らのほうへと駆け寄り、その後ろをイゴルが走ってくるのが見えた。気が済むまでやり合えばいい、そう考え、彼女は外に出て、父の車のボンネットにもたれかかった。

その晩、アンコール演奏は行われなかった。義憤にかられたチャーリーがホセに右フックを叩き込み、攻撃をまったく予期していなかったホセはバーのスツールから落ち、硬いタイルで頭を切ったのだ。イゴルが彼をバンに連れて行き、古い毛布の上に寝かせ、どこも血で汚さないように新聞紙を敷いた。バンドのほかのメンバーはホセなしで最後の数曲を演奏した。彼らは大音量で出来栄えをごまかしたが、大半のダンス客はもうはっきりとほろ酔い状態を呈しており、何か変だと気づくものは、ひとりもいなかった。

憤然としたチャーリーが契約の報酬を受け取りに主催者のところへと行っているあいだ、ほかのメンバーは無言で機材をバンに積み込んでいた。ホセはスヴァトプルクの車へと慎重に運び移された。後部座席にぐったりと体を預け、目を閉じていた。血まみれの頭にはイゴルがきれいなハンカチを巻き、その上からフロントガラス拭きの布切れを巻きつけていた。

「病院に連れていかないと」サーラが言った。「脳震盪か、内出血してたらどうしよう?」

「大げさに言うな」チャーリーが叱りつけた。

「ぜんぜん笑い事じゃないよう、死んじゃうかもしれない」

「倒れたんだって、言わそうぜ」サーラを庇うようにイゴルが口を出した。「だって、実際そうじゃん。ちょっとおまえが突き飛ばしたなんて、誰にもわかりゃしねえよ」イゴルはバンのドアを開けた。「エルヴィス、おまえはこっちに来てくれ、荷下ろしの手が要るからさ。おまえたちは、ホセを連れて、救急医療センターに行けばいい」

チャーリーはむっつりしたまま頷き、エルヴィスに今晩彼らが稼ぎだした金から彼の取り分を渡した。エルヴィスはそれをポケットにつっこむと、これ以上仲間と口論しなくてよいことにほっとした様子で、イゴルの車に乗りこんだ。バンは発進し、すぐにテールランプしか見えなくなった。

「じゃ、行くぞ」チャーリーはそう言って助手席に乗り込んだ。

「運転できないわよ、飲んだから」ブランカは言った。

「くそっ」チャーリーが怒鳴った。「俺たち全員飲んでるぞ。ご覧のとおり、ホセは運転できないときた。なあ、頼む、運転してくれよ、くそいまいましい病院まで。もしも警官に止められたら、ホセを救急医療センターに連れて行ってるところだと言おうぜ」

ブランカは車に乗り込み、憤慨しながらドアを閉めると、キーを回してエンジンをかけた。しばらく沈黙のまま進み、田舎道には多い石ころに乗り上げたりくぼみにはまったりしたときに、ときおり、ホセだけがうめいた。

ヘッドライトの灯りの円錐形が、畑と草原のあいだを切り分けて続く道を照らし、その向こうのどこか遠くに、今出てきたところと似たような村が点在していることは気配でしかわからなかった。二キロメートル走ると道は上り坂になり、両脇は雑木林に囲まれ、灌木の茂る緩やかな斜面で道と隔てられていた。木の幹が闇から現れてはふたたび消えていき、すべてが身じろぎせず、ぎこちなく硬直し、何かを待ちかまえていた。

ブランカは森から車の中へと忍び込んできた重苦しい沈黙をかき乱さずにはいられなくなった。

「少し考えて、いきなり喧嘩なんてしてなかったら、こんなざまにはならなかったでしょうに」うんざりした調子でチャーリーに言った。

彼はブランカに向き直り、息巻いた。

「はあ? 俺のせいだとでも言うのかよ? もしかして、俺たちのお友だちのホセ君が、今日の今日、やってくれたことを忘れたんじゃないだろうな、大したやり口の、な? 俺たちは用済みだとよ」

「何と言ってもホセは私たちをここまで引き上げてくれたのよ。彼がいなかったら、私たち、どこまで来れていたかしらね?」ブランカは自分でもなぜホセを弁護しているのかわからなかった。「練習場を見つけてくれて、店を山ほど斡旋してくれて、曲を書いてくれて……」

「そして俺たちから巻き上げてくれて」チャーリーはポケットを探り、主催者から受け取った封筒から札束を取り出し、それをブランカの目の前に突き付けた。「数えてみろよ。あいつはいつも半分かすめとって、残りを俺たちに分けていたんだ。イゴルなんて哀れなもんだ、ただ同然で俺たちと行動しているんだぞ」

「ばか、止めて、運転してるのよ」ブランカは手を払いのけたが、チャーリーはいきり立っていた。

「いいから数えてみろって、数えてみろよ、おまえがそんなにあいつのことをかばう……」

灯りのない田舎道の右手に自転車の影が現れた。

「やべえ！」チャーリーが怒鳴った。両手をダッシュボードに突っ張り、サーラが短い叫び声をあげた。ブランカはブレーキを踏み込んだが、車はさらに進んだ。衝突音が響き、人影は宙を舞い、ボンネットの上に落ち、一瞬の間をおいて、下に滑り落ちた。空中に一瞬自転車が現れ、路上に落ちた。

ホセとサーラは急ブレーキで前方にはじき飛ばされ、前座席の背に衝突した。「何なのよう、ああもう、何なのよう?!」

車はすでに停止していた。しかし、ブランカはドアを開けて確認しに行くことができなかった。神様、心の中で祈った。あの男の人が起き上がり、自転車を起こし、去ってくれますように。彼が無事でありますように、どうか、自転車で走り去ってくれますように。しかし、路上では何ひとつ動くものはなかった。

チャーリーはドアを開け車を降りた。車の周りをぐるりと見て回り、体をかがめるのをブランカは見ていた。彼はそのあと体を起こすと、自分のところに来いと彼女たちに手招きした。ホセは頭を抱えて呻いているだけだったが、サーラは車を降りた。ブランカは彼女の様子を目で追っていた。サーラはおそるおそるチャーリーに近づいていき、明らかに、これから目にするものに怯えていた。と、車に背を向け、チャーリーの腕の中に倒れこんだ。その瞬間、ブランカは観念した。もはや取り返しがつかない事態なのだと。実際、起こりうる最悪の事態だ。飲んで運転し、人をはねたのだから。

ブランカはのろのろと車からはい出た。血管の中で血が荒々しく脈打ち、頭の中はすっかり空っぽだった。数歩歩き、地面に倒れている人影のそばで立ち止まった。

その男性は、建設現場の作業員が寒い日に着こむような緑色の保温用ジャケットを身につけ、オーバーオールに黒いゴム長靴を履いていていた。横向きに体を丸め、左手は後ろに曲げられ、掌が上を向いていた。頭は不自然な角度にがくりと曲がり、鼻からは暗色の細い筋が縷々と流れ出ていた。

「死んでるの？」たずねた。

チャーリーはすすり泣いているサーラを苦々し気に引きはがすと、男の人の横にしゃがみ、あおむけに返した。

「たぶんな」

「救急車を呼ばなきゃ」

チャーリーは彼女を見た。

「ブランカ、死んでるんだ」重々しく、まるで彼が先に言ったことをブランカが理解していないかのように告げた。

「救急車と警察を」ブランカは繰り返した。

「死んでるんだ」チャーリーは繰り返した。「わからないのか？　もうこいつは助けようがなく、俺たちはどん底に落ちるんだぞ」

「だって、ここに、道の真ん中に放っておくなんて、できないじゃない」

ブランカは息をのんだ。ふいにチャーリーの言わんとすることを理解したのだ。この恐ろしい悪夢から目覚める可能性がまだあるかもしれない、あるいはそれを消し去る可能性が、あるいはそれから逃げおおせる可能性が。

「森の中に移動させよう。見つかるのが遅ければ遅いほど、俺たちに有利になる」チャーリーは屈むと男の人のわきの下を抱えた。「ほら、おまえら、手伝えよ。足を持ちな」

ブランカは片足をつかんだ。しかし、サーラは動こうとしなかった。

「持ってってば」ブランカが促した。「誰か通りかかる前に」

「そんなこと、うまくいかないもん」サーラは抗った。

「どう、うまくいかないんだ？」チャーリーが声を荒げた。「それとも、おまえはこいつとここに残りたいのか？」

サーラはしゃくりあげ、ためらいながら男の人のくるぶしをつかんだ。

「だめ」そう言うと、足を放した。「私にはできないよう」

「じゃあ、その自転車でも持って」チャーリーはそう怒鳴り、しかし、自分の声がこちらを凝視している木々のあいだに響き渡る様子に彼自身がおののき、声を潜めて付け加えた。「森に持っていくんだ」

体は重かった。ブランカが予期したよりも重かった。その体を緩やかな丘のむこうまで運んでいくのは、たやすいことではなかった。足元は草で滑り、灌木は道から見えていたよりも生い茂って踏み込みづらく、坂道は考えていたよりも勾配がきつかった。それでもチャーリーは力強く、ブランカは恐怖に駆り立てられていた。

道からほぼ二十メートル入り込んだところでみっしりとした灌木の茂みにぶつかった。

「あそこに置いていこう」チャーリーが言い、ブランカは最後の力をふりしぼった。そのとき、男の人が苦し気に息を吐いた。

「うそっ、生きてる」ブランカは言った。チャーリーはその体をさらに引きずった。「聞いてる?」ブランカは繰り返した。「まだ生きてるわ」

「そんなわけない、気のせいだ」チャーリーは取り合わなかった。

ふたりは男の人を地面に寝かせ、その上に屈みこんだ。ぴくりともせず横たわっていた。

「死んでるよ」チャーリーはそう言うと、折れたトウヒの枝を探り出し、それで彼の体を覆った。そしてふたりは踵を返し、息もつかずに車へと戻った。

数メートル離れたところで、ふたりははっきりとしたうめき声を聞いた。ふたりは顔を見合わせることもなく、歩を緩めることもなく、むしろスピードをあげると、針葉樹の枝葉で覆われた坂道を滑り下り、車へと駆け込んだ。サーラはすでに車の中で、静かにすすり泣いていた。ホセは彼女の横で体を折り、両腕で胃のあたりを締めつけていた。ブランカはふたたび運転席に坐り、驚くほど冷静な手で鍵を回してエンジンをかけ、発進させた。

午前二時にスヴァトプルクはドアがガチャリと音を立てるのを聞き、娘が無事に家に帰ってきたことに満足すると、寝返りを打ち、ようやく眠りに落ちた。

日曜日の朝をスヴァトプルクは愛していた。エヴァは用事のない日の朝はゆっくりとまどろみを楽しみ、早起きが習性である自分の夫のことを、それはまごうことなき労働者の血のあかしねとからかった。

「ブルジョアの奥様というのは、日曜日にはのんびりと寝そべっているものなのよ」そう言って笑い、スヴァトプルクは、息子の嫁に対する不満を隠そうともしなかった彼の母の言葉を借用してきたなと思った。彼はいつもエヴァを起こさないよう、七時前には寝室を出て、朝食の支度をし、それから一杯のコーヒーとともに台所のテーブルに坐ると、慌ただしい平日にはそんな余裕すらない新聞に目を通すのだった。

四月二十日の日曜日は、仕事のある土曜日の翌日だったので、朝の平穏なひとときには格別の味わいがあった。しかし、スヴァトプルクが静かに台所のドアを開けると、思いもかけず、ブランカがテーブルに坐っている光景が目に飛びこんできた。日曜日には彼女はいつも昼まで起きてこなかったので、スヴァトプルクは、最初、水を飲みに来ただけで、また横になるんだろうと思った。しかし、ブランカが自分のほうに向きなおったとき、何かあったなと察した。

ブランカは一晩中眠れなかった。目を閉じるや、あのひと時が、あの瞬間が、あの刹那がよみがえった。時をもとに戻せたなら！　彼女は宙を飛ぶ体を見て、ふたたびチャーリーと森の中で体を引きずり、そして苦し気なうめき声を聞いた。気のせいだと思い込もうとしたが、知っていた。完全に確信していた。あの男の人は生きていた。一晩中、彼が息を吐くのを、苦し気にうめくのを、そして助けを求めるのを聞いていた。助け、それはその男の人が彼らから得られなかったものだった。さらにおぞましいことに気づいていた。彼女たちがしでかしたこと、それは殺人だ。これは誰にも、パパにだって、言ってはならない。

プラハまでの道程を彼女はコマ送りのように克明に描写することができただろう。頭の中には、すべての木々が、街灯が、夜歩きする歩行者が、通過する車が、明かりのついている窓が刻み込まれていた。曲がり角のたびに、警察の取り締まりに身構えた。土曜日のお楽しみのあと家に戻ろうとしている酔っ払いドライバーを狙って、頻繁に取り締まりが行われていた。今の彼女のような者たちを狙って。

半時間後、病院へと続く道で車を停めた。もっと近くの、こうこうと照らされた門まで行く勇気はなかった。サーラはホセが車を降りるのを手伝い、吐瀉物を臭わせ血にまみれた彼を救急医療センターの玄関へと連れて行った。呼び鈴を鳴らし、暗闇の中へと消えた。停まったままの車を振り返りもしなかった。

ブランカは最寄りの路面電車の停留所でチャーリーを降ろし、他のときなら、ガレージは徒歩で軽く二十分はかかるからと家の前に車を停めていたのだが、今回はそこまで車を回した。背後の金属製のシャッターを閉めてしまうと、ようやく明かりをつけ、車をすみずみまで見まわした。後部座席の足元は嘔吐物で汚れていたが、片付けられなくもないし、言い訳できなくもないだろう。問題は、フロントフェンダーの自転車とぶつかったところがつぶれて擦り傷がついていることと、体が激しくぶつかったボンネットがへこんでいることだった。

黄色のシュコダ105が、何かあるいは誰かをはねたのは、一目瞭然だった。ブランカはガレージの隅でバケツと雑巾を手に取ると、明かりを消し、そっとドアから滑り出て暗闇にまぎれ、灰色のコンクリートのガレージが並ぶ一隅で、賃借人用の屋外共用水栓からバケツに水をためた。流れる水音が静けさの中でうるさいほど響き、夜の街のまばらな音をかき消した。ブランカはガレージに戻り、ふたたび明かりをつけた。ボンネットのへこみは、さっきより大きくなっているように思えた。車の後部ドアを開けると、酸っぱい臭いが鼻を突いた。息を詰め、せめてホセの嘔吐の跡を消そうとした。できることは、それくらいしかなかった。パパには車の傷について何か弁解しなければならない。

一晩中ベッドの上で展転としながら、パパを起こして打ち明け、何とかしてちょうだい、自分からこの身の毛のよだつ重圧を取り去り、すべてをもとどおりにしてちょうだいと泣きつきたい衝動と戦い続けた。そして、何をしようともとには戻らないし、どう告白しようと何も変えられないのだと覚った。何かほかにすべはないだろうか、あの男の人が単純に目を覚まし、起き上がって家に帰っていやしないかしら。それで、ふと目が覚めると森の真ん中にいて、どうやってそこにたどり着いたのか全く覚えていなかったという笑える体験談を、晩に居酒屋で話したりするんじゃないかしら。うん、きっとそうよ。きっとすべてうまく収まるわ。そう考えたあと、彼女は細い血の流れと苦し気なうめき声を思い出した。

明け方に、うろたえたまま少しうとうとしたが、日が差しはじめると、もう起き上がった。ガウンをはおり、台所に行って、パパが起きてくるのを待った。パパがすべて何とかしてくれる。

「パパ？」ドアを開けてスヴァトプルクが現れると彼女は口を開いたが、その先を続けられず、泣き出した。

その瞬間、スヴァトプルクに悪寒が走った。

「どうしたんだ？」真っ先に、ブランカの身に何か起きたのではないかという恐怖が脳裏をかすめた。夜にコンサートのために車を走らせるのは危険だと、口が酸っぱくなるほど言い聞かせていた。何か起きるだろうことはわかっていたのだ。

彼は娘の前に腰を下ろした。

「私……その、車をぶつけちゃった」そう言って、すすり泣きはじめた。

「誰か怪我をしたりした？」

首を振った。

「シカをはねた。私、本当に、シカに気がつかなかった。いきなり目の前にいて……」やっとのことで泣くのをこらえた。「ものすごい衝撃で、ばあんと飛んで、ボンネットに落ちて、それで……」両手で顔を覆った。

スヴァトプルクは、内臓を圧迫する氷の重しが融けていくのを感じた。

「ブランカ、泣かなくていい、だいいち、誰も何ともなかったんだからね。車は修理すれば……」

「私、しっかり注意してたのに……　すごくやりきれない、本当にやりきれない気持ちで、パパ……」

「うん、そうだな、まず朝めしを食おうか、それから、車をどうしたらいいか、見に行こう。泣くんじゃないよ、そんな恐ろしいことは起きていないんだから。おまえたち、そのシカはどうした？　どこかに知らせたのか？」

「そんなこと、しないといけないの？」ブランカは誰かが彼女の首をつかみ、捻り上げはじめるのを感じた。

「そうさ、もし死んでるなら、猟師が片付けてくれる。単に怪我をしただけかもしれないなら、見つけ出して撃ってもらわないといけないよ、苦しませないためにね」

「そんなこと知らなかった。私たち、森に運びこんで、目に触れないように、枯れ枝を被せてきた。電話なんか、どこにもかけないで。これ以上辛くなりたくない」

「ふうむ、でも、本当に連絡しなければいけないんだがな」

「パパ……」

「よし、わかった。腹に何か入れよう。そして車を見に行こう。そうしたら、そのあとどうすべきか、わかるだろう」

ブランカは頷き、着替えに出ていき、また台所に戻ってきた。スヴァトプルクは彼女が震える手で紅茶を注ぐのを見ていた。泣きつかれた目は腫れあがり、肩は落ち、その振る舞いからは自信が消えていた。ときおり弱々しくしゃくりあげた。ブランカには青天の霹靂だったに違いない。これから運転するのを怖がるようにならなければいいが。

「こうしようか、おまえは横になりなさい。パパがひとりで車を見に行って来よう。日曜日には、どうせ大したことはできないだろうからな」

ブランカは無言で飲み終えていない紅茶のカップをテーブルに置くと、出ていった。娘の部屋の近くを通ったとき、スヴァトプルクはドアをそっと、少しだけ開けて、中の様子をうかがった。ブランカはベッドの上で体を丸め、泣いていた。


スヴァトプルクはガレージのシャッターを開けた。胃液の臭いがした。ブランカは自分にすっかりすべてを話したわけではなさそうだ。車のドアは開けられていたので、中を慎重に検分した。後部座席の足元に濡れた汚れの跡があることを除けば、他に何の問題もないように見えた。車の前方に回った。へこんだバンパーとボンネット。思っていたほど、酷くはなかった。修理できなくもなかろう。ブランカの苦しみようから、スヴァトプルクはもっと大きな損害を想像していた。

ボンネットのへこみのあたりに手を走らせ、手のひらにくっついた黄色い塗料のかけらを見た。板金修理が要るかもな、そうすれば直るだろう。それに塗装も。いっそ車全体を塗装しなおしてもらおうか。この黄色にはぞっとする。しかし、あの当時、彼らにはほかの色の選択肢などなく、それに二年間も車を待ち続けていたのだった。

翌日、スヴァトプルクはロスチスラフに電話をかけ、修理について話をつけた。ロスチスラフは公式には自動車整備場で働いていたが、彼が内縁の妻と暮らしている家の中庭で非合法の自動車修理を行っており、そのサイドビジネスでそれなりの稼ぎを得ていた。家はしだいにどんどん傷んでいき、それはロスチスラフも同様で、彼は稼いだ金を玄関の修理や新しい窓に充てる代わりに、ラムやボロヴィチュカ（ジュニパーベリー風味の蒸留酒）、それにゼレナー（ペパーミント風味の緑色のリキュール）につぎ込んだ。

月曜日の仕事が終わるとスヴァトプルクは車をロスチスラフのところに持って行き、中庭に停めた。兄はガレージのシャッターから出てきたが、会わなかったこの数週間のうちに痩せこけてしまったロスチスラフの様子にスヴァトプルクはぎょっとした。顔は黄味がかり、目の下は黒ずんでいた。たぶん昨晩も飲みすぎたんだろう。

ロスチスラフは黄色いシュコダをぐるりと回り、傷に目を走らせた。

「なんだ、おまえのところのお嬢がノロジカをはねたのか」かすれた声で言った。「ああ、シカってえのはクソだぜ」そう言ってボンネットを軽く叩いた。「金曜日には元通りにしとく。新しい塗装も了解だ。また連絡する」

しかし電話はもう水曜日にかかってきた。

「電話したのはな」彼は言った。「自動車整備場にポリ公が来て、うちに黄色い車の修理依頼が来てないかと聞きやがったのさ。なんでも、土曜の晩に誰だか自転車乗りをはねて、逃げたんだと。念のために、おまえの家の車を中庭からガレージに隠しておいたが、これからどうするか相談しに、ちょっと来てもらわないと」


受話器をフックに戻す、もうそのときに、スヴァトプルクにはわかっていた。交通警察官たちが探している車は、まさに今、ロスチスラフのガレージに停まっている。なぜブランカが自分の部屋からほとんど出てこようとしないのか、なぜ彼女の手がピアノが弾けないくらい震えているのか、なぜ夜に家の周りを歩き回る音が彼女に聞こえるのか、これで腑に落ちた。なぜあの夜から娘がほとんど何も食べようとしないのか、なぜ幽霊のように歩き、誰かが彼女に声をかけるたびに震えあがるのか、これで腑に落ちた。

スヴァトプルクはしばらく黙って電話をにらんでいたが、それから党の書類をすべて払いのけ、立ち上がり、秘書に午後の予定をすべてキャンセルするように言い渡すと、長い廊下を門へと急いだ。間違いであってくれ、家への道すがら、ずっとそう願い続けていたが、状況がこれほど一致するのはよほどの偶然でなければありえない。彼にはそれが嫌というほどわかっていた。

ブランカは自分の部屋にいた。ソファに坐り、膝の上で開いた教科書を手にしていた。目は腫れぼったかったが、泣いてはいなかった。驚いたように父を見て、何とか微笑もうとした。

スヴァトプルクは、ちょうど台所の床を拭いていた彼の母に聞こえないよう、後ろでドアを閉めた。なぜ毎日掃除をしなければならないのか、そして彼女の訪問で自分の生活が不快にさせられねばならないのか、理解できなかった。しかし、今はそれはどうでもよい。椅子を引き寄せて娘と向き合って坐った。

「交通警察が黄色い車を探している。自転車をひき逃げしたんだ」

ブランカは両手で顔をおおい、泣きだした。

最後の希望が消え失せた。スヴァトプルクの、そしてブランカの。

スヴァトプルクは誰かが自分の足元のカーペットを出し抜けに引いたかのような感覚に襲われ、よろよろと床に崩れ落ちた。

「本当のことを言いなさい。今度こそ、もう、正直に言うんだ」

スヴァトプルクはどれくらいのあいだ居間のソファに坐っているのかわからなかった。両手を膝の上で突っ張り、カーペットの模様を見つめていた。ブランカは眠っていた。

「助けてパパ、お願い、助けて。私ものすごく怖い、もう耐えられない」土曜日の晩に起こった真相を話してしまうと、父にすがりついた。そう、真相の、ほぼすべてだった。ずっと耳の中で聞こえている、あの男の人のうめき声については触れなかった。自分を抱きしめるかのように両手で体を抱え込み、前後に体を揺らし、ヒステリックに声をあげて泣いた。その大声に母が部屋を見に来たほどだった。スヴァトプルクは彼女をドアから押し出した。それに腹を立てた母が、恩知らずとか、もうおまえのところには二度と来ないよと悪態をついたことは、そのときの彼にはどうでもよいことだった。

そのあと、ブランカに睡眠薬を二錠与え、何とかしてやると約束し、寝入るまで手を握り続けた。

そして今、坐って沈思していた。解決策はふたつしかなかった。何も語らず、ブランカが逃げおおせることを期待するか、あるいは事故について自白するか。自白するなら早ければ早いほど良い。

どうすべきなのかはわかっていた。しかし同時に、どんな結末を迎えるのかもわかっていた。一点において、ブランカは核心をついていた。その男性はすでに死んでおり、手助けのしようがない。しかし、ブランカは生きており、自白は全人生を狂わせるだろう。刑務所行きは間違いなかろう。どれくらい長く？　一年間？　二年間？　誰かに助言を求める必要があった。

のろのろと立ち上がり、柔らかなカーペットを横切って電話へと向かい、ダイヤルを回すと、名乗った。

「ミレク、君のところへ今すぐに行っても良いだろうか？　君のアドバイスが必要なんだ」

ミレク・ゼヴァダは弁護士でスヴァトプルクとはもう長い付き合いだった。ゼヴァダの娘もまた法学を修めており、スヴァトプルクは彼女を会社の法律部門で雇用していた。当時は辣腕弁護士が必要とされていたがモニカ・ゼヴァドヴァー（ゼヴァダ家の女性の名字）は群を抜いて聡明で、彼女は法律知識を総動員して職務をまっとうしていたのだが、ゼヴァダ氏は娘がプラハに職を得たことが嬉しく、友人に恩義を感じていた。「誰だって男を雇いたがる、なあ、そういうものだろう。女は結婚して、赤ん坊ができれば職を離れ、そのあとは子供たちがしょっちゅう病気をするときてる。おまえは知らんだろう、なんて思わないでくれよ、私だってよくわかってるさ」彼は会うたびに、繰り返した。「もしも何か必要があれば……」

まさに今、スヴァトプルクには必要なことができた。

ミレク・ゼヴァダは丸いグラスにコニャックを注ぎ、彼に呼びかけた。「さて、どうしたんだ？」しかし、すでにスヴァトプルクの表情から、これはただ事ではないと察していた。

スヴァトプルクは深いため息をついた。

「君たち弁護士にどんな守秘義務があるかわからないんだが……」

スヴァトプルクがそう言いはじめると、ゼヴァダがそれを遮った。

「こうするのがいいかもしれない、理論上の話をすることにしよう。もしもこんなことが起きた場合、どうなるかってね。何か必要だと感じたら、そのときに質問させてもらうよ」

スヴァトプルクは黙ったまま、しばらく彼を見つめた。

「わかった。誰かが自転車をはねて逃げてしまったような場合、その人にどんな刑罰が下されるかに興味があるんだ」

「つまり、助けもせずに？」ゼヴァダは考え込んだ。「そうだなあ……」

「それに、事故の痕跡を消そうとした」スヴァトプルクはいやいや付け加えた。

「遺体を片付けようとしたってことか？」ゼヴァダが尋ねた。

スヴァトプルクは頷いた。

「十五年だな」少し考えてゼヴァダが答えた。

「過失致死で？」スヴァトプルクは息を吸うことができなかった。

「殺人としてだ」

信じられなかった。だって、ブランカはまだ二十歳にもなっていないのだ。これから演奏会をして、愛を経験して、結婚して、子供を持つはずなのだ。人生から喜びを得るはずなのだ。しかし穏やかな人生を送る権利は、彼女が助けを呼ばないと決心し、逃げたあの瞬間についえてしまった。スヴァトプルクは、心の奥底で、このような行いは刑罰に値すると感じていた。しかし、これはブランカのことなのだ……。

「逃れさせるすべはないのか？　お、おまえだったら、たとえば、おまえの娘のことだったら、どうする？」

ゼヴァダは黙考し、それから身を屈めて、まるで誰かに聞かれるのを恐れるかのように低い声で言った。「たったひとつだけ、解決法がある。ここからブランカを外にやるんだ」

「どこに？」スヴァトプルクは尋ねたが、しかしもう答えを予期していた。

「『西』に。しかも、できるだけ早く」

11　娘

車から降りると、できるだけ早く市庁舎に駆け込んだ。広場にはたくさんの人がいて、みんなが、花嫁はどんなドレスをまとって、どんな花をブーケにしているのかを一目見ようと興味津々で見つめていた。私はそれに狼狽した。もうそれほど他人を怖がらなくなっていたが、注目の的になるのは相変わらず好きではなかった。

多くの女性が盛大な結婚式にあこがれている。私とマルチンは簡素な式にしようと決めた。なぜなら、マルチンは派手な祝い事を好まず、私は、何はともあれ、招く人を思いつかなかったからだ。私の親族から参加したのはビェラと父だけで、その父ときたら事情を知らない人が見たら花婿側の家族の一員だと思われそうな振る舞いをしていた。私の証人はマルチンの妹のズザナだった。マルチンのほうはズザナの婚約者のヤクプが証言したので、私たちはマルチンの両親を加えて総勢八名だった。

私のそのときの恰好ではファッション雑誌のタイトルページを飾れはしなかったろう。店頭で購入したサマードレスを着て、私は花嫁になった。白いドレスの裾にはカラフルなバラの小花がプリントされていて、ビェラとマルチンは私にとてもよく似合っていると請け合ってくれた。そのうえ、ドレスは軽くて実用的で、レストランの代わりに借りた社交室でそのありがたみを嫌というほど感じた。そこはとても蒸し暑く、部屋に入った男性たちはすぐにマナーに反してジャケットを脱いだけれど顔は汗で光り、女性たちも入れ替わり立ち替わり化粧室に引っ込んではストッキングを脱ぐほどだったのだ。

デザートのクリームは皿に流れ落ち、ワインは証人が誓いの乾杯の口上を述べ終える前にぬるくなってしまった。これを踏まえてこの次は冬に結婚することねとズザナがおどけて私にコメントし、それは花婿から笑顔を、出席している両親からこっぴどいお小言を引き出すはめとなった。

私たちは結婚式よりも新婚旅行を楽しみにしていた。ビェラの夢の都、パリへと出発し、サンマルタン通りの小さなホテルに宿泊した。私たちの部屋は四階で、そこへは擦り切れたカーペット敷きの、嫌になるくらい狭い階段を通って出入りした。室内には白い衣装ダンス以外にダブルベッドしかなく、それは身動きするたびにけたたましい音を立て、通りから室内に入り込んで悩みの種となっていた車の騒音や人の叫び声すらかき消すほどだった。壁沿いのスペースは狭く、どちらかが光ダクトに通じた窓付きのちっちゃなバスルームに行くには、もうひとりがベッドの上に坐らねばならなかった。壁と窓台の上に並べられた街の風景画は、たぶん部屋の居心地を良くして、ホテルが自慢する過剰な星の数を弁護するつもりだったのか、もしくは単に壁のひびを隠すつもりだったのかもしれない。

窮屈な空間は私たちには問題にならなかった――一日中ずっと屋外で過ごしていたのだから。マルチンはほど近いところにあるポンピドゥ・センターを時間をかけて丹念に写真におさめ、ルーブルのガラス張りのピラミッドに歓喜した。まる三日間ラ・デファンス地区で過ごし――マルチンが言ったように――インスピレーションをくみ取っていった。そのとき私は初めて、マルチンの説得を聞きいれず、高校卒業で満足して建築学を学ぶために進学しなかったことを悔やんだ。ただ、ふるさとを離れて大学に行くか、あるいは安全な我が家に留まるかを決断しなければならなかったころ、学問に対する意欲よりも未知のものに対する恐怖のほうが大きかった。パリで自分が過ちを犯したことを実感し、もう二度と不安が夢の実現を妨げるなんて許さないと誓った。

私が普通じゃないことに誰か気づくんじゃないかと恐れるなんて、どれほど無意味かという気持ちをパリで味わった。私は外国人たちのなかにいるひとりの外国人で、大勢の中のひとりだった。マルチンと通りや大広場を闊歩し、腕を組み、微笑み、満ち足りた気持ちで群衆に溶け込んだ。

古本屋で数冊の建築学の書籍を手に入れ、ビェラにフランスのシュールレアリストのコラージュ集を買った。家に帰ったら、夕食後にフランス産のワインを注いでキッチンの大きなテーブルに坐り、一緒にその本を見るのが楽しみだった。でも私たちが緑の蔦に覆われた家に帰ってくると、花壇のラベンダーも窓と階段に置かれたプランターのラベンダーもしおれていた。

ズプは私が今日ここに帰ってくることを知っていたかのように門のそばで待ち構えていて、嬉しそうに私の周りを飛び跳ね、長い毛むくじゃらの尻尾で地面をはいた。けれどそれもつかの間、その嬉し気な跳躍は門から玄関への絶望的な奔走に変わり、私たちが鍵を開けて玄関ホールの階段の下に荷物を降ろし、キッチンへと入ると、しょんぼりと私の足元に坐って悲し気にこちらを見た。私は奇妙にがらんとしたキッチンを見まわし、心細さに襲われた。キッチンの椅子は片付けられ、切り抜かれた雑誌や新聞は消え、糊のにおいはせず、切り出された色とりどりの紙片とともに、ビェラまでが消えていた。

彼女の小部屋をノックし、それから中に入った。壁には何もなく、古い黄色の毛布が掛けられた寝椅子の上には、廃棄待ちの不用品が詰まったクラフトボックスが並んでいた。まるで、彼女は私ひとりに見えていただけで、現実にはどこにも存在していなかったかのように、ビェラの気配はすっかり消えていた。

背後のキッチンから重々しい足音が伝わってきた。父が私の夫の帰宅を喜び、フライトはどうだったか、ホテルは、街は……と尋ねているのが聞こえた。私がどこにいるのか尋ねるなんて、父には思いつきもしないようだった。たぶん父には私が帰ってこないことが何よりありがたく、人生から消え失せてくれれば良いのにと思っているんだろう……ビェラのように。

寝椅子に坐り、泣きはじめた。マルチンが部屋の中をのぞき、私の隣に坐ると、片手で私の肩を抱いて引き寄せた。私は彼のシャツを濡らしてしまわないように、身をよじり、そのとき、ドアから父が現れた。泣いているのを見られたくはなかった。マルチンがポケットを探ってハンカチを渡してくれた。私は鼻をかみ、目をこすると、勇気を出して父を見た。年とともに肩のあたりの背が軽く丸まってきたけれど、そこに立ちはだかる父は変わらず大きく、まばらになった灰色の髪はこれまでずっとそうしてきたように後ろになでつけられていた。まるで私が自分の涙で彼を怒らせたかのように、こちらを見た。

「どうせ何の役にも立たないやつだった」身をひるがえすと、自分の部屋へと去っていった。ズプが私の手をなめ、尻尾を足のあいだに入れると、父のあとを追って出ていった。

それがビェラの失踪について言及した父のただひとつの言葉だった。

何が起きているのか確認しなければならなかった。できるだけ早くビェラに会わなくては。カバンを上階の自分たちの住み家に運び上げると、キッチンのテーブルの上に、私の名前が書かれて糊付けされていない封筒をがあるのを見つけた。荷物を床に置き、びっしりと書き込まれて折りたたまれた白い便箋を取り出した。

私の大切なダアちゃんへ

私が考えていることについて、もっと前にダアちゃんに言っておくべきだったのかもしれませんね。でも、あなたの素敵な休暇を台無しにしてしまいたくなかったのです。出ていくのを引き留めようとされるのも嫌でした。だってそんなことしても意味がないのですから。私にとっては、手紙に自分の理由を書き記すほうが気楽です。口で説明するよりも、何倍も気楽なのです。他の誰よりも辛い思いをする読み手がダアちゃんだってわかっているけれど。

ダアちゃんもわかっているように、私はあなたのお父さんと一緒にいて幸せではありませんでした。お父さんを悪く思っちゃだめだよ。私たちは互いのために創られた存在ではなかったのね、一緒に生活しはじめた最初の数か月で私たちはそれを自覚しました。あなたのお父さんには驚かされることが山ほどありました。そのためお父さんを尊敬したけれど、それよりずっとたくさんのことが、ここを出ていかなきゃならない原因となりました。

なぜ私がこんなにも長くここにいたのか、そのたったひとつの理由がダアちゃんでした。ダアちゃんは、私があなたを必要としたのと同様に、私を必要としました。だから、どんなことがあろうと、あなたたちと過ごした時間を失った年月だなんて思いません。ダアちゃんは今はもうひとりぼっちじゃない。あなたにはマルチンがいます。だから私は——引き裂かれるような思いですが——ここを去り、ひとりで自分のための人生を再スタートさせることができます。あなたのお父さんから離れたのは、そうすることが私たちふたりにとって一番良いからなのですが、でもそれはダアちゃんを捨てるという意味ではないからね。いつまでも私はダアちゃんのビェラで、ダアちゃんのお母さんで、必要な時にはいつでも、私のところへ来ていいんだからね。いつだって私はダアちゃんのためにここにいるし、歓迎します。

ダアちゃんは私にとって、この世の何よりも、かけがえのない存在なのだから。

あなたのビェラより

ハンドバッグの中の携帯電話を探り出し、数語を入力した。どこにいるの？　そっちに行ってもいい？　私の知らせを待ち構えていたかのように、すぐに返事が来た。そして私は理解した。この瞬間から、もう、なにひとつ、元どおりにはならないのだと。

12　父

もう、なにひとつ、元どおりにはならないのだ。暗くなった通りを家に向かいながら、最善の解決法を見つけ出そうと躍起になりつつ、スヴァトプルクはそう感じていた。最善の解決法、そんなものは決して存在しなかった。選択肢は、悪い可能性と、さらに悪い可能性のあいだに存在していた。どれを選ぼうと、それは、これまで慣れ親しんだ人生の終焉を意味した。家が近づくにつれ、決定はブランカに委ねるしかないという気持ちが強まっていった。

鍵を開け、廊下を通り過ぎ、居間のドアを開けて立ち止まった。ブランカとエヴァが待ちかねたように彼を見た。彼女たちは、スヴァトプルクには世界をもといた軌道に乗せ直す力があると、本気で信じていたようだった。

「ひとつだけ、刑務所行きを免れる可能性がある。でも、おまえ自身が決断しなくてはならないんだ」彼はそう言うと、彼女たちに向かって肘掛け椅子に腰を下ろした。

ブランカはソファの上で体を縮め、まるで病人のように毛布にくるまっていた。エヴァはその横に坐り娘の手を握っていた。エヴァも衝撃を受けており、おそらく夜には泣くことだろう。しかし今は娘の前で平静を保とうと努力していた。彼女にはこの先涙にくれる時間が嫌というほど与えられよう。

「どんな？」ふたりがほぼ同時にたずねた。

スヴァトプルクは、彼女たちの心に過大な期待を呼び起こしてしまったと、苦い気持ちになった。

「『西』へ逃げるしかあるまい」

「わかった」ブランカは即座に応じた。あまりに素早かったので、スヴァトプルクはずきりとした痛みを感じた。

「これは、おまえのことなんだよ」付け加えた。「よく、慎重に考えなさい。わかっているね、何を言っているのか？」

「わかってる」ブランカはふたたびそう答えた。追われる動物の表情が瞬時に消え、安堵にとってかわった。

ふたりは自分と一緒に行くのかとブランカが尋ねもしなかったことに、スヴァトプルクは気づいた。その瞬間、なぜそんなことを彼女に言っているのか、なぜ彼女がこの世のどこかに消え去ってしまうようなことを提案しているのかという思いが脳裏をかすめた。彼女が刑務所に入ったなら、会うこともできるし、数年たてば釈放されるだろう。きっと刑期の三分の二を終えたあと、彼女は家に戻ってきて、すべてが元通りになるだろう。もしくは、ほとんど元通りに。そして世間は時とともに彼女が犯したことを忘れてしまうだろう。

「おそらく、数年間は会えなくなる。もしかすると、もう二度と」その考えに、彼の喉はこわばり、目の奥には涙が押し寄せはじめた。

「もう決めたわ」ブランカはほとんど嬉し気に繰り返した。スヴァトプルクは視線を落としてエヴァを見た。彼女はブランカを見つめていた。唇は引き結ばれ、黙っていた。

「わかった」彼は言った。「わかった」

「でも、どうやって行くの？」

「パスポートはある。出国許可証と両替許可証を手に入れなきゃならない」

それもできる限り早く。

その晩、ワイロとコネとスヴァトプルクの影響力をいかに頼みにして、ブランカを資本主義の国へ送り出すかという絶望的な計略が練られた。

エヴァは、劇場のオーケストラで演奏している友人のエリシュカ・スィーコロヴァーから、劇団がストックホルムで開催される国際演奏会のための旅行許可を得たという話を聞いていた。エヴァは彼女と会って詳細を聞き出したうえで、三万コルナで、適当な病気のふりをしてもらえないか、そしてそのために土壇場で演奏旅行に行けなくなってもらえないかと持ち掛けた。

「そんな、大したことじゃないのよ」エヴァはエリシュカに言った。彼女は優れたピアニストである以外に、エヴァの学生時代からの友人でもあり、育ち盛りの子供ふたりをかかえたシングルマザーでもあった。

三万コルナといえば半端な額じゃないわ、エリシュカ・スィーコロヴァーの頭にすぐさま浮かんだ。彼女がやりくりして貯めた、あの数千コルナをそれに足せば車が買えるかもしれない。シュコダ120の新車だって七万コルナもあれば買えるだろうから。そして気づいた。ブランカはチェコスロヴァキアに帰ってこないつもりなんじゃないかしら、それだと困ったことになっちゃう。だけど、そのお金……

「知ってるでしょ、パパのかわいがりようときたら」エヴァは鷹揚な調子で続けてみせたが、エリシュカはエヴァと長い付き合いだったので、友人のやつれように気づき、ブランカを海外に行かせることにエヴァ自身が深く関わっていることを察していた。なんだかんだ言ったって、と彼女は考えた。私が病気になるというのはあり得ることね。いつもどこかの調子が悪いんだから。エヴァの娘が海外に留まろうと、こっちに厄介ごとは降りかからないでしょう。

「そうね」エリシュカは言った。「土壇場で私は腰の具合が悪くなるわ。しばらく安静が必要となるの。だから、もしもこれがブランカにとってそこまで重要だというのなら……」そう言ったあと、友人にただで演奏旅行をあきらめるとは思われないよう、本音を付け加えた。「あなたに嘘はつけないわね、今そのお金があると、とても助かるの」

次はスヴァトプルクが党の要職にある権限を駆使して劇場の支配人に電話をかけ、厚意を要求する番だった。

「同志支配人どの、聞くところによると、あなたのところのピアニストは体調が思わしくないとか。ところで、うちの娘がスウェーデンを見てみたがっているんですがね」そして言い添えた。娘はピアノを学び終え、修了試験後には、もしかすると、そこで演奏するようになるかもしれません……。そのころ、今の劇場の支配人どのは引き続き劇場の支配人を務めていらっしゃるかしら。今の任期はまもなく終了するでしょうが、このスヴァトプルクは彼の再任を後押ししますよ……。支配人は彼の言葉に不穏なものを感じ取った。もしも応じなければ……

「お嬢様は必要な証明書類をお持ちで？」

「もちろん、証明書は何ひとつ問題ありません」スヴァトプルクはそう答え、支配人は嬉し気なそぶりでスヴァトプルクに賛同してみせた。

「いやあ、素晴らしい、同志支配人どの、これで決まりですな。あなたの恩情には感謝します。私の力が必要な時はいつでも……」

支配人は苦しい立場に追い込まれた。党のいかなる全国集会にも欠かされることのないような、それに会話の中で仄めかされたところによると、党の最高幹部たちともコネのあるような高い地位にある同志の要求を拒絶することは危険だった。しかし、いったいあのスィーコロヴァーをこんなに唐突に足止めできるだろうか？　やらなければならないのだろう。オーケストラの誰かが、海外公演の実現を脅かしかねない健康上の問題を抱えていると、今の今まで誰もこの俺に言わなかっただなんて、そんな話、信じてもらえるだろうか？

意を決して、胃に重苦しさを感じながら、オーケストラの練習へと向かった。ドアを開けるや、彼の前にエリシュカ・スィーコロヴァーが飛び出してきた。

「落胆させたくはないのですが、同志支配人さま、公演で誰かに私の代役を務めてもらうわけにはいかないでしょうか？　腰の調子が酷くて、バスで長距離の旅をするのには耐えられそうにないんです」

支配人は神を信じていなかったが、天に感謝の気持ちを捧げ、深刻に悩むふりをしてみせた。「それはまずいですよ、同志スィーコロヴァー君、まずいですよ。だけど健康は、そんなことより、もっとずっと大事ですからね、ねえ、そうでしょう、同志指揮者どの。あなたの代役で行く人ですが、きっとなんとか探し出せるでしょう」

「冗談じゃありませんよ」憤慨した指揮者が叫んだ。「スィーコロヴァー君、かき乱すのもたいがいにしてくれ」支配人のほうを向くと「まじめに考えてくださいよ、オーケストラと合わせることが、そんなに簡単なことかどうか」

「経験豊富なオーケストラの指揮者には大したことではないでしょう」支配人はそう言った。「そしてあなたは経験豊富ときている、でなければ、ここで雇いはしなかったでしょうからね」

指揮者は事情を察した。

「それでは、誰を……。この期に及んで……」

「それは心配ご無用です。ちょっとこっちへ」支配人は温和に微笑んだ。「きっと何か良い案をひねり出せますよ」

自分の事務所で指揮者に事情を明らかにし、このスィーコロヴァーの件はむしろ幸運で、何よりこれは劇場の利益になるのだと説明した。それに自分たちの出世のためにも。

出発の前週の午後、すっかり蒼ざめた顔のブランカが劇場のオーケストラのなかでピアノに向かっていた。オーケストラと合わせようと努力しながら、絶えず、誰かがドアから入ってきて彼女を摘発し、スウェーデンではなく、刑務所への悪夢のような旅に出発することになるのではないかとびくびくしていた。

スヴァトプルクは支配人に証明書の取得に問題はなかろうと請け合ったが、それは真実ではなかった。出国許可証の発行には通常数週間かかり、ブランカにはそんな時間はなかったのだから。そこでスヴァトプルクは、すぐさまその日のうちに電話をかけ、またもや自分の高い地位から、それに自信満々な態度を装って、旅券部署を統括している同志に厚意を要求した。彼のことは党大会で見知っていただけだが、応じてくれるだろうと期待していた。

「娘が、オーケストラと一緒にスウェーデンでの演奏旅行に行くチャンスをつかんだのです。ただ、出発はもうあと数日後なのに、あのいまいましい出国許可証がないのです。同志よ、娘にはできるだけのことをしてやりたいというのが親心ってものでしょう？　あの子のためなら、頭を下げることだって厭いませんとも」

「彼女にこちらへおいで願います、同志よ、何とかやってみましょう」部長が躊躇なく答え、スヴァトプルクはソーセージ、高級なコニャック、それに企業の別荘の一週間にわたる使用許可をふたり分入手した。部長のための袖の下を革のカバンに詰め込み、ブランカを伴ってタトラ６１３型の黒い公用車に乗り込み、ものものしく警察の旅券・査証部に急行した。

有効な出国ビザ、しかるべく空っぽになったカバン、それに一歩だけ、ブランカが格子のない人生に近づいたという希望を持って、彼らは帰宅した。

両替許可証にはフランス産コニャック、本物のハンガリーサラミ、それに国民劇場のチケットがものを言った。

慌ただしく準備を整えるあいだ、緑色の制服を着た男たちが呼び鈴を鳴らし、スヴァトプルクに、彼の名で登録されている黄色のシュコダ105を見せるよう要求するのではないかと、彼らは生きた心地がしなかった。階段を上がってくる物音がするたびに彼らは耳を澄まし、玄関の呼び鈴がなるとブランカは震えあがった。

出発の前日、エヴァはブランカを手伝って、スーツケースにすべての必要なものを詰めながら、その持ち主が社会主義の祖国を捨てようとしているのではないかという疑念を起こさせないように準備を整えていた。衣服は春らしいものでなくてはならなかったが、同時に最も実用的なものでなければならなかった。卒業証明書、宝石類、それに余分な現金は詰め込まなかった。

「おまえの持ち物から何かが見つかるようなリスクは冒せないからね」スヴァトプルクは言った。「おまえは駆け込みで出国ビザを手に入れたわけだが、これは、出国時に、まさにおまえが目を付けられる可能性が高いということだよ」それに、同志たちの誰かが、今まで二枚舌を使っており、ブランカの奇妙な出国について国家公安局の注意を呼び起こさせることで、保身に走ろうとするかもしれない。しかし、それを口に出してブランカを怯えさせはしなかった。

出発前夜、彼らは居間に坐って過ごしていたが、あまりしゃべらなかった。最後にもう一度、宣言すべき場所にたどり着いたら、何をすべきで何を言うべきなのかブランカに繰り返した。

「おまえは政治的理由で逃げてきているんだ。できるだけ遠くにたどり着くよう努力し、申し出てくれた最初の国を受け入れなさい。南アフリカかオーストラリアが一番良い」

ブランカは頷き、早く国境を越えたくてたまらないように見えた。しかし彼女を急き立てているのは不安だけではなく、人生が彼女にもたらそうとしている新たなものに彼女が期待を膨らませている様子が見え隠れしていた。

誰かを死に至らしめたことに対する最初の衝撃を乗り越えると、彼女は立ち直り、そして今や、彼女の前には新たな地平線が広がろうとしていた。自由の地平が、新たな可能性が、それに、例えば切望していたキャリアまでもが。スヴァトプルクとエヴァが心配のあまり、幾晩もまんじりともできなかったとき、ブランカは計画を思い巡らせていた。言葉を使いこなし、仕事を見つけ、自分の才能を生かす可能性を模索するのだ。ここ、社会主義国家のチェコスロヴァキアでは、彼女が多くのチャンスを手にすることはないだろう。しかし、国境の向こう側には本物の人生があり、成功があり、そして才能と強い意志を持った人たちに捧げられる栄光がある。

スヴァトプルクは娘を見つめ、なんと不公平なことだろうと思った。こんなことがあって良いのか、娘を二十年間育て、愛し、必要なものをすべて与えてきたのに、娘は彼らをいとも簡単に捨て去ろうとしている。彼とエヴァが寂しさと心細さで死にそうな思いをしているかたわらで、ブランカは、大きな冒険が彼女を待ち受けているかのように、期待に目を輝かせている。絶望の闇に沈もうとしていないことを喜ぶべきなのかもしれなかったが、ブランカの態度は彼には傲慢に思えた。死んだ自転車乗りに対する、両親に対する、彼女を愛しているすべての人々に対する傲慢、そして彼女は彼らを捨てていこうとしている。十中八九、永遠に。

午前三時過ぎに、ブランカはこれが最後とエヴァを抱きしめ、スヴァトプルクに連れられて階段を下り、待っているタクシーへと向かった。劇場の団員達と楽団員たちをスウェーデンの演奏旅行に連れていくバスは午前四時に出発することになっていた。

スヴァトプルクはブランカがスーツケースをトランクルームに入れるのを手伝ってやり、そのあと車のバックライトが角のむこうに消えてしまうまで、そこに立って見送っていた。

上に戻ると、エヴァはもうダブルベッドの自分の場所に横たわり、顔を枕に押し当てて泣いていた。スヴァトプルクは彼女の横に腰かけ、背中をなでた。

「まだやり遂げたわけじゃないんだぞ」

「わかってるわ」エヴァが言った。そしてスヴァトプルクが横たわると、寝返りを打って彼の手をとった。「向こうにたどり着いて幸せになれるわよね。それ以外は何も望みはしないわ」

「きっとなれるよ」スヴァトプルクはそう言い、エヴァの涙で濡れた頬をなでた。そして、きちんとした市民として起床して自分の就業義務を始められるように、目覚まし時計が鳴り響くまで、彼らは無言のまま並んで横になっていた。

一週間がたち、そのときにはブランカは大丈夫だという確証が持てたので、スヴァトプルクはそれまでロスチスラフのガレージに置きっぱなしていた黄色のシュコダを出して、暗がりのなか、自分の家の中庭に乗り入れた。翌日の午後、所轄署に出頭し、家の裏庭に車を停めたままにしていること、そして誰かがぶつけて傷つけたらしいことが数日前にわかったと届け出た。

「車を修理工場に持って行く前に、見に来ていただけるかな?」彼はそう要求したが、彼らが熱心に書類をめくっている様子がもう見えた。

「黄色のシュコダとおっしゃいましたか?」交通警官が確認した。「すぐにそちらに拝見しにまいります」

スヴァトプルクが名乗るときに忘れず言及した地位の高さを考慮して彼らは丁重に振る舞っていたが、警官に関するあらゆる皮肉な冗談を通じて、スヴァトプルクには、彼らはバカじゃなく、見聞きしたことから真実にたどり着くことができるのだということがはっきりわかっていた。

「同志所長どの、それでは、何があったのかはご存じないのですね?」交通警官は車の周りをまわるとそう尋ね、スヴァトプルクは首を振った。

「もう二週間も車を使わなかったのでね。たいてい公用車に乗っているから」

「ほかのご家族は?」

「妻は免許証を持っていない。娘かな」

「お嬢様とお話しできますか?」

「今、楽団と演奏旅行中だ。来週戻ってくる」

「どちらにお出でで?」

「スウェーデンだ」

「ほほう」交通警官は手帳に何かメモした。「明日私どもの事務所にいらして、調書に署名をいただけますか? その車は移動させないでください。我々が引き取りにまいります」

今度はスヴァトプルクが驚いてみせる番だった。

「何と、どうしてだね?」

交通警官は手を黄色のボンネットに沿わせた。

「明日、事務所にお出でください、同志所長どの」

翌日、警官たちには、ブランカ・ジャーコヴァーがダンスパーティーの帰りに運転していた黄色のシュコダ105が自転車に乗っていたルドヴィーク・ピーサシュに怪我を負わせ、彼はその事故が原因で死亡したということが、ほぼ明白になっていた。バンド「渡り鳥」の他のメンバーは逮捕された。ブランカはバンドの名前のように国境を越えた西へと渡っていった。


エヴァはスヴァトプルクとともに裁判に行くことを嫌がり、だから彼は見知らぬ人たちに交じり、準備されていた傍聴席にひとりきりで坐った。心の中で荒れ狂っていたいくつもの感情を押さえつけるように、こぶしを握り締めていた。逃げ出したいという望みが、坐り続けてあの夜本当に起こったことは何だったのかを最後まで聞かねばならぬという責務とせめぎ合っていた。

ヨゼフ・プロフ、カレル・ヴィエフ、シャールカ・ドゥボヴァー、それにブランカ・ジャーコヴァーに対して訴訟が起こされた。とりわけ、ブランカ・ジャーコヴァーは主位被告として告訴されていた。居酒屋の主人、死亡事故の犠牲者の家族、法医学者と交通事故の法廷鑑定人が陳述した。

自転車に乗っていたのはルドヴィーク・ピーサシュという名で、妻とふたりの成人した息子がおり、ミール集団農場で働いていた。四月十九日は土曜日だったが、畑や家畜は平日のみならず休日であろうと世話が必要で、農業に休みはあり得ない。そこで十二時間制のシフトが組まれていた。彼はその日一日中、トウモロコシの種蒔きをしていた。

ピーサシュは土曜日にはいつも居酒屋に通っており、その晩はいつものマリアーシュ（カードゲームの一種）仲間たちを待たせずに済むよう、職場から直接居酒屋へと行った。数ゲームを勝ち、煙草を半箱吸い、ビールを四杯飲んだ――いつもどおりに。真夜中近く自転車にまたがりペダルを踏んだ。しかし家にはたどり着かなかった。

その夜繰り広げられた出来事をよみがえらせるのに多くの想像力はいらなかった。スヴァトプルクはありありと思い浮かべることができた。自転車は背後に自動車の音を聞きつけ、ライトが後ろから接近してきた。そのとき、泥まみれの反射板をぬぐっておけばよかったと思い浮かんだかもしれない。もう少し路肩に寄ったものの、まさにその瞬間、衝撃を感じ、激しい痛みが息を詰まらせ、意識を奪った。

ふたたび目を開いたとき、彼は全身にはっきりとした痛みを感じたが、それでも生きていたというのは幸運なことだった。はるかに悲惨な事態にだってなりえたのだから。彼は木の枝をかきのけようとしたがうまくいかなかった。大丈夫、自分ひとりじゃないんだから。もうあいつらが俺を探しているところだ。彼はゆっくりと森を通る足音と枯れ枝がパキパキと踏みしだかれる音に意識を集中させた。音は遠ざかっていった。ここだぞ、そう叫びたかった。しかし彼の口から漏れ出たのはうめき声だけだった。そしてドアがバタンと音を立てるのが聞こえ、エンジンがかかり、自動車は行ってしまった。待てよ、おい、待てよ、俺をここに置き去りにするなんてありえないだろう。こんなところで俺は死なない、死にたくない、彼は恐怖にかられた。内臓のどこかから口元まで上がってきた血液を飲み込み、寒さに震えた。道の近くまではい出ようと、うつぶせになろうとしたが、何かが重くのしかかっており、強烈な痛みが体を突き抜けると彼はふたたび闇の中に落ちた。

スヴァトプルクはその想像を追い払おうと、かたく目を閉じた。

ピーサジョヴァー（ピーサシュ家の女性の名字）夫人が夫を探しはじめたのは、翌朝になってからだった。本格的に心配になったのは昼ごろで、彼が昼食にも戻って来なかったときだった。夫の好きな〝スペインの鳥〟（薄切り肉でゆで卵や野菜などを巻いて焼いた料理）を作り、彼の好みどおり、たっぷりとベーコンを加えた。そのときまで、あの人は飲みすぎて誰か友達のところで寝ているのだろうと考えていた。そう、もう何度かそんなことがあったのだ。でも頻繁にではなかった。午を過ぎた二時ごろ、息子たちに言い立てて、父を探しに行かせた。

息子たちは迷わず父が通い詰めていた居酒屋へと行った。主人は、昨晩のルドヴィークはカードでついていて、真夜中ごろに帰っていったことは覚えていた。しかしそれ以上は分からず、彼は協力的でもなかった。というのも、長っ尻の客たちのために閉店時刻を引き延ばしていたので、厄介ごとに巻き込まれたくなかったのだ。しかし、田舎では、とりわけ土曜日には、それは気にするほどのことではなかった。

ゆっくりと戻りながら、ルドヴィークの息子たちは丘の周囲を探し回った。森を抜ける道路で、路面にブレーキ痕があり、近くの茂みが乱されているのに気づいた。藪の奥で父の自転車を発見し、何か重たいものを引きずったと思われる跡をたどり、彼らは木の枝で半ば覆われた父の遺体にたどり着いた。

医師の所見によると、ルドヴィーク・ピーサシュが苦しんだ怪我の程度は中等で、もしも病院に搬送されていれば、かなりの確率で健康を取り戻せていただろうとのことだった。しかし必要な処置は与えられず、内臓からの出血の結果、四月二十日の午前八時、つまり事故から七時間後に彼は死亡した。

三度目の公判で、裁判官は判決を下した。ブランカ・ジャーコヴァー被告はアルコールの影響下で運転をして自転車運転手に衝突し、応急処置を施さず、また救急車を呼ばなかったのみならず、同乗者たちに大怪我を負った男性を森に運ぶ手助けをさせ、木の枝で隠し、苦痛の中で死に至らしめた。そのあと自転車を茂みの中に隠匿した。

チャーリーはそう供述し、サーラは彼の言葉を認め、自分自身は最初から最後まで後部座席に坐り、ホセの介抱をしていたと述べた。そのホセは、先に起きた、誰にも咎のない不慮の転倒により脳震盪を起こしており、それゆえ、その悲劇の夜の出来事については、何ひとつ情報を述べることができなかった。

本人不在のままブランカには十二年の刑期が言い渡され、チャーリーは実刑で二年、サーラは執行猶予付きで二年、ホセは被告から外された。

ブランカがやり遂げた亡命から九か月経ったときに行われた裁判で、スヴァトプルクはようやく、あの夜の全貌を把握した。

そのころ黄昏つつあった彼の人生にはごくわずかなものしか残らなかった。もはや大企業の所長ではなく、影響力を持つ党幹部でもなかった。

ブランカの事故とその後の国外逃亡が調査されはじめてから、彼の地位が取り消されるまでは早かった。非合法に共和国を見捨てたことへの幇助の疑惑は立証されなかったが、長年にわたり、党の幹部と忠実な構成員であった者をあらゆる役職から引きずり下ろし、果てには条件付きで追放するには、起こった事実だけで十分だった。

規律上の、そして立身上の報いは、証明書を発行する際にスヴァトプルクの助力要請を受けて、迅速なる処理で応じた同志たちにもおよび、そのために彼は数名の大いなる権力者を敵に回すことになった。彼の失墜に、かつての彼の隙のなさに怯えていた人々は大いに留飲を下げた。清廉潔白で、ひたむきな、そして確固たる信念を持つ同志の厳しいまなざしのもとで働くことは、快適とはいえなかったのだ。

スヴァトプルクはエヴァとともにプラハから、医療機器を製造する中規模な機械工業企業の整備士長の職を得ていたメジジーチー*へと転居した。当初、エヴァはプラハから移ることを喜ばないだろうと思っていたが、彼女はむしろ飛びつくようにその提案を受け入れた。

* ヴァラシュスケー・メジジーチー。モラヴィア地方の東端の町。

そうすることでのみ、エヴァは隣人たちや、同僚たち、それに近所の人たちの視線から解放された。そのまなざしはたやすく読み取れ、その中に喜びや満足を感じさせるものと同様に、同情のこめられたまなざしも彼女の気に障った。同志所長どのとあのスカしたピアニスト婦人の娘が、西側にとんずらしたんだってよ。あの子は誰かを殺したそうだ。しつけが良かったんだろうね。ふん、ちやほやされたひとりっ子だったのさ。

メジジーチーを選んだのは、いくぶん偶然の産物だった。スヴァトプルクがまだ悠然と自分のポジションに坐り、所長職を退いたのちのことに考えを遊ばせていたところ、所有者が亡命してしまった別荘のことを伝え聞いた。家屋は国の所有となり、売りに出された。何はともあれ、それは権威ある同志向けの物件であり、当然、法外な価格がつけられていた。

ブランカがスウェーデンから戻ってこず、彼女の起こした事故の審理が始まったとき、スヴァトプルクには自分が職を退かねばならないことは言うまでもなく、ただそのタイミングだけが問題だとはっきりわかっていたので、辞職を決意した。辞表を出す前に、大急ぎで、申し出のあった不動産に興味があると表明し、ゼヴァダ氏の助力を得てそれを購入した。メジジーチーでスヴァトプルクが職を見つける手助けをしてくれたのも、また、ミレク・ゼヴァダだった。

ベチュヴァ川の河岸にある町はぐるりを森に囲まれて、ひそやかに息づいており、それはスヴァトプルクの望むところだったが、同時に、後ろ暗い人間が自分の秘密を守り抜くには町は大きすぎもした。鉄道の本線上に位置していたので、プラハが恋しいときには、思いついてすぐの汽車に乗れば、数時間後には丸天井のプラハ本駅に着くことができ、そこからはもう数歩で生まれ故郷のジシュコフに行ける、スヴァトプルクはそう考えた。そんなことは一度だってしなかったにも拘らず、その考えのおかげで、メジジーチーにいることにより自由を感じられた。

引っ越しは速やかに片付いた。以前の所有者が家具をすっかり残したまま家を放棄していたので、エヴァとスヴァトプルクは思い出の詰まった数点の家具に身の回りの物、それにピアノだけを持って越して来ればよかった。運送屋たちが大きな楽器を居間の中央に据えて出ていくと、スヴァトプルクは悲しみに襲われた。

そのときまで、ただ移動と家具の取り付けや購入だけに没頭していたが、もう今や、すべてが整ってしまった。プラハを離れることで古い人生を太線で消し、彼のことを見知っている者がひとりもおらず、彼が何者なのか、彼の娘が何をしでかしたのか、刑罰を前に逃亡しようとした娘を手助けしたとき、彼がいかに卑劣にふるまったかを知る者がいないこの土地で、もう一度、人生のスタートを切りたいと思っていた。自分がいかに公正だったかということを、裁判の場で、彼は嫌というほど思い知らされた。

ブランカは彼に嘘をついていた。あれは不幸な事故などではなかった。彼女は酒を飲んで運転し、怪我を負った男性を助けなかったのみならず、彼を死なせるために、そして証言台に立てなくするために森の中に引きずっていった。

スヴァトプルクはブランカの涙に騙され、彼女の語った嘘を信じた。そしてブランカは彼の人生から消え去り、彼女なきあとに残された空虚さは、悲しみと絶望で埋め尽くされた。夜はベッドの上で展転とし、運よく眠ることができると恐ろしい夢を見た。心を病むような辛さから唯一守ってくれたのは動くことだった。彼は常に動き続け、体と頭脳までをも働かせ続けねばならなかった。

しかし、裁判で数々の証言を聞いたあと、彼の悲しみはしだいに怒りと苦々しさに変わっていった。ブランカと運命とに一杯食わされた。彼女のために、全人生をかけて努力してきたものすべてを投げ出し、党と自分の理想までをも裏切り、そして今、彼の前に広がっているのは、ただ暗闇と虚無だけだった。

お父さんだったら、何と言っただろう。しかしもうそれを聞くことはかなわず、かわりに彼が何倍も聞かざるをえなかったのは、母のさまざまな考えだった。自分たちに対して失礼極まりない詳細を言いふらされないようにという現実的な理由から、彼らは彼女に最小限の情報しか与えなかったのだが、母はそれをもとに考えをめぐらせ、誰に全責任があるのかということを即座に結論づけた。彼女は一週間のあいだ、涙と心からの深い悲しみに明け暮れたが、そののち、一転して非難に回り、ブランカの教育上でスヴァトプルクとエヴァが犯したというすべての過ちを、真実からでっちあげまで織り交ぜて並べ立てはじめた。長口上はいつも、これはまったくもって彼らの過ちなだけであり、哀れなブランカはその被害者なのだという主張で締めくくられた。

その繰り言がスヴァトプルクの精神状態を改善することは一切なく、彼の怒りは妻を目にするたびにさらに大きくなっていった。エヴァのほっそりとした体は痩せさらばえ、彼女を印象付けていたあの微笑みは影をひそめ、黒い目の下は疲労のくまで縁取られていた。ブランカからは、その長い期間のあいだ、便りが一通送られてきただけだった。陽光あふれるストックホルムを写した絵葉書だった。

元気にやっています。すべてうまくいってます。心をこめて、B。

B。一文字で署名された絵葉書以外には、娘を忍ばせるものは残らなかった。彼女は新しい人生を歩みはじめ、そして彼らのことを忘れてしまったのだ。一緒に本を読んだ夜を、ピアノを囲んだ時間を、両親たちとの夕べを忘れてしまったのだ。立ちはだかった艱難を前に遁走し、自分の過ちの結果を肩代わりさせようと両親を置いていったのだ。

スヴァトプルクは自分の世界を閉ざしてしまった。エヴァは人生が彼女たちにもたらした変化にゆっくりと慣れ、引っ越しのあと荷解きに取りかかったり、都会の人間である彼女にとって、とてつもない、しかし不思議と心惹かれる冒険ともいえる草だらけの花壇の見分を始めたが、かたやスヴァトプルクは仕事から帰宅すると、ソファに坐りひたすら音楽を聞いた。エヴァが彼にやらせようと試みたことは、どれもこれも、露骨に煩わしそうに行われた。エヴァは当初、それは自分たちが体験したことや新たな職による疲労のせいだろうと考えた。たとえ仕事が肉体的に厳しいものでないにせよ、見知らぬ環境と新しい人々に慣れることは消耗することなのだ。

しかしそののち、彼女はスヴァトプルクがただ人生を楽しむことを止めてしまったのだと気づいた。生きがいとなるものを彼はなにも持っていなかった。

彼女だって、ブランカなきあとの虚しさを耐えるのに苦しんでいたが、娘の旅立ちをスヴァトプルクほど悲劇的にとらえてはいなかった。ひとつには、夫が裁判で聞き知った詳細を彼女に言わずに済ませていたからであり、それに加えて、彼女はブランカの『西』への逃亡を祖国に対する裏切りとは感じておらず、自由への一歩だととらえていたからだった。彼女はどうやってスヴァトプルクに生きる気力を取り戻させるかを思案し、ひとつの解決策を見つけ出した。

「もうひとり子供を持つのってどうかしら?」ある日、夕食の席で彼女はそう切り出した。

スヴァトプルクは彼女を見た。驚きよりも、不快な気持ちになった。

「なぜ?」尋ねた。「子供を授かり、手厚く世話し、そしてその子もまた俺たちのもとからいなくなるのだろう?」

「子供は親元からいなくなるものよ。ブランカだっていつか結婚し、出て行っていたでしょう」

「そういうことじゃない」

「あの子は死んだわけではないわ。どこかで生きていて、きっとまた会える。あなただって、ブランカに起きたことは不幸な偶然だったんだって、よくわかってるでしょう」

スヴァトプルクはエヴァと口論する気はこれっぽっちもなかったし、何かを説明する気にもなれなかった。ブランカの出奔は触れてはならぬ話題だった。娘について語ることを拒絶し、彼女について考えることを厭った。自分のかつての人生など忘れ去ってしまいたかった。でも、この先どうやって生きていけば良いのか、わからなかった。

エヴァは彼のほうに体を伸ばし、その手の甲に自分の手のひらを重ねた。

「だって、いつも次の子供を欲しがっていたわ」

「欲しかったさ、でももういい」

「よく考えてみてちょうだい」エヴァはそう言うと手を引き下げ、食器を片付けはじめた。「たぶん最後のチャンスだと思うの。私たちはもう、とても若いというわけではないのだから」

スヴァトプルクは答えなかったが、新たな子供という考えは彼の頭の中に根を下ろした。エヴァは正しい。彼らはもう若いというわけではない。彼らの年代でうまく子供を授かる可能性は、大きくはない。しかし、試すことはできるし、それで失うものは何もない。

それから数か月後、エヴァは妊娠を確信し、スヴァトプルクにふたたび好意的な顔を向けてくれた運命に感謝した。一九七〇年代は終わりを告げようとしており、世界はふたたび色彩を取り戻しはじめていた。*

＊「正常化」の大規模な粛清がある程度終わり、憲章77の発表に代表されるような民主化運動が再び始まっていた。

13　娘

うちの前庭の色彩はゆっくりと褪せていった。あたかもひっそりと、常に夜のとばりに乗じて、長年世話してくれた女性のところへと家移りしているかのようだった。

ビェラは花壇やプランターや植木鉢のラベンダーの世話についてこまかい指示をしていた。水のやり方を伝え、花が開く直前に刈り取るようにとアドバイスしていたのだけれど、それでも紫の色合いは褪せ、銀色がかった灌木は枯れていった。

花を刈り取るたびに紙にくるみ、心を和ませてくれる良い香りのクッションや薬用の軟膏とオイルを作れるようにビェラに届けていた。彼女はそれを母親のキッチンのテーブルに広げると、茎を束ね、からからに乾燥させるために、自分が子供時代を過ごした部屋の中に張られたロープに吊るした。

ほぼ二十年を経て、彼女は老いた母と、それに姉――しばしばビェラに繰り返していたように、彼女は大半の女性とは異なり、絶対に自由を手放さないという考えの持ち主だった――との共同生活を再開していた。

前庭のラベンダーは枯れていったが、ビェラはぐんぐんと生気を取り戻していくように見えた。何年にもわたって彼女に貼りついてきた父の無関心と辛辣な言葉から生じた悲しみの層がしだいにはがれ落ち、その下から生きることに貪欲な、たくさんの計画で頭がいっぱいの女性が現れた。喜びはビェラのコラージュからあふれ出しただけでなく、ビェラのクローゼットも明るくし、ふたたびフランス趣味の色合いを帯びてきた。

彼女が私たちのもとを離れてからというもの、私は住居の一階にはほとんど足を踏み入れなかった。かつてビェラがそこで居心地が悪かったように、私もそこでは歓迎されていると感じられなかったからだ。ビェラのいない一階はがらんとして寒かった。父は寒いのが好きだったので、集中暖房のバルブは閉めたっきりで、本当にすごく寒い時に、ごく短時間だけしか開けなかった。家全体を暖めるなど不経済だと口癖のように言っていたが、寒さは父の冷たい心にしっくりくるのだろうと思われた。

マルチンはもっと頻繁に父のもとに行くよう私に言い聞かせていたが、こんなに長いあいだうちで生活していながら、父が私といっしょに過ごすことに興味がないのをちっとも感じ取れないなんて、理解できなかった。マルチンは君がそう言い張っているだけだと断言し、毎週水曜日に彼とふたりで階段を降り、父の住まいのドアをくぐり、私が自分のキッチンで準備してきた夕食を父とマルチンと私の三人で食べようと取り決めた。

マルチンは私の半身となり、私を理解し、他の誰よりも私の言いたいことをわかってくれたけれど、実の父からの隔たりを理解できなかった。おそらく彼の家では両親と子供たちは、暖かな血の通う友好的な関係を築いていたのだろう。

きっとお父さんは孤独なんだ、マルチンは言った。彼の心の中を想像してごらん。暮れゆく部屋の中、ひとり坐って音楽を聴いているとき、お父さんがどんな気持ちなのか想像できるだろう？想像するまでもなかった。だって覚えている限り、父はそうやって夜を過ごしていたのだから。たぶんあのころは私たちみんなが孤独だった。父は自分の書斎でレコードプレイヤーのかたわらで過ごし、私は日記帳に向かい、ビェラはコラージュに専念していた。

水曜日の晩の父の私に対する無関心は、うわべは何の問題もなく見せかけられるようになっていたビェラがいたころよりも、ずっと私を苦しめた。私たちはひとつのテーブルを囲み、自然な会話を進めようとするマルチンの努力をふたりともが認めていたが、どちらもが不快な夕べが終わって自分の空間に引き上げるのが待ち遠しくてしかたなかった。

マルチンと私の父はうまが合い、共通の話題を見つけるのは難しくなかったので会話はよどみなく、それが滞ってしまうのは、マルチンが私に向きなおって、せめて同意の頷きか、こわばった微笑みを引き出そうとするときだけだった。父はほとんど私に目を向けなかった。このみんなで過ごす夕べにときおり疲れ果てて、自分たちのスペースに戻ったあと、浴室に引きこもってそこで泣いた。マルチンの前では涙を隠していた。恥ずかしいと思っていたし、自分の人生はヒステリックな女に縛られてしまったと思われたくなかったからだ。

私と違って、マルチンは私の父とかなりの時間をいっしょに過ごした。父は仕事を辞めて年金生活を満喫できる年代になっても、自分は怠慢には慣れておらず、体が許す限り仕事に通うと主張した。ビェラや私の存在に煩わされる家から姿を消す必要があるということではないかしらと疑ったが、それはあながち外れていなかったのだろう。というのも、ビェラが私たちのもとを去っていくらもたたないうちに父は退職したからだ。

それでも父の生まれ持っての勤勉さが時を漫然と過ごすことを許さなかった。家で何をすべきかを考えはじめ、庭の改良に取りかかった。私の夫も精力的にそれに加わった。いっしょに地下室を整備して、そこを必要なものがすっかりそろった工房にし、それ以降、ふたりが様々な創作に挑むのに必要なものをそこで制作した。サウナを作ったが、父は熱さに耐えられず私は狭い空間が嫌いだったから、マルチンが使うようになっただけで、しかもそんなに頻繁ではなかった。庭には日陰棚、次にあずまや、ふたつの温室、それに倉庫が次々と現れた。

父はガーデニングにも乗り出した。ビェラや私と違っていたのは、花にはまったく興味がなかったことだ。有用な野菜の栽培のみに全精力を注ぎ、すべてを整然と執り行うことはお手の物だったので、自分の新しい趣味に対しても責任をもって取り組みはじめた。入手可能な参考書、最適な道具、最良の肥料、それに最高品質の苗を購入していった。園芸愛好会に入会し、愛好会の会員がまじめに活動していないようだと見るや、率先して、彼らの会長となった。会員の多くが退会したが、残った者たちと彼らが世話した植物は、あらゆる園芸品評会の主役となり誇りとなった。

これぞ私の父だった。すべて完璧に行い、何ひとつ怠らないというのがモットーだった。完璧なものだけが素晴らしいものだった。父の厳格な基準を満たせない娘を一顧だにしなかったのは、当然ともいえた。

父は菜園の世話をし、私は前庭の花壇の世話をすることにした。霜で、あるいはビェラ恋しさで壊滅状態のラベンダーの代わりにカラフルな一年草を植え、窓辺のプランターには春から秋まで花をつけるゼラニウムを移植した。

　奇妙だったのは、かつてはどこへでも私の後をついてきて何年間も私のベッドの足元で眠っていたズプが、ビェラがいなくなると父のところへと宿替えしたことだ。私が視界に入ると目をはなそうとせず、ときには私のところに駆け寄って体をすり寄せたが、ふたたび父の足元で横になった。私たちが庭仕事をしていると、ズプは私と父とを見守れる場所を探し出し、体を伸ばして日光浴をした。しょっちゅう気を引こうとするかのように私たちふたりの片方からもう片方へと走り、私たちの手をなめたが、ふたたび走ると自分の監視場所に腰を下ろした。

　ビェラが離れ去ってからというもの、ズプは父の影になった。かつて私が行くところどこへでもついてきていたように、今では父の後を追っていた。初めのうちはそれが残念で、いつだってズプは私を見ると嬉しそうに私の回りを跳ねまわるのに、そのあとまた父のところへと戻っていくことに納得がいかなかった。それは年齢のせいかなとマルチンが言った。ズプはもう年を取って階段をうまく上り下りできないから、階下にいたいのかもしれないよ。

　それはある程度当たっていたのかもしれないけど、時とともに、私は別の結論にたどりついた。ズプは孤独の何たるかを理解しており、ひとりぼっちだと感じ、誰かの存在を必要としている人間を見つけることができたのだ。数年前には私がその人物だったのだけれど、父の人生からビェラが消え、私が結婚すると、その人物は父となったのだ。

　父ともっと向かい合うべきだとマルチンは言う。でも、常に背を向けている人間とどうしたら向かい合えるんだろうか？　絶望的だった。

14　父

　絶望的だった。妊娠中のエヴァは体調不良に苦しみ、スヴァトプルクが彼女にしてあげられることは何ひとつなかった。朝はベッドから起き上がるのが辛く、日中は家の中を辛そうに動き、夜は広いダブルベッドの上で落ち着きなく身じろぎしていた。そのときまでまったく気づいていなかったスヴァトプルクの騒々しいいびきが、突然、彼女の眠りを妨げるようになり、いったんそれが耳につくと、彼女は穏やかな眠りから揺さぶり起こされた。この疲労感は年齢のせいだろうと思ったので、エヴァは医者に愁訴することもなく、スヴァトプルクの前でも自分の辛さを隠そうとしていた。鈍感な彼でさえ、ついにそれに気づいたが、彼女は自分の不調で夫に心配をかけるのは嫌だった。しかし、蒼ざめた顔、険しくなった頬骨、深い疲労は誰の目にも明らかだった。

　そんな話をしたことは一度もなかったが、ふたりとも男の子の誕生を願っていた。女の子はブランカを思い出させるかもしれない。女の子がその年齢で到達する成長の様子を、何をしゃべって、何ができて、何をするかを比べてしまうかもしれない。ふたりの名前を取り違えるのはまず間違いないだろう。男の子なら、別の何かを生活にもたらし、新たな出発を祝福してくれることだろう。

　九月半ば、出産予定日のちょうど三週間前、エヴァはこの世に女の子を産み落とした。小さくて痩せっぽっちで、赤くてしわのよった顔をした、髪の毛が全く生えていない赤ん坊で、途切れることなく泣き続けた。男の子が欲しいと望んでいたことなどすぐに忘れ、ふたりは自分たちのおちびちゃんがこの世で最も素晴らしい子供だと思った。

五日後、産院から赤ん坊を連れ帰り、温かい台所に置いた木製のベビーベッドに寝かせ、ふたりは飽くことなく見つめ続けた。ボフダナ、神に授けられし娘、そう考えたのはエヴァだった。ボフダナ、ボフダナちゃん、私たちの子供、彼らはそう繰り返し、同時にふたりともブランカのことを思った。

＊「ボフダナ」には「神が与えた」という意味がある。

ブランカについては何ひとつわからなかった。彼女の出発後すぐにかつてのプラハの住居の郵便受けに届いた、ただ一通の絵葉書以外に、知らせは何ひとつもたらされなかった。だがこれは受け入れるしかなかっただろう。ブランカの出発前に、送還させられないと確実に言える国にたどり着かない限り、ふたりに手紙をよこさないと取り決めたのだから。政治的理由による亡命者なら本国へ身柄が引き渡される恐れはなかったが、ブランカは殺人罪で告訴されていた。彼女の逃亡は政治とは一切無関係だった。ある国にとっては、国際条約の枠組みにおいて、あるいは二国間の譲歩の一環として、重罪行為で摘発されている少女を送還し、誠意を示すことがより好都合だと判断される可能性があった。ブランカが自分の未来のためにできる最善策は、この世から消滅し、自分の痕跡を跡形もなく消してしまうことだった。

ジャーク家も元の居住地に現住所の手がかりを残さなかった。すべての思い出を一掃し、過去と、彼らを知っている人々をも捨て去り、もう一度やり直したいと思ったのだ。それでもブランカの沈黙は彼らに堪えた。そして今、ふたりはベビーベッドをのぞき込み、おくるみに巻かれた三キログラムの存在を眺めながら、未来ではなく過去を見つめていた。

　辛かった妊娠がようやく終わったことにエヴァは安堵したが、出産後も倦怠感と苦痛から解放されることはなかった。むしろ逆だ。さらに下腹部と腰の痛みが加わった。産後六週間が経過すればこの不快感も消えるだろうと期待したが、それどころか、さらに悪化していった。医者も当初、それを産婦の年齢のためだと解していたが、それでもエヴァから採血をして、それを血球検査に送った。

　恐ろしいことが判明した。エヴァの血液の中では新生細胞が増殖していた。妊娠で衰弱してしまった彼女の体にはそれに立ち向かう力は残っていなかった。

　処置と治療がいくども繰り返され、それが終わるとエヴァはいっそうぐったりとして、いや増す疲労感に苛まれていた。何日間も、何週間も彼女は病院で過ごし、帰宅が叶うと、ひたすらベビーベッドのそばのソファに坐って幼子をあやした。スヴァトプルクはできる限りのことをやったが、望むと望まざるとに拘らず、ふたたび母の助けを請うしかなかった。

　勝ち誇った顔でやってきた母だったが、嫁の様子を見るや、その表情は消えた。このような勝利から喜びなど得られるべくもなかった。彼女はずっと前によわい七十を超していたが、息子のやせ細った嫁よりも、はるかにずっと体力も気力もあった。

　エヴァはボフダナのこと以外、いっさいの興味を失った。ひねもす子供を膝に抱き、話しかけ、歌い、遊んでやった。そうして幼子は成長し、エヴァは生から退いていった。娘の最初の一歩を食い入るように見つめ、初めてのことば、それから文章に耳をそばだてた。スヴァトプルクに目を向けることもあったが、目に入ってはいなかった。彼女のあらゆる思考は娘へと固定されていた。

スヴァトプルクは絶望した。どれほど自分の妻の助けになりたいと思っても、どうしたら良いのかわからなかった。消えようとしている生から苦痛を除いてやりたかったが、彼女はそれに興味を示さなかった。自分の愛をすべて娘に注いでゆき、その子は彼女から生気を吸い取ってしまった。ブランカの代償として、自分たちの虚無を埋めようとして手に入れた子供。その子供が彼からエヴァを奪い去ってしまった。

自分の感情がいかにばかげているか自覚していたものの、スヴァトプルクにはボフダナをまともに見られないことがときおりあった。あの子がいなければ、エヴァは元気だったのかもしれない。ブランカとの決別の悲しみと妊娠がエヴァに病を引き起こしたのだ、そう信じて疑わなかった。

やがて、こう思うようになった。ボフダナは托卵されたカッコウの雛だ。彼には、その子が誰にも似ていないように思えた。ブランカはエヴァの黒い瞳、暗色の髪の毛、それに自信にあふれた微笑みを受け継いでいたが、かたや小さなボフダナはありふれた茶色い髪の毛の女の子だった。茶色の毛がまばらにはえた、血色の悪い、はだかのひな鳥、母の過剰な愛と世話により甘やかされたひな鳥。エヴァが病院に行かねばならなくなると、ボフダナはいつだって何日間も泣きとおし、スヴァトプルクであろうと彼の母であろうと、なだめすかすことはできなかった。

ボフダナが二歳になったころ、エヴァはもう手助けなしには肘掛け椅子から立ち上がれなくなった。治療の可能性も尽き、破局は揺るがすべくもなかった。誰もが覚悟し、エヴァ自身もわかっていた。彼女は最後の数日間を病院で過ごすのを拒んだ。強い薬の力で居間のソファの上でまどろみ、少し目を覚ましたときには、小さな娘を目で追った。しかし、痛みはその後しだいに強まり、たとえ自分がどうなるのかわかっていたにせよ、もう満足な力で抗えないほど激しくなったので、うろたえたスヴァトプルクは彼女を病院へと運ばせた。そこから生きて戻って来ることはもうないとわかっていたが、この世の最後となる日々が彼女にとって苦痛の少ないものであってほしいと願っていた。

二日目の朝九時にエヴァは息を引き取った。スヴァトプルクは彼女のそばにいられなかった。面会時間は午後のみで、予約時間以外は病院への立ち入りは禁じられていたのだ。仕事から帰宅したときに蒼ざめた母が戸口で手渡してくれた電報で、自分が寡夫となったことを知った。彼は家に残された。いまだになじめずにいる家に、皮肉な物言いが彼をいらだたせる母と、自分の妻を失う原因となった我が子とともに。体をこわばらせて廊下に立ち、手には紙を握りしめ、台所からはボフダナの泣き声といたずらにあやす母の声が耳に届いた。

「ママー、ママー」ボフダナがぐずった。

「泣かないの、ボフダナちゃん、ママもう来るよ、泣かないの」いつ終わるともなく母の声は繰り返された。

スヴァトプルクは台所のドアを通り過ぎ、階段を上がり、寝室のドアを後ろ手に閉めた。ベッドに腰を下すと、膝の上に肘をつき手のひらで頭を抱えた。冷静ではいられなかった。虚しさと絶望が彼を取り巻いていた。階下からは子供の泣き声とひたすら呼びかける声が聞こえてきた。

「ママー、ママー……」

「来るよ、ママもう来るよ……」

いつまでも、いつまでも。彼の胸は締め上げられ、それは恐ろしい苦痛をいくらかでも流し去ってくれる涙に変わろうとはせず、怒りへと姿を変えた。「ママー、ママー」頭の中でうなるように響いた。「来るよ、もう来るよ……」

はじかれたようにベッドから飛び出し、階段を駆け下りると台所のドアに飛びこみ、ボフダナの肩につかみかかって揺さぶりながら吠えた。「ママは来ない、だからもう呼ぶな、ママは二度と来ないんだ、わかるか?」ふたたび揺さぶると、激しく突き放した。あまりにも強く突いたので、ボフダナは二メートルばかり飛ばされ、水屋にぶつかった。

「何てこと」母が叫び、幼い娘に駆け寄った。

「死んだんだ、いいか、ママは死んだ、死んだんだ」スヴァトプルクは吠え続け、ボフダナは彼を見つめて身を震わせていた。「もうママを呼ぶな、わかったか、ママを呼ぶな。ママは死んだんだ!」

母はボフダナのそばにひざまずき、抱き寄せた。

「泣かないよ、いい子ね、泣かないよ」

ボフダナは泣かなかった。目をまんまるに見開いて猛り狂った父を見つめ、全身を震わせていた。震え、小さな口を半ば開き、目には理解できない恐怖に対するおののきを浮かべていた。

「死んだんだ」スヴァトプルクは叫んでもエヴァは戻って来ないと今ようやく気づいたかのように、力なく繰り返した。「だからもう黙れ」彼は泣きはじめた。そして背を向けると重い足取りで寝室へと戻っていった。服を着たままベッドに倒れこんだ。

数か月前からもう誰もがエヴァの人生は終わりが近いことを知っていたにも拘らず、悲しみがスヴァトプルクの体の自由を奪い、彼はベッドから起き上がれなくなった。母の渾身の追い立ても甲斐なく、彼女は助けを求めて隣家に向かわねばならなかった。ベーモヴァー婦人がボフダナを見てくれているあいだ、ベーム氏は母とともに町へ行き、しかるべき葬儀に必要なすべてを手配してくれた。そのあと、手続き回りに加えて息子の家事と小さな孫の世話ですっかり疲れ果てた母を少しでも手助けしようと、ドウブラフカまでもがプラハからやって来た。

姉に追い立てられて、スヴァトプルクは葬儀の当日にようやくベッドから起き上がり、髭も剃らず、やつれた姿で、ドウブラフカと母が彼に喪服を準備していた台所に降りてきた。服を着ると幼い子供のように、最後の別れの場へと向かう車に連れていかれた。目に涙は浮かんでいなかったものの、すっかり虚ろで、移動中や、葬儀のあいだ、それにそのあとエヴァを知っていた何人かの知人や隣人たちが彼のもとにやって来て弔意を示した時でさえ、一言も口を開かなかった。そして家に帰ってきたあとは、ふたたび階段を上がると服を着たままベッドの上に横たわり、体を丸めて放心したような目で自分の前を見ていた。

ドウブラフカは隣家からボフダナを連れ帰り、晩に寝かしつけると、テーブルで母と向かい合った。

「おまえには、ちょっとあれとしゃべってもらわないと」母が言った。「おまえの言うことなら、いつだって聞いていたじゃないか。医者の所に行ったほうがいいかもね、何か薬を処方してもらいにさ。もうこんなのは普通じゃないよ」

「すごく愛していたのよ」ドウブラフカが言った。「それに、最近は苦労が多かったから」

「ベッドに寝そべって、老いぼれた母親に世話をさせるのは、まあ簡単なことだろうよ。あたしだってあんたたちのお父さんを送り出したし、ふたりの子供よりも長く生きてしまった。でもこんないかれた振る舞いなんて――あたしは許せないね」母はため息をついた。「あれは正気に戻ってチビちゃんの面倒を見るべきさ。だって父親なんだから」

そこで、ドウブラフカはスヴァトプルクのところに行き、その心の内に届かせようと語りかけた。スヴァトプルクは身じろぎもせず、死者の住まう世界を探し出そうと懸命になっているかのように、硬直したままどこか遠くを見続けていた。ドウブラフカはその豊かな尻をベッドの端に下ろし、弟の手をなで、どう切り出したものかと思案していた。

「明日の午後、私は帰らなきゃいけないの」しばらくして彼女は言った。「お母さんはここに残るけれど、もうあの年だからねえ」そして口をつぐんだ。「あんたの面倒まで見るのは無理よ」

それでもスヴァトプルクは答えず、ドウブラフカの言葉が耳に入ったのかどうかさえうかがい知れなかったので、ドウブラフカは黙って坐ったまま、弟の動かない手を握り、自分の考えに沈んでいった。

翌朝、スヴァトプルクは朝食をとりに階下に降りてきた。相変わらず大病からの病み上がりのようで、手は震えていたものの、ひげをそり、目からはあの異様な虚ろさが消えていた。テーブルに着き、紅茶を飲み、数口食べた。そして、母がちょっとどこかへ出ていくと、ドウブラフカに向きなおった。「ありがとう、来てくれて。もうここは大丈夫だから」

ドウブラフカは頷き、安堵して次のパンにマーマレードを塗った。すべては時が癒してくれる、彼女はそう思い、スヴァトプルクがドアを開けて台所に入ってきたその瞬間、ボフダナが彼女の膝から滑り降り、テーブルの下に潜り込んだことに違和感を感じることは少しもなかった。スヴァトプルクが小さな娘について何一つ尋ねなかったことについても。

当初、ボフダナがしゃべらないことに気づいた者はいなかった。大人たちはほかの仕事を山ほど抱えていた。スヴァトプルクの母はとうに息子の家事でくたくたで、台所仕事、拭き掃除、掃除機がけ以外には、費やす時間も体力も残っておらず、スヴァトプルクはエヴァの死後辛くも生きていた放心状態から完全に立ち直ってはいなかった。

家事を一手に引き受けてくれたことについて、母に感謝すべきだとスヴァトプルクはぼんやり感じていたが、親愛の情を抱くことなど到底無理だったので、できるだけ顔を合わせないようにしていた。

手入れする人が誰もいない緑の家の庭の花壇には雑草が生い茂り、アザミや野生のキイチゴの混じる草は、ところによっては膝の高さにまで達していた。スヴァトプルクがそれに気づいたとしても、彼にとってそれは、ボフダナがどうなるかということと同じくらい興味がなかった。彼は自分の平穏を欲しており、ソファに腰かけ、お気に入りのレコードを、音楽が頭のすみまで埋め尽くし、頭によみがえろうとする思い出を押しやってしまうくらい大音量で流し、何も考えないようにしようとした。

ボフダナを保育園に通わせてはどうかと母が言い出したとき、スヴァトプルクは一言も反対しなかった、彼にとってそれは、まったくもって、どうでもよいことだった。

こうして、スヴァトプルクの母は平日は毎朝六時に小さなボフダナを起こし、ねぼけまなこの幼子に服を着せ、保育園へと送っていった。そのあと、家に戻ってきて、午前中いっぱい床を拭いて掃除機をかけ、埃を拭きとり、自分になしえて人生において何より重要だと見なしていることを黙々と行った。

母もスヴァトプルクも、ボフダナが保育園を気に入っているかどうかなど考えもしなかった。そこは暖かくて、おなかがいっぱいになって、日に一度新鮮な空気を吸えるところだった。

保育士たちは小さな入園者に不満はなかった。ボフダナがほかの子供たちに興味を示さず、ひとりっきりだったことについては？　彼女が口をきかなかったことについては？　もしも子供たちがみんなボフダナのようだったら、保育士たちはどれだけ気楽なことだったろう。

優しい子ですね、午後におばあさんにボフダナを引き渡すとき、保母さんたちはいつもそう言った。それはスヴァトプルクの母も感じていることだった。変わっているけれど、優しい子だよ。午後、へとへとになりながら、ミルクコーヒーのカップとクロスワードパズルとともに台所のテーブルに坐り、ボフダナが片隅の自分の居場所で積み木の塔を作っては崩したり、あるいは夢中になってお絵かき帳に何かわからない線を描いているのを見ては、そう思うのだった。ブランカちゃんは、はるかにおてんばだった。そうだよ、ブランカちゃん、あの子はいったいどうなってしまったのだか……

階段の足音で台所に父がやってくるとわかると、ボフダナはすぐさまいくつかのおもちゃに飛びつき、ソファの裏で身を縮めた。スヴァトプルクは初めのうちは全くそれに気づかず、その後、ちらりと違和感を覚えることがあったものの、ボフダナに関することは彼を悩ませていた悲嘆の影に紛れてしまった。

幼い娘のことを彼は完全に忘れてしまっていたのかもしれないが、数か月経つと、エヴァを失った苦しみはゆっくりと遠ざかっていき、日々の懸念と用務が彼の頭を占めるようになってきた。彼は世間に関して、それに毎日繰り返される母の辛辣な言葉――それは青い目と掃除への偏執と同じく、彼女を彼女たらしめているものだった――に関して無関心でいるのをやめた。

自分の憂いごとから浮かび上がってくると、戻ってきた世界は、ブランカが消えエヴァが旅立ってしまう前の、彼の知るあの世界ではなくなっていた。灰色にかすみ、ざらざらとして、鮮やかさが失われていた。空はあの時ほど青くなく、草は勢いを失っていた。深く息を吸い込んで吐きだすことはできなかった。呼吸は孤独と苦難をいっそう色濃くした。しかし、最も変わってしまったのは人々だった。空しい言葉や含み笑い、それに人生に何らかの意味を見出そうとする無駄な努力でスヴァトプルクを煩わせた。

彼の周囲の人たちが、繰り返していれば真実になりうるとばかりに、口をそろえて彼に勧め、頭に叩きこもうとする考え——つまり、彼の人生はまだ終わっておらず、生き続けねばならない——を受け入れることができないわけではなかった。しかし、そうするにはどうすれば良いのか、それを教えてくれる人はひとりもいなかった。

庭の草刈り、窓まで覆っていた蔦の除去、花壇の草むしり、フェンスのペンキ塗りから始めた。新鮮な空気の中での仕事は気持ちを明るくし、母の小言を聞くより隣人のベーム氏のアドバイスを聞いているほうが、はるかに気分が良かった。

台所の蛇口の水漏れを直し、二階に上がる階段の切れた電球を交換し、その窓を通じてもう半年以上も地下室から家へと隙間風が吹き込み続けていた割れた小窓をガラス職人のところへと運んでいった。

そのあと、ようやく、彼は娘に目を向けた。

ボフダナは父が頻繁に現れることに慣れ、もう彼が台所に入ってくるたびにテーブルの下やソファの裏に隠れることはなくなっていた。しかし用心深くおばあさんにぴったりとくっつき、絶対に彼のほうを見ようとしなかった。

非は自分のほうにあるとスヴァトプルクは自覚していた。この一年間、霧のかかったような生活をしてきたにも拘らず、ボフダナを怒鳴りつけ、突き飛ばすほど強く押しのけた瞬間が、怯え切ったまなざしが、無言の叫び声をあげる開いた口が、ボフダナを見るたびに今でもよみがえってきた。頭の中に子供の瞳が浮かび上がり、その表情は、すべてを整え万全にできる大人からの慰めを一途に求めるまなざしから、驚愕し、傷つけられ、踏みにじられたまなざしへと変わっていく。

そう、ボフダナは彼が失ったものだけではなく、彼の許されざる過失をも思い起こさせる存在だった。我が子の支えとなるべきだったあのとき、彼は娘をさらに酷く傷つけた。その瞬間からほぼ一年間にわたり、彼は娘を自分の無関心と冷たさで裏切り続けた。

そのすべてを自覚してはいたが、正すことはできなかった。それどころか、それを娘のせいにした。彼を襲ったすべての苦しみの上に、彼女がわざと付け足そうとしていると言うかのように。

彼はボフダナを愛すべきであり、かつてブランカに持っていた感情を感じとるべきだった。しかしそれはうまくいかなかった。ボフダナに責任はないと意識下では理解していた。彼女がブランカをどこか異国に追いやったわけではなく、エヴァの死を早めるためにこの世に生まれてくることを決意したわけでもなく、彼からより輝かしい未来における信頼を奪ったわけでもなかった。彼女は、ただ、彼がすべてに関して努力する力を失った時期に生まれてきただけなのだ。自分自身の幸せのみならず、他人の幸せについても興味を失ってしまった時に。彼の目の前にある未来は、あらゆる可能性を秘めた旅路ではなく、憩うことのできない砂漠のように広がっており、その向こうには何も存在しなかった。何ひとつ。

彼にとって人生とは喜びではなく、義務だった。

そしてまたボフダナも、彼にとって義務だった。

彼女の信頼を得るために努力をしようという気も忍耐も持ち合わせていなかった。あれは子供なのだから、つまり、あちらが順応すべきで、あちらが慣れるべきなのだ。子供というものは従わねばならない。


スヴァトプルクは家事と幼いボフダナの世話で母が疲れ切っているのをこれ以上無視してはいられなくなった。彼女はため息とやかましい不平でもって、それを適切にあらわにしていた。とりあえず、母の嘆きと世の中のあらゆる憂いの前から書斎――寝室では古いダブルベッドの空っぽの半分が慕情と孤独感をいっそう深めたので、寝場所をそこに移動させていた――に逃げ込んだり、庭や地下室で仕事を探し出した。ひとりになり、母の声に耳をふさぎ、ボフダナの自分を警戒するまなざしを感じずにいたかった。

最近、彼は自分の兄のロスチスラフのことをよく考えるようになった。ここにきて、彼は、かつて起き、これから起きる可能性のある出来事による悲しみや心細さが、人の心を締め付け、息もできなくするということを理解するようになっていた。何度もロスチスラフが選んだものと同じやり方で悲しみを紛らわそうとし、アルコールのグラスに手を伸ばした。しかし、やってみると、グラス一杯に留めておくのは無理だと気づいた。時がたつにつれ、酔うためには、二杯、三杯……と必要になり、いずれそれだけ飲んでも効果は得られなくなり、しかし動きはじめたメリーゴーラウンドから降りることは叶わず、回転速度はますますあがっていき、止まらせようと試みても、すべては無駄に終わるのだろう。

自分の人生に虚しさを感じていたのはロスチスラフも同じで、だからいつも度を超して飲み、死ぬのが一番だろうという結論にたどり着いたのだ。アルコールがどっさり供給される祝い事のたびに、人生を終わらせたいと思うようになるまで飲み、事情をよく知る同席者たちが彼の一挙手一投足に目を光らせた。いつも出ていくと言って彼を脅していたにも拘らず、彼と生きることも、彼なしで生きることもできなかった、彼の生涯の連れ合いである不幸な女までもが、彼から目を離さなかった。幾度か、その目をかいくぐることに成功し、思いついたアイデアを実行しようとしたことがあった——幸いなことに酔いが回りすぎていて、彼が思い描いていたような結末には至らなかった。

あるときには、母が丸い誕生日（十路の誕生日）を祝ったときに利用した森の別荘小屋に飾られていた模造銃で自殺しようと試みているところを発見されたり、パーティーに招かれた家の机の引き出しにあった丸薬をポケットにごっそり入れて抜け出した現場を押さえられたこともあったが、後になって、それはただの無害なビタミン剤だったとわかった。

ともかくも、より早く人生に終止符を打とうとしたロスチスラフの努力は、成功裡に終わった。数々の自殺の試みはどれひとつ成功しなかったものの、さほど高齢とは言えない彼の命を奪ったのは、長年の度を越したアルコール摂取に耐えきれなくなった肝臓の機能停止だった。

スヴァトプルクにとって人生はそれほど未練のあるものではなかったが、そんなに時間がかかり、威厳も損ね、苦痛も多い方法で世を去るのはごめんだった。

父の役割として与えられた責務から永久に隠れていることはできず、母の助けに頼ってばかりではいられないと認めることは受け入れがたかった。その責務の中には母が代理を務められないものもあった。彼は自分で書類をすべて書き込み、ボフダナを幼稚園に登録しなければならなかった。そして午後には娘を家に連れて帰らねばならなかった。町を越えての二往復は、母の体力を超えていたからだ。

彼はそれを嫌悪した。幼稚園で過ごす数分間は、一日のうちで何よりおぞましいひとときだった。自分の幼子に声をかけている心配そうな母親たちの光景は、朝のお別れから数時間後のことではなく、少なくとも数日が経過した後のようで、それはスヴァトプルクがもう決して上手くやり遂げることのない人生を垣間見せる窓となっていた。もう手の届かないところへと行ってしまった、あの思い出。

喉を強ばらせる悲しみだけでは足りないというかのように、彼は年若い母親たちの視線に耐えねばならなかった。その多くが、ブランカと同年代であり、彼に向かって、最初は丁寧に挨拶をするが、心の中ではきっと、こう考えていたことだろう。ボフダナって、やっと授かった娘なのかな、それとも、もう孫娘なのかな……。彼女たちの憶測はボフダナの行動にも向けられた。先生がスヴァトプルクのほうへと向かわせない限り、彼女はおそらくカーペットの上に坐り続け、一度も最後まで積み上げられないカラフルな積み木の塔を建て続けるか、あるいは頭でっかちで手足のひょろひょろした人物画を描き続けたことだろう。娘が床を見つめたままのろのろと木のベンチに近づき、信じられないほど長い時間をかけて服を着替え、靴を履くと、スヴァトプルクは、自分からは決して手を伸ばさない娘のために、身を屈めてその手を取ってやらねばならなかった。ときどき我慢ならなくなり、娘の肩をつかんでドアのほうへと押しやったこともあった。早く、早く外に出てしまおう、息を吐き、食べ物の不快な臭いに意味不明な子供のおしゃべり、それに絵に描いたような幸せな光景を消し去ってしまおう。

「今日はどうだった？」通りの突き当りまでやって来たところで、ようやく彼は問いかけた。娘は彼のほうに向きなおることもなく、頷きもしなかった。

「昼は何を食べた？」さらにたずねたが、返事を期待していないことは自分でもわかっていた。

ボフダナは、まるで彼の質問から逃げて、できるだけ早く安全な家に帰りたいと言わんがばかりに、ひたすら足を動かした。左も右も見ずに、ただ歩道をせかせかと歩き、スヴァトプルクが彼女を抑えていなければ立ち止まることなく、車めがけて突進していったことだろう。

家の玄関までたどり着くと彼は手を緩め、その瞬間、娘は彼のもとから抜け出して台所に駆け込み、死に至る危機から今まさに脱したかのように、スヴァトプルクの母にしがみついた。すると母は毎回非難するようなまなざしで彼をにらむのだが、それにはどんな謂われもありはしなかった。

15　娘

私が妊娠できないことには、どんな謂われもありはしなかったが、それでも順調にはいかなかった。医師は神経質にならないように、そしてこれは時間に解決してもらうしかないのだから自然の自由なタイミングに委ねなさいと言った。とは言え、言うは易く行うは難しだ。

初めのころ、私はそれほど子供にこだわってはおらず、自分の夫のこと、新たな住まいの整備、仕事やビェラの家出のことで頭がいっぱいだったのだけれど、結婚して四年目になるのに妊娠しないとなると、そのために何の努力もしていなかったことは棚に上げて、これは普通じゃないと感じるようになり悲しくなった。

マルチンは卒業してすぐに親友ふたりと建築スタジオを設立し、そこで私も働きはじめた。自分たちの独自路線で行くことと、その家の住人たちにあらゆる面で快適さを与え、完全に満足してもらえる、環境配慮型の住宅を提案しようと決めていた。マルチンは言っていた。人類は地上で繁栄し、従来の資源は枯渇しつつあるけれど、ぼくらは後に続く人間のことを考えなきゃならない。

私たちの会社は次世代の人々に、美しくて健康的な世界を保証する家を建てようと努力していたのに、私たちの家族はまったく続いて行かないのかもしれない、私はそう思った。

医師によると、私は何ら問題なしとのことだった。だから自分の深層心理が妊娠を妨げているのだと信じるようになった。とても子供が欲しかった——その当時は本当にすごく——けれど、同時に、自分自身でさえ完全に安全だと感じているわけでもない世界に子供を生み落とすことに怯えてもいた。おそらく、私と同じ障碍が見つかるかもしれないことを恐れていたのだろう。子供をそんな目にあわせたくなかった。あるいは、子供が必要とするものをすべて与えることができるかどうか、まったく自信がなかったのかもしれない。

もしも側にビェラがいてくれたら、こんな恐れを抱かずにすんだのだろう。でも、ビェラはこう言った。誰よりも母親が子供の面倒を見るべきだし、何よりもあなたは自分を信頼しなくちゃ。私やほかの誰かにその役目を変わってもらうことを望んではだめよ。確かに彼女の言い分は正しかったけど、私はその真実が怖かった。

マルチンはほかのすべてのことと同様に、妊娠に関することについても理解を示してくれた。心配する必要はないよ、だって何の問題もないんだろう、そう言って私を慰めてくれた。ぼくたちは若いんだから、時間は山ほどある。様子を見よう。それでもうまくいかないようなら、あらためて、何か手立てを考えよう。そして尋ねた。お父さん、年を取ったって気づいている?

もちろん気づいていた。父はすっかり小さくなった。背中がやや丸くなり、歩く速度が落ち、身振りから勢いが失われた。視線は定まらず、目は涙でうるみ、声は喉のいっそう深いところにこもり、しゃべっている途中で、何が言いたかったのか忘れたかのように、口ごもることがしばしばあった。それでも、春にはふたたび温室に植物を植え、あずまやにペンキを塗っていたので、私はむしろズプのほうを気にかけていた。彼は庭に出るのもやっとな状態だった。

ベーモヴァーおばさんによると、ズプは犬の本来の寿命より三年も長く生きているらしいけど、私はおばさんの言葉に耳を貸さず、やっきになって、できることは何でもしてやった。ズプといつまでもいっしょにいられるように。あるいは、せめて、もっとずっと長く。いつもズプを気にかけ、私が可能な限り足を踏み入れない父のキッチンにねぐらを移していたズプのところまでごちそうを運んでやり、周りを掃除し、肉を挽いてやっていたのに、それでもある日、ズプは自分の足で立てなくなった。夏のさなかの火曜日の午後、私が仕事から戻ってくると、犬も、ぺちゃんこになって最近ではかなり臭うようになっていた寝床も消えていた。

父がズプを獣医のところに連れて行き、自分ひとりで戻って来たのだ。別れを惜しむ機会すら与えてもらえなかった。そのとき、私は何か憎しみにとても近い感情を父に抱いた。

マルチンはいい顔をしないだろうと思ったので、こっそりと、自然妊娠支持法について探しはじめた。薬草を買い、骨盤底筋を鍛える運動をし、ヨガに通い、瞑想し、リラクゼーションをし、自分の内なる女神を探すレッスンに通ってむなしく奮闘し、最終的に噂に名高い民間療法者の女性に行き当たった。

彼女は家族と住む家の一階で神の恩恵を受けた治療行為を行っていた。私は畏敬の念を起こさせるおばあさんを想像していたが、その自然施療者は感じの良い、ふくよかな四十前後の女性で、私の子供時代と青年期の記憶に住むスヴィエターコヴァー先生をありありと思い出させた。ただ、髪の毛は赤毛で、白衣の代わりにタートルネックのセーターを着ていた。その上に長いベストをはおっていたがそれは袖なしの色鮮やかなパジャマのようで、フレアパンツのすそ飾りに届くほど長かった。首には病から守ってくれる魔除けも宝石の首飾りもかけておらず、耳は耳飾りがなく、手首で腕輪が澄んだ音を立てることもなく、想像していた特殊な能力に恵まれた女性のイメージとはかけ離れていたが、そのかわり客間は奇跡を願う顧客の期待を満足させるべく、しつらえられていた。

彩り豊かな東洋風のカーペット、ずっしりとしたカーテン、いたるところに灯された太いロウソク、柔らかなソファと椅子の上にかけられた色鮮やかな覆い布。壁には私が読み解くことのできない図形の描かれた絵と神的存在を表す絵が掛けられ、チェストと丸机の上には、手を合わせて穏やかな微笑みを口元に浮かべた天使たちが立ち、金属製の小皿の中で燃やされている薬草の香りが部屋中に立ちこめていて息苦しかった。酸素不足で失神してしまわぬよう、腰を下ろさねばならなかった。

スヴィエターコヴァー先生と違って、施療者はひとつも質問を投げかけようとしなかった。まず、私がこれまで生きてくる中で背負い込んでしまったいくつかの不幸な霊をはぎ取り、手を振ってそれを落とし、踏みつけた。十分に換気をし、悪霊に取りつかれないよう念のために手を洗ったとき、彼女に対する信頼がやや揺らいだ。でも、そのあと彼女が私を見て、手に手を取り、私がここに来た理由を何も知らないのにこう告げたことにびっくりした。あなたはまるで根のない木ね、そう言ったのだ。そのような木は実を付けないもの。あなたが自分の世界に根をおろしたとき、妊娠するでしょう。

私がこれまで抱えて生きてきた感情を彼女はいくつかの単語で言い表した。涙が流れはじめた。施療者は立ち上がり、私を引き寄せてそのまるまるとした体に抱きしめた。

私は他人との触れ合いが好きじゃない。意図せずして人と体が触れ合ったり、他人のにおいを吸いこんでしまうような混雑した場所は避けるようにしている。でも、そのとき私を抱きしめていたのは見知らぬ女性ではなかった。私は自分のママの腕の中にいた。ママのにおいを感じ、彼女の黒髪が頬をなで、彼女の腕が私をしっかり抱いていた。記憶が浮かび上がり、あのときにさかのぼり、母の腕の中にいる子供しか感じることのないあの安心感を味わっていた。少しのあいだだけ、私は人生が負わせる傷跡の刻み込まれていない子供に戻っていた。

歩いて家に帰った。ハーブティーも、薬草の抽出液も、瞑想も、レメディーも、アーユルヴェーダも必要なかったんだ。たぶん、必要なのは力強い体験であり、お天気の日であり、もしかすると川べりの散歩なのかもしれない。とにかく、そのとき私は幸せな気分で、すべてがうまくいくと信じていた。すべてのもの、いいえ、固有の時をつむいでいるのだ。

16　父

　すべてのものは固有の時をつむいでいる。だから、娘が離れたがらないある先生を注目すべき存在としてスヴァトプルクが認識するまで、数週間かかった。ボフダナは積み木を、あるいは走らせていた色鉛筆を放り出して立ち上がると、いつでも真っ先に、小柄な黒髪の先生に自分の作品を見せようと走っていった。先生の手をつかむと、先生は彼女に何か語りかけ髪の毛をなで、ボフダナは全幅の信頼を寄せて先生を見つめた。けれども、先生がスヴァトプルクのほうへと歩きはじめると、ボフダナの顔はこわばった。目はカーペットを睨みつけ、足はいうことを聞かなくなったかのようだった。先生が静かに何かをささやくと、ボフダナは頷き、スヴァトプルクの脇をすり抜けて更衣室に入った。

　スヴァトプルクは苦々し気にその後を追った。この子はなぜこうなんだ？　だって嫌がることなどしてないじゃないか。あの日以降は……あの日……自分を抑えられなかったあのとき、それ以降は声を荒げてすらいないのに。実際のところ、彼女がまた背を向けて無反応になるのではないか、もしくはソファの後ろに隠れてしまうのではないかと思って、ほとんど話しかけてすらいないのだが。ほかにも山のような心配事があるというのに、それに加えて、彼はその人生にこんな変な子供を受け入れなければならなかった。いや——変であろうとなかろうと、大差ないな。ブランカは美しくて、おしゃべりで、好奇心旺盛だったが、それがあんなことになってしまった……

「かわいい子ですね」

彼は驚いて先生を見た。

「ええ、そうですね」

「ご迷惑でなければ、少しだけ、お話しできませんか？」彼女は更衣室で袖に正しく手を通そうと奮闘しているボフダナに微笑みかけた。

何について話したいのかは、言うまでもなく、はっきりとわかっていた。でも、それを俺にどうしろというんだ？　ボフダナときたらこのざまだ、見てのとおりだ。萎縮して、臆病で、でもそれを除けば、何の問題もありやしない。それとも、あるのか？

「どうぞ」

不機嫌そうに響かないよう注意したつもりだったが、うまくいかなかったようだ。先生は奇妙な表情で彼を見た。怯えたような。それはボフダナが彼を見る様子に似ていた。本当に人に恐れられるような偏屈になってしまったのだろうか？　スヴァトプルクはぐっと我慢して微笑んだ。というか、そう努力をしてみた。

「ボフダナがあまりしゃべらないことなら、わかってますが」

そう言いはじめると、先生は彼の言葉を遮った。

「じゃあ、家ではしゃべっているんですね？」

しばらくためらった。

「実は、しゃべりません」

「言葉が遅めの子もいます。でも、ボフダナちゃんはまったくしゃべらないんです。彼女の年齢の子供なら、もう文章を作れるはずなんです。だけど、それ以外は、何でもとっても上手にこなします」彼女はふたたび視線を更衣室に向けたが、そこではボフダナの器用さが披露されていた。彼女はコートを逆さに着こみ、今、膝のあたりでフードが揺れているのに目を丸くしているところだった。「食べるのもひとりで上手にできますし、服を着るのだって。まあ、たまにはね」そう言って先生は微笑んだ。「上手に鉛筆を握って、ずっと年上の子たちよりも上手にお絵描きします。それに我慢強くて、ひとつのことにとても長い時間取り組みます」

ボフダナはまるで彼女の言ったことが聞こえていたかのようにコートから抜け出し、厄介なこの両腕をどこに通したら良いのか、試していた。

スヴァトプルクは初めて先生をまじまじと見た。頭を下に向ける必要があった。彼女の身長は彼の肩ほどしかなかったのだ。スリムというかガリガリで、背の高い彼の視線からは、まっすぐに切りそろえられた黒髪の分け目付近が灰色になっているのが見えた。彼女が髪を染めていることを知ったことで、先生の私生活へと続く橋を飛び越えてしまったような気分になり、スヴァトプルクは少し動揺した。

「それなら、何も問題なしということで」この言葉が会話を打ち切るのに最もふさわしいように思えた。

「差し出がましいかもしれませんが、ボフダナちゃんと専門家の診療を受けに行ってはどうかと思うのですが」そう言って赤くなった。おそらく言い悩んでいたのだろう。「小児心理士のところに」

スヴァトプルクは腑に落ちた。今までの会話はすべてここに向かっていたというわけか。この胸が悪くなる着地点に。俺がさほど心配してやっていないとでも？　そして、さらにこいつを医者の所に引っ張っていき、むかつく質問に答えていかねばならないのか。

「考えておきます」そう答えると踵を返し、出入り口に向かった。

先生は答えず、彼と更衣室に入ると、ボフダナの前でしゃがみ、絡み合った上着を着せてやり、靴の止め金をはめてやった。

「ひとりでできるもんね」そう言い、もうスヴァトプルクには全く注意を向けなかった。「先生が、もう一回、さようならしたかっただけなんだよ」

それからというもの、先生は午後のシフトのときには、毎回、彼らと一緒に更衣室に来るようになった。ボフダナが今日はどうしていたか、スヴァトプルクと数言しゃべるか、彼の娘にだけ話しかけた。

「かわいがってくれているんですね」数日後にスヴァトプルクは言った。

「自分のことを大好きな人もいるんだって、この子にわかってもらいたいだけです」先生は顔も上げずにそう言うと、ボフダナのボンボンのついた帽子をかぶせ直してやった。

その言葉に胸を突かれなければならないのは自分だとスヴァトプルクにはわかっていた。彼はボフダナの父であり、彼こそがボフダナを愛する人になるべきなのだから。

もちろん、彼は娘を愛していた——それなりのやり方で。必要なものがすべてそろっているか目を配っていたし、病気の時には看病をした。決して育児放棄してはいなかった。それどころか、あの忌々しい心理士のところに連れて行く予約だってしてした。これ以上どうしろと言うのか？　一挙手一投足にやきもきし、やる気のない時には声援を送ってやらねばならないのか？　彼が娘と一緒に過ごしたいと思わない以上に、娘は彼と過ごしたがらなかった。

スヴァトプルクはもう誰かを愛おしみたくはなかった。パートナーのあいだであろうと親と子のあいだであろうと、かすがいとは、いずれ少しずつ壊れていくものなのだ。彼はすでにその痛みを味わい、その経験を何とか乗り越えたものの、すべてをもう一度くぐり抜けたいとは思っていなかった。そうだ、ボフダナはしかるべき世話を受けている。これ以上は必要ない。

彼が返事をしないでいると、先生は頭をあげ、彼の目をのぞき込んだ。頬は、彼女がやらねばならないその動作が大変な努力を要するかのようにこわばっていた。

「もう小児心理士のところへは行ってみましたか？」

なんという小悪魔か、スヴァトプルクはそう思い、先生の顔と喉に赤みがさしていくのを見ていた。

「来週の予約です」

先生は頷いた。その瞬間、黒髪がさらりと顔にかかり、スヴァトプルクに何かを思い出させた。いや、むしろ誰かを。ごくりと唾をのみ、ボフダナの手をわしづかみにすると、挨拶もせずドアから出て行った。

その夜、彼は黒髪の女を夢に見た。背を向けて横たわり、豊かな髪の毛が枕の周囲に広がっていた。その黒いうねりをなでようと手を伸ばすと、髪は抜け落ち、彼の手に残った。手のひらに貼りつき、指に絡まり、振り払おうとしても枕で拭っても、生きている髪の毛は彼の指に巻き付いて、肘へとはい上り、さらに二の腕へ、喉元へと上り、ぐるぐると巻きつくと、口の中いっぱいに入って来た。スヴァトプルクはもがきながら目を覚まし、ベッドの上に起き直ると首をさわった。

夢が消え去った後も、スヴァトプルクはずっと横たわって闇を見つめていた。彼の意識は黒髪から、神経質でやせっぽちの先生が頭をさっと動かし、自分のジェスチャーでつかの間、もう決して帰ってこないあの人をこの世界に呼び戻した刹那へとうつろった。過去はもう変わりはしないが、もしかすると、未来は変えられるのかもしれない。

せめていくらかでも、エヴァの思い出から自分自身の人生へと戻ってくることができるかもしれない。彼女の髪の毛、におい、嵐のような会話、ふと目が覚め、ベッドの隣で眠る人の静かな息遣いを聞いている夜。つついて起こされ、ねえ、お願いだから、もういびきは止めてちょうだいと頼まれたあの真夜中。彼はひっそりと微笑んだ。名前すら知らないあの先生が、ボフダナを見つめるように彼のことも見つめる日が来るかもしれない。優しく、愛をこめて。もう一度、挑んでみる価値はあるのかもしれない――自分のためにではなく、ボフダナのために。もう二度と、エヴァに抱いていた感情をほかの誰かに感じることはないだろうが、幼子にはママが必要だろうし、彼の母親ときたら、あらゆる罵詈雑言と不満をぶちまけつつ、プラハに帰ってしまうことだって考えられた。


朝、目を覚ますと、夜半に眠りを破った悪夢と、やせっぽちの先生との未来計画について夢想していたことを思い出した。朝の光の中ではそれは滑稽に思われた。人生は「イライラしないで！」のゲームではない。サイコロで六の目を出して、いったん退場させられたコマの代わりに別のコマを手に取り、ふたたびスタートを切るわけにはいかないのだ。それとも、許されるのだろうか？

その考えは頭の中に根を下ろし、浮かび上がっては、思いにふけらせた。その日の午後ボフダナを迎えに幼稚園に行くと、彼は先生を違った目で眺めた。吟味するように。本当に同じベッドで眠れるだろうか、彼女の隣で目覚められるだろうか、台所のテーブルに着けるだろうか、ごくありふれた話題についておしゃべりできるだろうか、そう推し量るように。彼女がいれば、どこにいようと付きまとう、この虚無感が満たされるのだろうか、彼女は彼らの住居をふたたび家庭にすることができるのだろうか。

エヴァとブランカのことも考えた。しかし彼はもう良い大人だった。これは彼とボフダナの問題なのだから、このような決定は自分自身が行わねばならない。五年前から彼の人生は軌道を逸れ、それはブランカに起因していた。ブランカ、あの子のせいで、彼は自分のことを何かの手違いでとんちんかんな本に登場してしまった哀れな小説の登場人物のように感じていたが、その本は背後でパタンと閉じてしまったので、彼は新たな物語を受け入れざるを得なくなった。

先生はもちろんスヴァトプルクの値踏みするような視線に気づき、気まずさを感じていた。彼が彼女にかろうじておざなりの挨拶をしていたころから三か月もたった今、なぜカウンターに並べられた商品のように自分を眺めるのか、値札に書かれた金額が妥当か、それとも高すぎやしないかと見定めるように自分を眺めるのか、理解できなかった。スヴァトプルクは、とくだん、自分の視線を隠そうとしていなかった。

先生はもう我慢できなくなった。

「まだ絵具がついてます?　子供たちと冬の絵を描いていたんです」

スヴァトプルクは何を言ってるのかわからないと言うかのように額にしわを寄せたが、そのあと、自分の頭の中でいろいろな考えを巡らせていたあいだ、彼女も気づかないはずがないほどじっと見つめ続けていたのだと思い当たった。

「明日ボフダナとあの心理士のところに予約を入れています」不快な印象を払拭しようと口を開いた。「先生が一緒に来て下さらないかと思ったもので。心理士に、ボフダナが幼稚園でどんな様子かを説明していただくために」

「全部、私の書いた所見書に載ってるんですが」そう言って、ボフダナを見た。「でも、もし予約が朝なら、行けます。今週は午後のシフトですから」

「朝八時の予約です」

当初、彼は仕事を口実に、診察へは母にボフダナを連れて行ってもらおうとしたが、彼女ははねつけた。

「掃除もしてる、料理もしてる、だけど、おまえのために何でもかんでもしてやるなんて、無理な話だね。面倒みたくないんなら、子供なんて作るべきじゃなかったんだ」母はむやみに大声をあげてボフダナの頭をなでた。「こんなに優しい子なのに、おまえときたら……」そう言って、もうずっと以前にスヴァトプルクに愛想をつかしたときのように肩をすくめ、孫むすめの髪の毛をゴムで痛いくらいにきつく結わえ、優しいボフダナははっきりとは理解できないものの、何かやっちゃったのかもと思いながら台所の自分の居場所に立っていた。その何かとは良くないことに違いなかった。父が不機嫌になり、おばあさんが怒り出したときには。

「それでは、わかりました」先生は言った。「明朝八時に相談センターの前で待ち合せましょう」

心理士は女性だった――三十歳をいくつか越したくらいの。十キロ、いや、十五キロばかり体重を少なく見せようと苦心して、緩やかなスカート、だぼだぼのセーター、飾り付きの大きなジプシースカーフで体を覆っていた。スカーフ、黒いアイラインで強調された黒い目、真っ赤な口紅のせいで、繊細な子供の心に関する専門家というよりも、手のひらや、あるいはコーヒーのおりから未来を予言していく占い師のように見えた。

診察室のドアをくぐったとたん、はなからあまり高くなかったスヴァトプルクの心理士への信頼は、さらに低くなった。彼女の外見に、ボフダナの先生までもがそわそわした。動揺したように椅子のひとつに腰を下ろし、スヴァトプルクを申し訳なさげに見た――この人に当たるなんて知りようがなかったんです――そう言いたげな様子だった……ボフダナは坐ろうとしなかった。先生の横に立ってその手を握り、彼女の腕に顔をうずめていた。二度と治療者に目を向けることはなかった。

「今回は第一回目のセッションです」心理士はヘビースモーカー特有のしゃがれ声で言った。「最初に、みんなでお話ししましょう」そういってボフダナの背中に向けて微笑みを送った。

彼女の質問は、スヴァトプルクが想像していたとおり、何の役にも立たず、退屈なだけだった。それに耳にざらつく声だけでは足りないとばかりに、しばらくのあいだ咳き込んだ。そのあとボフダナを同僚に預け、スヴァトプルクに注意を向けた。

心理学を何とも曖昧な学問だと見なしている、あらゆる不信感を脇におき、自分の善意と良心に従って、すべての質問に答えていこうとスヴァトプルクは腹をくくった。そこで、妻の死について語り、いまだに続く悲しみを吐露し、母との軋轢、ボフダナの緘黙と臆病さについて言葉を連ねた。そして心の片隅で、これは本当は、うんざりするような咳をするその変な女にではなく、彼のかたわらに坐っている小さな先生に語っているんだと感じていた。自分のことを知ってもらいたかったし、この世が彼を裏切ったこと、それにボフダナがこうなった理由をじっくり考えるだけの興味も気力も、もはやないということを理解してもらいたかった。

しかし、それらは語りたくないことだったし、実際、語れないことでもあった。最初の人生で起きた出来事とそこにいた人たちについて、忘れようと努力してきたことについては一言も言及しなかった。

心理士は彼の答えを注意深く書き留め、それからボフダナの先生の方を向いた。スヴァトプルクは唖然とした。そのか細く小さな女性が、出会ってたかだか数か月の彼の娘についてこれほど語れることに、そしてあの子について何とも柔和にしゃべることに。はっきり言って、ボフダナについて彼女がしゃべったことは、彼の知らないことばかりだった。先生は持参したボフダナの絵を褒めちぎっていた――幸いなことだった。なぜなら、ボフダナに戻っておいでと声をかけたとき、彼女は一緒に何かすることをまたもや拒み、予約時間いっぱい、マダニのように先生にしがみついているだけだったのだから。出ていく時間になってようやく、深々と、絶望的なため息をついた。まるで今日の訪問により、受難の相談所通いの幕がいよいよ切って落とされたと思っているかのようだった。

「つまらなかったんだ、ねえ?」先生がボフダナに尋ねると、自分の貴重な時間を一時間も浪費したと言わんがばかりの様子でしかつめらしく頷き、そのあと天を仰いだ。先生は笑い出し、不意を突かれてスヴァトプルクも微笑んだ。ボフダナが胡乱な目で彼を見ているのを感じ、そのとき、この子が笑っているところをおそらくまだ一度も見たことがないのではと気づいた。
「コーヒーをご馳走させてもらえませんか？」彼は先生に声をかけた。

先生はビェラという名前で、離婚歴があり、子供はおらず、さしあたり深い仲の相手はおらず、ボフダナに底抜けに優しかった。人生の伴侶たる立場に迎え入れるのに望ましい候補者かどうか判断を下そうとしたとき、彼はそれらすべてを考慮に入れた。彼女にはとり澄ましたところがなく、ややおおざっぱで多趣味だったが、彼女自身が打ち明けたように、スヴァトプルクの妻となる一次選考のようなものを自分がまさに受けているところだとは思いもよらず、彼女が挙げたたくさんの趣味の中には料理やパン作りは入っておらず、あらゆるものからいろんなものを創り出す工作ばかりだった。

少なくともスヴァトプルクはそう理解した。彼はそれなりに理屈の通った考えとして、結婚した女性とは、好きであろうとなかろうと、料理をするものだと決めており、それに加えて働こうとするなら、何らかの趣味にあてる時間などありえない。だから、女性の美徳を損なうそれらのこと――これさえなければ、彼が自分の未来の伴侶でありボフダナの母替わりの女性に求めるすべての最重要事項をすっかり満たしていただろう――にも目をつぶろうと決めた。

そのうえ、彼はますます先生を気に入りつつあった。黒髪はつややかに輝き、黒い瞳はまるで……いやいや、もうエヴァのことは考えないようにしよう……単に黒い目をしていて、それにふっくらとした唇で、あれでもう少し肉付きが良かったなら、すっかり魅力的なんだがな。スヴァトプルクは彼女とベッドに入ったならどんな感じだろうかと想像しようとした。ふと気づくと、彼のふたりの同席者が自分を見つめている。ビェラはコーヒーカップを口元にやりながら、彼の考えをのぞき込もうとするかのように瞳を凝らし、彼女のかたわらに坐っているボフダナはイチゴとホイップクリームを夢中になって混ぜていた手を止め、興味深げに彼の返事を待っていた。

「いかがでしょう?」先生が言った。

ビェラの言葉がつむぎ出す流れは長くて一本調子で、そのような冗長な表現になじみがなかったスヴァトプルクは、無害な自分の思考の中に逃げ込んでしまっており、今、彼女に何を答えれば良いのかわからないのだった。

「いかがでしょう?」彼は先生の言葉を繰り返した。

「承知していただけます?」彼女は尋ねた。

何を承知すべきなのかスヴァトプルクには予想がつかなかったが、問い返すのは気が引けた。

「ちょっと、考えておきます」そうあいまいに答えた。

先生はかすかにため息をついた。

「そんな時間はないんです」

「じゃあ、いいですよ」スヴァトプルクが答えると、先生は満足げに微笑み、ボフダナはピンク色のクリーム状の物体を混ぜ合わせ続けた。

「早速明日から始めましょう」

さらにそれなりの時間をかけたのち、ようやくスヴァトプルクは、自分は今、クリスマスのお遊戯会の準備を手伝う約束を交わしたのだと理解し、それは三週間後に、見守る両親たちからの喝采で幕を閉じた——しかしスヴァトプルクには、それには全く値しないと思われた。というのも、劇の上演時、リス役のボフダナについてはもちろん想定内だったが、それに加えて、主役の赤ずきんちゃんまでが緊張からしゃべれなくなってしまったのだから。だからこの三週間にわたる準備で得られた唯一の成果は、スヴァトプルクとビェラがカップルとなったということだけだったろう。

一九八六年の春、彼らは結婚した。証人は隣人のベーム夫妻が務め、広場のそばのレストランで催された、カツレツとしょっぱすぎるジャガイモサラダの祝宴では、両家の母親とドゥブラフカとボフダナだけが顔を合わせた。ビェラの姉には、当初花嫁の希望で花嫁側の証人になってもらおうとしていたのだが、彼女はドレスデンへの旅行を優先させた。結婚に同意していないことを隠そうともせず、そんな茶番には——吐き捨てるようにはっきりとそう言った——参加するのもまっぴらと言ってのけた。

何よりも彼女は結婚制度にはまるっきり反対であり、それについてこう述べていた。結婚に対する女の憧れと結婚を回避しようとする男の努力にも拘らず、夫婦の共同生活とは男にのみ都合よくできているのだ。それに加えて、スヴァトプルクに大いに不満を感じていた。あの男がビェラと結婚するのは、ボフダナの世話から解放されるためよ、彼女はそう断言した。

彼女が完全に真実を言い当てていたわけではない。結婚を決意するにあたり、確かにその言い分はある程度の役割を担っていて、母を隣の線路に、あるいは——できることなら——できる限り離れた線路に遠ざけてしまいたいという切望も一因となっていた。母の支配と彼女がもたらす不快感は、家事を取り仕切る能力の衰えとうらはらに急激に増していると感じていた。もし彼女がプラハに帰ってしまえば、せめて少しでも好きになれるかもしれないと密かに思った。

しかし、ビェラをすっかり気に入っていたのも確かだった。夢中になっていたわけでも、分別を失っていたわけでも、盲目的になっていたわけでもないが、彼女が自分を賞嘆のまなざしで見る様子や、話に耳を傾ける様子、彼を満足させようと努力する様子や彼のことを考えている様子が気に入っていた。夜に手を伸ばして女の体から発せられる体温を感じるのは嬉しいことだった。ひとりで目覚めないでよいのは嬉しいことだった。

ビェラはスヴァトプルクを見上げ、その寡黙さを男性的な思慮深さだと解し、自分の前から隠そうと努力しようとも、ありありと見て取れる悲しみから彼を癒してあげることができたらと思っていた。

今でも最初の奥さんを思い出していることで私を傷つけたくなくて、あの人は悲しみを隠そうとしているんだ、ビェラはそう思っていた。しかし、真実はもっと単純だった——スヴァトプルクはエヴァのことを忘れたいとはちっとも思っておらず、ビェラに隠していたのは、ふたたび誰かを全身全霊で愛することはできないこと、それにそうした気持ちもないということだった。

ビェラのほうも、スヴァトプルクへの感情は愛とは言えなかっただろう。ビェラは愛していた。そう、ひたむきに愛していたが、それはスヴァトプルクではなかった。彼女はボフダナを愛していた。ボフダナは彼女の子供に対する夢を、それに焦がれるのはもう止めようとしていた夢を叶える存在となった。子供への愛と男性への愛は彼女の中でもつれあってひとつの感情となり、スヴァトプルクにとって良い妻になろうと決心していたにせよ、結婚に同意した真の理由をあえてじっくりと考えようとはしなかった。ふたりの人間の結びつきには協力が必要だとふたりともが知っていた。ふたりとも大人であり、結婚するにはそれぞれの事情があった。そしてふたりとも相手の理由が真実ではないことに気づいていた。

スヴァトプルクは結婚式の日が過ぎたら、ドウブラフカが母の荷造りを手伝って、そのあとふたりでプラハに引き上げていくのを期待していた。しかし母は新しい女あるじ――つまりビェラのことだ――に何をどうすべきか、一から十まで教えてやらねばならないから、まあ、とりあえず当面は留まって手伝ってやりたいと言いだした。母はビェラを理解し、そのことにスヴァトプルクは驚いた。だってエヴァのことは嫌っていたのに。

ビェラには、なぜスヴァトプルクが実の母を厭うのか理解できなかった。

「だって、ただ、手伝おうとしてくれてるだけでしょ」

「というより、俺の人生に口出しするのは止めるべきだ、我慢ならないのさ」

「忘れちゃいけないわ、お母さんはあなたのことを、すごく手伝ってくれたんだから」

「心配ご無用だよ、俺が忘れるなんて、あいつが許すものか」

ビェラは少し笑ったが、スヴァトプルクの恩知らずな態度が頭に残った。本当にこの人には、お母さんが彼を思ってしてくれたあらゆることが見えていないのかしら？　彼のために家事をこなし、掃除や、料理や、ボフダナの面倒まで見ている。お母さんの年だったら少しゆっくりする権利だってあるというのに。ビェラは彼女が手伝ってくれることをありがたく感じていた。

生来の性格に加え、彼女は長いあいだ、自分の母と姉とともに暮らしていたので、家庭内に女性が何人もいることに慣れており、スヴァトプルクの母の存在はまるで気にならなかった。むしろ喜んで自分の義務のうちのいくつかを彼女に明け渡したので、彼女にはボフダナと趣味のための時間がかなりたっぷりと残された。ビェラは多くの時間を義母とボフダナとともに台所で過ごした。お茶を飲み、おしゃべりをし、ビェラがつぎつぎと切り抜いて糊でコラージュを貼り付けていくと、ボフダナは彼女のお手伝いをしたり、あるいは足元で遊んでいた。

彼女たちの共同生活はスヴァトプルクにはまったく面白くなかった。あのふたりが何やら親密になるなんて望んではおらず、女の秘密を打ち明け合う必要もないと感じていたし、目の前で未来永劫さっぱり理解できない世界へと入り込まれるのも嫌だった。ビェラは何といってもスヴァトプルクの妻なのだから、彼に献身的に気を配るべきであり、晩は彼と時間を過ごして今日の出来事を語らうべきだった。彼は女たちの世間話に加わる気はこれっぽっちもなく、いたるところにある包み紙や、糊の臭い、それにとめどなく続く雑談が気に障った。だから、ビェラがやって来るまでそうしていたように、台所の前を通り過ぎ、ふたたび書斎で時間を過ごすようになった。

違う、俺はこんな結婚生活など思い描いてはいなかった。それは、彼が感じずにいられなかったボフダナに対する呵責の念を少しだけ和らげてくれたかもしれず、夜はひとりで過ごさずに済むようにしてくれたかもしれないが、それ以外に彼の生活に新たなものがもたらされることはなかった。ベッドだけでなく、考えも共有しあえるような近しい存在、伴侶を彼は手に入れられなかった。

そのうえ、ビェラは彼とボフダナの架け橋になるのではなく、彼の娘を自分の側に奪い取り、彼と分かち合おうとしていない、スヴァトプルクにはそう思われた。

裏切られたと感じた。失望と怒りが心の中で日に日に大きくなっていったが、どうすべきなのか、わからなかった。

かつてプラハで生活していたころ、彼は多くの時間を仕事に費やしていた。職務――仕事上の、そして党の――は彼が家族と過ごすひとときを奪っていた。しかし、当時は自分の行っていることに対して、何か大きなものの建設に参加し、人民のより良い未来に貢献するという意義があるのだと考えていた。少なくとも最初の数年間は。時がたつにつれ、いくつもの事件に影響されて彼の熱意は低下していったが、それにも拘らず仕事量は変わらぬままであった。最初は建国への熱意の引き潮ムードが、そのあとは無関心さが、そして最後に自分の取り分だけを最大化しようとする努力がむき出しになった周囲の雰囲気が彼を悩ませた。

いまでもスヴァトプルクは社会主義の力を信じていた。一貫して思想の根幹は素晴らしいと考えていた。しかし、その思想を現実化できるほど人々は成熟していないのだとすでに理解していた。

その後、ブランカのあの恐ろしい出来事が起きて、同志たちは彼を法に則って処罰した。それは初め彼を苦しませたが、エヴァの病と死とがもたらした懊悩が他のすべてを凌駕した。ほかのどんな艱難も、もはや意味を持たず、重要なことは何もなかった。興味を惹かれることは何もなかった。

エヴァを失って数年がたち、自分の中にこの先も生き続ける力が残っていることを見つけ出した今、スヴァトプルクは自分の家の外で起きている出来事に関心はなかった。彼は静けさを求めた。現在の職である工場の整備士長を生来の気質に従って責任をもって全うしつつも没頭することはなく、必要以上の時間と頭脳を注ぎはしなかった。定刻どおりに帰宅し、今やたっぷりと時間を手にしたが、それを捧げる誰かが、彼にはいなかった。彼に心を寄せる者は誰もおらず、だから彼は自分の周りの空虚さと静けさを音楽で埋めた。しかし部屋に響く音はブランカとエヴァと過ごしたひと時を思い出させたので、音楽を聴いている時ですら明るい気分にはなれなかった。安らぎや長閑けさを感じることはもうないのだろうか？　自分にそう問ううちに悲しみは怒りへと変容し、彼の心を埋めていき、埃のように降り積もり、そして偏屈さへと姿を変えた。

自分のせいだという自覚はあった。彼を悲しみが麻痺させていたころ、母とボフダナはスヴァトプルクが彼女たちを避けることに慣れ、ビェラもまた、あっという間にそれに馴染んでしまった。彼女たちはスヴァトプルクがいなくとも寂しく思わず、彼を必要ともしなかった。母はビェラを支配し、ビェラはスヴァトプルクを気にかけなかった。彼女の関心はただボフダナにのみ向けられていた。

スヴァトプルクは肘掛け椅子に坐り、音楽に耳を傾けながら庭を見ていた。美しい春の日々は彼にふたたびブランカの出奔を思い起こさせた。あの時も暖かな春の日でブランカは修了試験の準備をしていた……喉がこわばり、息を吸えなくなった。だめだ、だめだ、過去にひたってはいけない、それは無意味だ。荒々しく立ち上がり、レコードプレイヤーの電源を切ると、作業用のTシャツを手にした。庭木の剪定に行こう。肉体労働はいつだって、少なくともひとときは、脳裏に焼き付いた考えを追い払ってくれた。階段を降りると、女たちのひそひそ話が耳に入った。いつもいつも、いったい何についてしゃべっているんだ？　半開きの台所のドアを通り過ぎながら、そんな思いが彼の頭をかすめた。

「あの子はいつだって、あんなふうに感傷的なのさ」ちょうどそのとき母が言った。俺のことか？　スヴァトプルクは足を止めた。

「ブランカが逃げたときには、まあ本当に酷いもんだったし、エヴァが死んだときなんて、すっかり抜け殻だったね」

スヴァトプルクはふつふつと怒りが沸き立つのを感じた。何を講釈するつもりだ？　母には、ビェラの前でブランカのことは話題にもするなと言い渡していたはずだった。自分のかつての人生は太い線で消してしまったのだと彼女に説明していた。

もうそれ以上は続けさせまいと、ドアの方へと向かった。

「だけどさ、あの女もお高くとまっていたよ。死んだ者を悪く言うのはあれだけどさ、ブランカちゃんのことすら、きちんと面倒を見なかったんだ。あれは自分のことばかり考えていて……」

スヴァトプルクはすさまじい勢いでドアを開け、母の腕をわしづかみにし、椅子から立ち上がらせると台所の外に引きずり出した。

「何だよ……」

ビェラは台所のテーブルに坐ったまま、あっけにとられて彼を見つめていた。彼は叫ばなかった。あの最後の怒りの爆発がどんな結末をもたらしたか、嫌というほど覚えていたからだ。ただ、母を廊下に突き出した。

「いますぐ荷物をまとめて、出て行け！」

「おまえにそんなことできる……」

彼は身をひるがえすと階段を駆け上った。母の部屋に飛びこんでカバンをつかみ、たんすを開けると、手当たりしだいに服を詰め込みはじめた。

母は階段の下で立ち尽くしていた。どうすればよいのかわからなかった。まあ、そうさね、ちょっと大げさに言いすぎたかもしれないけれどさ、スヴァトプルクもあんなに怒り狂うことはないじゃないか。結局のところ、みんな本当のことなんだから……

上の踊り場にスヴァトプルクが現れ、手すりからカバンを放り投げた。その中には、衣服が母のたんすの引き出しから入るだけ詰め込まれていた。カバンの口が開き、衣服がこぼれ出し、床の上に降ってきた。あたかもそれがスヴァトプルクの怒りをさらにかき立てたかのように、彼は部屋に戻ると、さらに衣服の山を腕に抱えてきて、下に放った。

「残りはまとめて送る」

「この恩知らずめ」母が彼に叫んだ。「おまえのために、あんなにしてやったのに！」

スヴァトプルクは怒りに任せてさらに放り投げていった。ビェラは台所のドアのところに立ち、その後ろでボフダナが様子をうかがっていた。母が下着を拾い集めてカバンに詰め込みはじめても、ビェラは立ちすくみ、自分の目の前で繰り広げられている光景を見つめるばかりだった。ボフダナが彼女の背後から出てきて、落ちてきた衣類をつかんでは、それをおばあさんに手渡していった。

「あたしを追い払うんだね。みんなを自分の周りから追い払うんだね……」母は叫んだが、スヴァトプルクは聞こうとしなかった。さらに何かしゃべっているあいだに階段を降りてきて、彼女を玄関から押し出し、タクシーを待ってろと叫んだ。

愕然としていたビェラは我に返ると、玄関へと向かった。だって、彼女をドアの外に立たせておくなんて、あり得なかった。彼女はスヴァトプルクのお母さんなのだ。そんなことはできない。

「行くな」スヴァトプルクが彼女の手をつかんだ。

彼女は手を振りほどきたかったが、彼はがっちりとつかんでいた。

「落ち着いてよ、せめて一緒にタクシーを待つわ。こんなふうに追い出すなんてできないよ」

「ボフダナをつれて、台所に行っとけ」

ビェラはボフダナを見た。幼子は階段の下に立っており、両手で耳をふさぎ、怯えながら、大人たちのあいだで繰り広げられている騒動をうかがっていた。ビェラは後ろ髪をひかれる思いで玄関を眺め、そしてボフダナの方に向きなおると、微笑みかけた。

「お絵描きしに行こうか?」

彼女は微笑んでいたが、泣きたい気持ちだった。これまで笑ってきた幾千もの微笑みのなかで、頬が引きつり、目が涙でひりひりとする微笑みは、これが初めてだった。スヴァトプルクの本性を垣間見たと彼女が思った瞬間だった。そのときまで、彼女は運命の痛手をうまく乗り越えた彼を賞讃していた。今、彼女の頭には、これまでの彼の人生における困難のいくつかは、スヴァトプルク自身の振る舞いが呼び寄せたのではないかという思いが頭に浮かんだ。いずれにせよ、このひとときは、結婚した男を賞讃するのをやめ、恐れはじめた瞬間として彼女の記憶に留まった。


スヴァトプルクは、かつて習慣としていたように、自分の書斎にひきこもり、ふたたびレコードをかけた。階下へは夕方になって降りてきた。まだ自分の怒りを完全に抑えられず、沈黙をとおし、ビェラのほうは午後のいさかいに心底動転させられていて、彼と言葉を交わすのが恐ろしかった。

スヴァトプルクは彼女の沈黙を彼への反抗ととらえ、支えとなるべき妻が母の側についたことに怒りを掻き立てられた。あの悪意に満ちた、大ぼら吹きの、陰険な女の側に……フォークをテーブルに叩きつけ、立ち上がると、音を立てて背中でドアを閉めた。

皿の上で身をすくめ、このピリピリとした空気の原因がわからず、自分も何か悪いのだろうかと不安気なボフダナに目をやったビェラは、ココアで汚れた口元を拭ってやった。

「おねんねする前に、お話を読もうか？」

幼い子を寝かしつけると、晩はずっとひとりで一階にいた。食器を洗い、自分の紙を整頓した。スヴァトプルクが話をしに降りてこないかしらと待っていた。それを望んでいたが、同時にそれを恐れてもいた。彼女が寝室に行ったとき、スヴァトプルクは背を向けて横たわり、眠っているように見えた。彼を起こさないようにそっとベッドにもぐりこみ、自分たちの結婚生活は、この先もずっとこんな感じなのだろうかと考えていた。

彼女は思いもよらなかったが、ベッドの反対側でまさに同じことをスヴァトプルクも考えていた。ふたりは横たわり、重苦しい静寂を感じていた。

17　娘

マルチンより先に仕事から帰宅したときに私を出迎えた静寂は、奇妙に張りつめていた。ひとりで家に帰るのは気が進まず、私に話すことなど何もない父との気まずい鉢合わせを避けたかったが、マルチンはまだ仕事の打ち合わせがあり、それが終わるのを待っていたくはなかった。軽く頭が痛んだので、心地良い六月の午後の散歩がそれを和らげてくれないかしらと期待した。

門から玄関のドアへと急いで走り抜けるのに視線はひたすらアプローチに固定して、何の気なしに裏庭や窓に目を向けてしまわないようにした。もしそこに父がいたら？　顔を背けられたり、あるいはあの胡乱な目つきでこちらを見てきたら？　私はふたたび父を失望させてしまったと感じていた。結婚して五年になるのに子供ができないのだから。

子供を望むのをやめたわけではないが、その考えにもうそこまで固執していなかった。子供はいずれ授かるだろう、そう確信していた。子供のたましいはどこか素晴らしい時のよどみにたゆたい、私の迎え入れる準備が整うまで待っている。子供に安心感を与えられ、良い母になれるよう、私が自分自身をもっと理解し、人生における自分の居場所を見つけてしまうまで。

自然治療者を訪問してから、自分の周囲を見る目が変わりはじめた。自分が持っていないもの、あるいは持てないものを惜しむのをやめると、人生が私に差し出そうとしているものに気づくようになった。もう自分のハンディキャップのことは考えず、私が実際にできて他人の役に立てることに意識を向けた。

それに私には変わることなくビェラがいた。彼女は家を出ていったけれど私の人生から消えてしまったわけではなかった。早期退職したものの働くのはやめなかった。むしろ逆だ。ラベンダーのために小さな畑を借り、かつてうちで家族のためだけに手作りしていたいろいろなものを、大々的に、情熱的に製造しはじめた。小さなガラス容器にクリームや軟膏やオイルを詰め、花束を束ね、香り袋の口を結び、石鹸を作り、そして自分の製品を各地の市場に売り込んでいった。

ビェラはついていた。ちょうどラベンダーのブームが巻き起こり、ビェラの製品はドラッグストアでも、装飾品や贈答品の店でも注目された。ラベンダーはすぐに自分の庭の分では足りなくなり、他所からも購入しはじめた。

ビェラの母も、娘にまだ頼りにしてもらえることを喜びながら体力が許す限り製造に加わり、ちょっと時間をかけた説得ののち、ビェラの姉までもが加わった。こうして、ビェラの趣味は家族経営の企業となった。

装飾品の店は人気のあるラベンダー製品のサプライヤーに彼女のコラージュ販売の仲介役を買って出てくれた。お客さんたちがビェラの芸術作品に大きな興味を示すことはなかった。実際、全く売れていなかったのだ。くるぶしまで隠れる長さのぶかぶかのスカートをはいた、吹けば飛びそうな七十がらみの女性がふらりと店にやってくるまでは。彼女はラベンダーのハンドクリームを買い求め、三枚のコラージュとビェラの連絡先を持って行った。

その貧相なギャラリー訪問者がビェラを有名にしたと言えよう。でも彼女はビェラの抗議もなんのその、法外な値段を設定したので、コラージュは沢山は売れなかった。けれど彼女はビェラの作品の複製一枚をチェコ・コラージュ評議会に持ち込むことに成功した。私たちはそろってシャンパンでお祝いした。もちろん本物のフランス産のでだ。

会社での仕事は多様で創造的だったのでやりがいを感じていたが、同時にガーデニングをしたり読書や書き物をする余裕もあった。

そう、私はふたたび毎晩日記を書きはじめていた。でももうそれは、これまでの人生で大きな喪失感を感じていたある人に宛てたり、自分の頭の中から恐怖を追い出したり、考えをまとめたりするためにではなく、いつか生まれてくる子供に向けたものだった。そこで自分の人生について、それに自分の考えについても語り、自分が生きている世界の姿をしっかり把握しようとした。万物は流転し、私の子供たちの世界は私のものとは変わっているだろうとわかっていたからだ。彼らに私がどんな人間だったのか、どれほどあなたたちを待ち望んでいたかを知ってもらいたかった。私とは違って、自分のルーツを知っておいてほしかったし、自分はこの世の一員なのだと納得してもらいたかった。

　私は自分のお母さんについて、その姿しか知らない。何が好きだったのか、どんな夢や考えの持ち主だったのかを知らない。私が生まれる前にどんな人生を歩んでいたのか、ようやく私が生まれてくるまで、子供がいないことをどのように苦しんできたのかを知らない。ひとつ屋根の下に住んでいるにも拘らず、私は父のことすら知らない。父と私は互いへと続く道を見つけられずにいた。

　もしかすると、父があんなにも嫌そうに私を見るのは、私を見るたびに自分のひとり目の妻のことを、長い夫婦生活の末に妊娠した妻を思い出すからかもしれなかった。父はいつかは絶対に子供をと切望していたのだろうか、それとも子供のいない夫婦という線路を進むことに満足していたのだろうか？　実は単なる過ちか不幸な偶然で、私が生まれたのではないだろうか？

　もうかなり前から自分が父の遺伝子を継ぐ娘ではないという可能性を否定していた――年を重ねるにつれ父にどんどん似てきたからだ――けれど自分がこの世に現れたいきさつに依然としてざらりとしたものを感じていた。そう感じていたのは私だけではなかっただろう。

　庭仕事をしていたあるとき、父がマルチンに自分の過去をユーモアを交えて語っているのを聞いたことがある。そうなのだ、本当に、父は人を楽しませることだってできるのだ。でも、私の目の前でその魅力を披露してくれることはなかった。父がマルチンを理解してくれるのは嬉しかったが、同時に疎外感にさいなまれた。まるで、仲間と認めてもらえず、少し離れて羨ましげに眺めている人のように。

父はマルチンに、隣人のベーム氏が、はるか昔に私のお母さんの妊娠を知ったとき、どれほどびっくり仰天したかということを語って聞かせていた。もちろん父におめでとうと言ってくれたものの、同時に遠慮しいしい自分の驚きを口にした。というのも、ジャーク夫妻にはもうこんなに長いあいだ子供がおらず、私のお母さんはほかの女性なら初孫を楽しみにするような年齢だったのだから。それについて、父は彼にこう言った。それはきっと、家の裏手の原っぱにある、あの泉の水のおかげだよ。あれには何かのミネラルが含まれているのか、もしかすると未知の力があるのかもしれない。あれを飲みはじめたときから……そら、な、そう言うことなんだ、お隣さんよ、そう言って父は目を丸くしているベーム氏に悪戯っぽく目くばせした。ベーム氏はただ頷くだけだったが、それからしばらくのあいだ、暮方に原っぱを横切って奇跡の水をたっぷり満たしたキャニスターを運ぶベーム氏をたびたび見かけることになった。

マルチンは笑い、それは本当にその水のおかげだったのかと父に尋ねた。そいつは保留にしておこう、父はそう答え、同時にその声は奇妙な響きを帯び、私には父がほとんど後悔しているように思えた。

ある暖かな秋の日、二階に上がって窓から裏庭に目をやった。父はあずまやの近くに置いたお気に入りのベンチに腰掛け、まるで誰かを待ちわびるかのように前方を見つめていた。うちにまだズプがいたころは、父の足元で、前足に頭を載っけて寝そべっていたものだった。いまでも自分の友達だった犬のことが恋しかったが、もうズプの件で父に怒ってはいなかった。あの時父は正しいことを行ったのだとわかっていた。きっとそれは父にとっても容易なことではなかったし、私には無理だっただろう。しかし、父は常に毅然としていた。自分に対しても、他人に対しても。

突然、恐ろしいほどの悲しみに襲われた。庭の孤独な人影を見ていると、泣きそうになった。階下にいるあの人は私の父なのだ。別の人が父になることなんて絶対にない。もっと歩み寄れていたなら、互いの存在を喜び、支え合えていたなら。私たちはそうする代わりに、磁石の同じ極のように反発しあい、互いに避け合い、語りかける言葉を知らなかった。

いきなりものすごい疲労を感じ、頭がくらくらした。ベッドに横たわり、数分後には深い眠りに落ちた。

夜にマルチンが帰宅したときも私は眠り続けていて、せめてパジャマに着替えたらとマルチンが声をかけてくれなければ、翌日まで目を覚まさずに眠り続けただろう。朝になっても起き出せず何も食べられなかったので、それらの症状から風邪を引いたんだろうと判断し、マルチンがお医者さんのところに連れて行ってくれた。

もちろん風邪なんかじゃなかった。私は妊娠していたのだ。いつもの風邪なら、あんなにぐったりすることはなかったのだから、もっと早く気づいてもよさそうなものだった。

数週間後に落ち着いた疲労感を除くと、私は妊娠中ずっと、すこぶる快調だった。つわりに苦しむこともなく、胸やけもせず、腰やほかのどこかが痛むこともなかった。むしろ心は安らぎ、悪いことなど何ひとつ起こりえないと感じるようになった。

春になり、予定日の一日前に女の子が生まれた。私たちはペトラと名付け、生まれて四日後に蔦のベールに覆われた家へと連れて帰った。幸せだった。

それから二週間後、マルチンが温室で父を見つけた。脳卒中を起こして意識を失い、丹念に耕されてふかふかになった土の上に頭を置くようにして、移植したてのサラダ菜の苗のあいだで倒れていた。すべてが一変した。

18　父

すべてが一変した。ビェラはボフダナが祖母の退去をこれほどすんなりと受け入れたことに驚かされた。おちびちゃんは寂しがるだろうと思っていたのに、それから何日かのあいだボフダナが数枚描いた、ほうきとバケツを手にした女の人の絵以外に、彼女がおばあさんを恋しがったり、おばあさんのことを思い出しているとうかがわせるものは、何ひとつなかった。

スヴァトプルクの母はボフダナをことさら愛おしんだわけではなく、幼子もそれを意識下で感じ取っていたことなど、ビェラには思いもよらなかっただろう。おばあさんは確かに幼児をよく世話していたが、必要以上の愛情を示してみせるほどの体力はもはや残っていなかった。さらに、押し黙ったままのボフダナを、活発で、目から鼻に抜けるようだったブランカと常に比べていた。ブランカちゃん、息子が彼女から奪い去った孫むすめ。臆病なボフダナは、なけなしの代用でしかなく、スヴァトプルクの母も彼女を身代わりとして扱っていた。

スヴァトプルクの母の退場により幕切れとなった彼と母とのあいだの反目は、彼とビェラのあいだにくさびを打ち込み、不安定な土台の上に立つ夫婦関係に深い傷跡を残した。ビェラには当初まったく存在しなかったすべての家事の義務がのしかかり、彼女が初めてのいかな努力をしようとも歯が立たなかった。家の雰囲気はぴりぴりしはじめ、これまでの秩序は混乱に取って代わった。

ビェラは仕事に通っていて、スヴァトプルクの母が行っていたような、家事をしたり、小さな子供の世話を焼いたり、あるいは温かい食事を作ったりするということには慣れていなかった。そのうえ、コラージュ作製をあきらめなかったので、それが台所の混沌と乱雑さにいっそう拍車をかけた。彼女はしだいに——間違いなく、これが賢いやり方だという見解に基づき——すべてを成し遂げるのは無理なので一番大事なことに時間を捧げようと決心するようになった。つまりそれがボフダナと、破綻したスヴァトプルクとの夫婦関係が平穏をもたらさなくなった今、せめてもの人生の喜びを与えてくれていた自分の趣味だった。

スヴァトプルクはビェラを必要としたが、すぐに、ボフダナには素晴らしい母を見つけてやったが、自分自身にはまったく不適切なパートナーを選んでしまったと気づいた。当初彼をビェラへとひきつけていたものが突如として気に障りはじめた。彼女の空っぽな言葉にいらいらしたが、それよりずっと不快だったのは彼女の沈黙だった。エヴァと自分という頑固者たちが互いの主張を譲ろうとしなかった、荒れ狂うような会話を思い出しては、ビェラとはあんな会話は決してできないだろうと気づきはじめた。

なぜなら自分の二番目の妻はいかなる意見も持ち合わせていないのだから。彼女の臆病さが、過度な善意が、あれこれ応じようと努力する様子が鼻についた。さらに、彼女がボフダナの前で彼を〝お父さん〟と呼び、その不機嫌を働き過ぎだからだの、疲れているからだのと弁護した――あたかも、その愚かしい詫び言が彼を貶め、ますます苛立たせることがわからないかのように――ことが、追い打ちをかけた。家中が糊の臭いで汚染され、紙があふれ、もしもビェラの好きにさせていたなら、彼女は一日中テーブルに坐って、自分のその切り抜き用の紙と戯れるばかりで、それ以外のことは何ひとつやらなかっただろう。一方、ビェラはスヴァトプルクに耐えていた。だって彼は、窓やドアや踏みつけられて擦り切れたカーペットのように、家の付属品なんだから。彼の存在は彼女にとって、それ以上の意味を持たなかった。

彼とビェラの関係が悪化し、よそよそしくなればなるほど、ビェラとボフダナの親密さは増した。スヴァトプルクには、彼が近づくたびに、思いがけない敵が地平線に現れたとばかりに、そのふたりが身を寄せ合うように思われた。ビェラの目に浮かぶ警戒の色にむしゃくしゃさせられた。ビェラは彼とその娘のあいだの架け橋となるかわりに、彼と娘のあいだに漂う緊張感を打ち砕くかわりに、彼からボフダナをさらに遠ざけ、自分のものとして囲い込んでしまった。

あいつは俺を裏切った、スヴァトプルクはそう感じた。最初は彼の母と結託し、今度は彼の娘と奇妙な同盟を作り上げた。彼は自分の家の中で、自分の実の家族の中で、つまはじきものとなった。

スヴァトプルクはとげのある言葉をまき散らすようになった。彼女の台所を、無秩序さを、乱雑ぶりをあざけるようになった。そして、彼女が反旗を翻し、怒りを爆発させ、お母さんを追い出して私をこんな目に遭わせたのはあなただとなじるのを待った。そうなれば、あの女の批評と嫌がらせにどれだけ苛立たせられたことか、あの女は「おまえの人生に起きた酷いことは、すべて自業自得だ」とあげつらおうと、どれだけ虎視眈々と待ち構えていたことかと声を荒げられるだろう。

自分の舌鋒に勢いをつけながら、しばしば彼自身うんざりしたが、ビェラはその不当さを糾弾するでもなく、彼女の中でたぎっていたに違いない怒りを表に出すでもなく、中庭のメンドリのように怯えてあたふたして彼を怒らせたことを償おうと努力し、謝るか黙りこんだので、スヴァトプルクは彼女を軽蔑するようになっていった。

エヴァだったら、誰であろうと、彼女にそんな振る舞いをすることを許さなかっただろう。スヴァトプルクには、ビェラはどこか真摯でなく、偽っているところがあると思われた——滑稽にカットされた髪の黒いカラーリングのように。ビェラは何もかもがいけなかった——何よりいけなかったのは、彼女はエヴァでないということだった。

数年のうちに、スヴァトプルクのいらだちは、どこか憎しみに似ていなくもない何かに成長していた。ビェラの存在からして彼の気に障った。夫婦生活を始めた当初、彼らは広いダブルベッドで一緒に眠っていたが、ふたりの他人どうしのように並んで横たわっていた。ビェラは明らかに彼を求めてはいなかったし、スヴァトプルクは彼女の貧相な体にいかなる欲望も呼び起こされなかった。ダブルベッドの反対側から聞こえる無関心な息遣いや寝返りを打つ気配がことのほか不快だったので、寝場所を柔らかな夫婦用のベッドから、大きな書き物机と壁の二面に背の高い本棚があるため、書斎と呼ばれている部屋に置かれた、寝心地の悪い寝椅子にまた戻した。

ビェラは夫の寝室からの撤退について何も言わなかったので、スヴァトプルクはそれも彼女の弱さのまた別の表現だと見なしたが、彼女だってほっとしたとも考えられるだろう――少なくとも、スヴァトプルクのけたたましいいびきから解放されたのだから。


彼自身が気づかないうちに、過ぎ去る年月のあいだに彼の中に集積していった悲しみは変容し、気難しさと、すべての人とすべての物に対する無関心さへと形を変えた。

一九八九年にヨーロッパで共産主義が破綻した。共産主義、その熱狂的な代弁者であった彼は人生をあらかた駆け抜け終えていたが、変わらずそれを信じており、もはやいかなる戦いに参加する気概も力もなかったものの、これを破滅へと突き進む、いかれた人々の新たな過ちの一歩だと見なした。

そして彼はブランカのことを思い出し、ふと、これが彼女にとってどんな意味を持ちうるだろうかと考えた。そして、まったく何もないと結論づけた。なぜなら、共和国を見捨てたという処罰に値する行為以外に、彼女は犯罪行為を犯しており、それは体制に対する抵抗とは一切無関係だった。殺人は依然として殺人であり、政府がいかに変わろうとその罪が変わることはなかった。娘がもしもボヘミアにいる家族と連絡を取ろうとした場合に容易く見つけ出せるような手立てを、彼自身、何ひとつ講じておらず、誰かの、さらには自分自身の問いかけにも絶対に頷きはしなかったものの、鉄のカーテンの崩壊後、電話のベルが鳴るたびに彼の体はびくりと震え、あらゆる手紙が、そして門のきしむ音が彼に期待を呼び起こすのだった。

こうしてスヴァトプルクはブランカの帰還を待つようになった。

ボフダナについて、いつまでもビェラの背中に隠れていることが良いとは思っていなかった。ビェラは彼の娘を自分に引き寄せ、言葉巧みに誘惑し、父から護ってやらねばならないという顔をしていた。ビェラとボフダナのあいだには特別な、言葉を必要としない意思疎通の方法が出来上がっていた。互いに目で、しぐさで、スヴァトプルクの理解できないボディランゲージでしゃべり、彼はそれに怒り狂いそうになった。

ボフダナの発話障碍のため訪れた医師や心理士たちは、この子がしゃべることを妨害しているものは何もないので、きっと徐々にしゃべりはじめるでしょうと口をそろえた。専門家たちみなの意見に反しボフダナはかたくなに押し黙り続け、スヴァトプルクは娘は単純にしゃべりたくないだけで、黙っていることで無意識に父を罰しているのだと信じるようになった。ときおり、彼女はビェラとはしゃべっているのではないかと疑いすらした。そうでもなければ、彼が部屋に入るたびに、あれほどまでふたりが動揺するはずはないじゃないか？

彼には自分の考えを打ち明けられる相手が誰ひとりいなかった。家族に関することについて彼はドゥブラフカにだけ話しており、毎週金曜日に定期的に電話をしていた。最初のころ、ドゥブラフカは彼と母の関係を修復させようと努力したが、のちにそれは無意味で弟をさらに興奮させるだけだと理解すると、時がすべて解決してくれることを期待するようになった。

あたりさわりのないことをしゃべっていただけだし、ドゥブラフカとの電話を楽しみにしていたにも拘らず、スヴァトプルクは、ビェラとボフダナの前では誰としゃべっているかについて一言も口にしなかった。あいつらは俺を前に隠しごとをしているのだ、俺だってそうしてもよかろう？

ボフダナが十三歳になったとき、スヴァトプルクの母が病気になった。

「もう喧嘩している場合じゃないの」金曜日の恒例の電話で、ドウブラフカは、常にそのように見なされてきた、分別ある姉にふさわしい、有無を言わさぬ調子で告げた。「長いこと、お母さんに会ってすらいないでしょう。あんたはあの人に大きな借りがあるのよ。お願いだから、意固地になるのはやめて、ボフダナちゃんをつかまえてお母さんに会いに行ってちょうだい。あの人のために、それにあんたのために。そうしなけりゃ、あんた、死ぬまで悔やむことになるわよ」

スヴァトプルクは気乗りしなかったが、すでに死という終焉を知っており、姉の言葉の正しさがわかった。翌日、あっけにとられているボフダナを車に乗せ、彼女を連れて療養施設へと出発した。母が死の間際にあるとは知っていたものの、肉が削げ落ち黄色くなった体を目にして、彼は動揺した。できたかもしれないが実際にはそうならなかったことや、もう二度と戻ることのない失われた歳月への、悲しみにも似た奇妙な感情に圧倒された。

ふたりが打ち解け合ったことは決してなかったとはいえ、いまや彼ですら、自分のほうにも非があったと進んで認める気持ちになっていた。

母のベッドわきに立ち、げっそりとこけた顔を見ていると、自分は数えきれないくらい酷いことをしてきたという思いが頭をよぎった。一緒のテーブルに着き、話し合うべきだったのかもしれない。二、三の言葉を交わせば、すっかりすべてが違っていたのかもしれない。

彼がそのような感慨にひたりはじめていたそのとき、母がボフダナを見た。

「ブランカ……」

後悔の念は消え失せ、代わりに恐怖が、そしてそのあと不安と怒りとが押し寄せた。またやってくれた……いつだって、すべてを台無しにしてくれる。ビェラが彼のもとにやって来ることになっていたあのころ、彼の最初の家族については、何も言ってくれるなと念押ししていた。エヴァの思い出に踏み込まれたくはなかったし、ブランカが西側へ逃亡した理由について、あれこれ考えてもらいたくもなかった。それに、なぜ一言も知らせがないのかについても。案の定、母は口をつぐむことはなく、ビェラにあることないことを吹き込んでいった。

母とは縁を切り、懐かしむのもやめるしかなかった。そうせねばならなかった。それが秘密を守るためのただひとつの方法だった。その秘密ゆえに、自分について何ひとつ知る人たちのいない町へと、自分が殺人者の父であり、自身も娘が正義を前に逃亡する手助けをしたと勘づくものいない町へと引っ越したのだ。彼らの不祥事が白日の下にさらされ、ボフダナにまでそれを負わせることになるのは許せなかった。人々が彼女を見て、このようにささやくなんて。「あれがその子だよ。お姉さんは誰だか男の人を殺したんだって。でも、あの子もちょっと変だよね。何にもしゃべらないんだ。家族が家族だからかねえ……」

「ブランカちゃん……」

彼は憤慨し、状況がのみこめずにいるボフダナを病院から引っ張り出すと、二度と彼女を一緒に連れていきはしなかった。それに理由はなかった。ボフダナはおばあさんを見知らぬ人のように眺めていたし、スヴァトプルクの母は錯乱していたのだから。ただブランカを、それに彼女たちのそばで過ごした日々を夢想し、ボフダナのことは頭から消え去っていた。

スヴァトプルクだって、忘れてしまえたらと思っていることが頭の中からすっかり消え去ることを切望していたが、そうはいかなかった。それらは記憶にとても深く刻みこまれていたからであり、眠れない夜や明けやらぬ時間帯にたびたびよみがえってきた。彼の目の前にあの光景が広がった。いとけないボフダナに絶叫し、幼子は為すすべもなく、ただ口を開き目には恐怖の色を浮かべていた。それは、彼女が無条件に信頼し、彼女に汲み尽くせぬ愛と庇護を与えるはずの人間が、いきなり彼女の敵となった瞬間だった。

初めのうち、彼はそれさえもブランカの罪だと自分に言い聞かせていた。家族を崩壊させ、彼ら全員から平安を奪い、エヴァの健康を損ね、そのときまでに彼が作り上げたすべてを台無しにし、彼から生き続ける意欲を失わせたのは、ブランカなのだ。彼の中に鬱屈と、ボフダナから言葉を奪う原因となった怒りを呼び起こしたのは、ブランカなのだ。何年も自分にそう言い訳してきたが、夜に横になって闇を見つめていると、それは己の過ちと弱さを自分の目の前から隠すための口実でしかないのだとわかった。

歳月がスヴァトプルクを急き立てるようになった。春になり、萌え出ずる草が延々と続いた湿っぽい冬の痕跡を消し去ったのはわずか二週間前だというのに、温度計の水銀はもう夏の気温まで昇っていた。以前は天気を気にすることもなく、秋だろうと夏だろうと同じだったのに、最近、天気の振れに敏感になり暑さに疲れを感じるようになった。

もう相応の年金生活を楽しめる年齢なのに、なぜ仕事に通うのかと聞かれるたびに、スヴァトプルクは、家にこもるのは退屈だろうからと答えてきた。しかし本当は、お金が必要で仕事に通う必要があったからだった。彼は娘を養わねばならなかった。ボフダナは十五歳になり、建築系の工業高校を志望していた。スヴァトプルクはボフダナが卒業するまで仕事を続ける覚悟をしていた。

「ボフダナは?」そう尋ねて、彼は台所を見渡した。いつものように、切り抜かれた雑誌の山がいたるところに散らばり、室内はアセトンの臭いがした。ズプはテーブルの下で横たわっており、それはつまり、ボフダナの不在を意味していた。この犬は彼女の後ろにまるで影のようにはりつき、家中をついて回るのだから。

「ズザナの家に行ったわ」ビェラは紙から顔を上げて答えた。「今日、通知が来たの、例の工業高校に合格したって。だから、ズザナちゃんもかって聞きに行ってるよ」

ということは、全員もうそのことを知っているということか、スヴァトプルクは思った。ボフダナはその合格の知らせを友達に知らせに走っていき、実の父は一番最後にそれを伝え聞くわけか。俺はあいつらにとって数言告げる価値もないということか。

「聞きに行っただと、はん?」不満げにそう言い、ボフダナにではなく、ビェラのあいまいな言い回しに自分の侮蔑的な言葉の矛先を向けようとしたが、すぐにその子供じみた毒舌が不快になり、台所を出ながらいまいましげに背後でバタンとドアを閉めた。ボフダナは、少なくとも健全な理性を十分に持ち合わせていることを示し、食っていける職業を選んだ。その点、あいつは俺に似ていて、ピアノを弾くこともなく、浮世離れした言動も取らず、ごたいそうなことを夢見たりもしていない。彼女ら、ボフダナの母さんと姉がかつてそうだったようには……いかん——彼は自分に言い聞かせるように頭を振った——今は過去のことを考えるのはよそう。でも実のところ、彼は娘が幼いころから細心の注意を払い、決してボフダナをピアノに近寄らせないようにしていた。これはすでに一度歩き抜いた道のりであり、同じ轍を踏むのはまっぴらだった。

彼らの家に現れるようになったもじゃもじゃ頭の眼鏡の青年に、スヴァトプルクはあまり良い気分がしなかった。彼らのところに長々と居坐るのが気に障った。俺は家でさえ落ち着けず、プライベートを保てないのか？　巻き毛の眼鏡が夜も過ごしていくようになると、そんなことをなぜ許すのかとビェラをなじったが、当のボフダナにはおろか、その青年にさえ何ひとつ言わなかった。

時の過ぎるのは早く、さらに勢いをつけ、あたかも宇宙の装置の歯車が速度を増して、歳月のリズムを威勢の良いテンポに追い上げたかのようだった。信じられるか、まださほど昔ともいえないあのころ、テーブルの下にしょっちゅう隠れていた小さな女の子が、ひとりで通りの角に行くのを怖がっていた女の子が、大人になって男ができるだなんて？　ボフダナはブランカがスヴァトプルクの人生から姿を消した年齢に近づこうとしていたが、身長を除き、ブランカにもエヴァにさえも、ちっとも似ていなかった。栗色の髪と目はスヴァトプルクにはドウブラフカを思い出させた。ただし体重は伯母の三分の一になるかならないかだったけれど。性格までもが似ており、どちらかというと人気のないところにこもり、でもそこからスヴァトプルクの姉が自分の周囲に発していたのと同類の、穏やかで和ませる雰囲気を発していた。だとすれば、もしかするとボフダナもいつか彼女のようになるんじゃないだろうな――手に揚げパンを持ち、たっぷりとした肉付きの頬に満足げな笑みを浮かべて膨れ過ぎたパン生地のようにソファに沈むのだ。

時がたつにつれ、スヴァトプルクはボフダナのボーイフレンドの存在に慣れ、彼が何かを改善していくことに情熱を注ぐタイプで、優れたアイデアと器用さに恵まれていることを知ると、マルチンを見るまなざしはすっかり変わった。そのうえ、彼はスヴァトプルクがこの家で気兼ねなく会話のできる、ただひとりの存在だった。彼らはごく日常的なことについて語り合い、男でなければ理解できないあらゆる話題をひとつひとつ取り上げていった。もちろん、彼らのあいだには大きな年齢差が横たわっていたので彼らが真の〝友人〟となることはなかったが、スヴァトプルクは別に友人を探していたわけではなかった。マルチンでさえ彼と娘を近づけることはなかった。ボフダナは父が自分のボーイフレンドと理解し合うことが面白くなさそうだった。マルチンを独り占めしているときのほうが彼女はずっと満足できた。意識的にスヴァトプルクとマルチンの交わす会話に耳をふさぎ、わざと、できるだけ早くテーブルから立ち上がって、マルチンが彼女のあとを追って出ていかねばならないようにした。

まさか、マルチンを奪われると心配しているのではなかろうな、スヴァトプルクはそう考えた。どうせビェラがあいつに吹き込んでいるのだ。

ビェラとの緊迫した夫婦生活のことやボフダナとの一線を画した関係について、マルチンとしゃべることはなかった。そもそも必要ないだろう？　だって、世の中には、はるかに興味深い話のたねが山ほどある。それに時には黙っていたほうがいいこともある。一度も尋ねることはなかったものの、マルチンはどうやってボフダナとそんなに理解し合えるのかと、事あるごとにスヴァトプルクは疑問に思った。しばらくたったのち、マルチンは自分の彼女の唖が少しも気にならないのだと気づいた。彼は返事を待つような調子で彼女に語りかけ、たとえ返事が返ってこなくとも、おそらく彼女の表情やしぐさから何かを読み取れるのだろう。

ボフダナは手話を学ぶのを拒んだ——もちろん、医者たちは彼女に無理強いすることを勧めなかった。ボフダナのその気乗りのなさにスヴァトプルクは、あいつはそのほうが都合が良いから黙っているだけで、その気になれば、小声でしゃべれるのではなかろうかと疑った。彼女は自分の身近な人たちとは、独自の意思疎通の方法を築き上げていたが、スヴァトプルクは習得できず、苛立ち、プライドを傷つけられた。なぜならそのことで彼は周囲から切り離され、自分ひとりだけが、この家の中で会話ができない人間であるかのように感じられたからだ。

解体中の石壁から出たほこりは芝生や金属製の窓台の上にも積もり、窓ガラスを曇らせ、ドアの下に侵入口を見つけては、あらゆる部屋に勝ち誇った顔で降り積もった。ランドリークローゼットの中に忍び込み、靴からこぼれ落ち、口の中をじゃりじゃり言わせた。打ったり穴をあけたりする音や、職人たちが張り上げる声が家を震わせた。ボフダナとマルチンの結婚式まであと数週間となり、若いふたりは自分たちの案に基づいて二階を改築していた。

スヴァトプルクは午前中は職場で過ごし、午後はマルチンとともに大工たちが工事をするのを手伝い、晩は疲れてベッドに倒れこんだ。余計なことを考える時間も気力もなく、それは彼にとってありがたいことだった。一風変わったやり方だが、その当時、彼はそれに満足していた。

娘は〝自分のつれあい〟を見つけたんだな、ボフダナの内気さと唖という点を鑑みると、それはほとんど奇跡のように思えた。マルチンが家族の一員となるのはスヴァトプルクにとって嬉しいことだったが、同時に、改築や建て替えのあれこれのために、二階から自分の落ち着ける場所がなくなるのは残念だった。ほぼ二十年間続いていたビェラとのいびつな共同生活は、ふたりがほとんど顔を合わせることがないからこそ、耐えられていた。スヴァトプルクは一階の台所へは、必要がない限り足を踏み入れなかった。あの大きな窓や、部屋に充満している食べ物や薬品のにおい、それに、そこで繰り広げられたあらゆる不快なこと、いさかいや不和に関するやりきれない思い出が嫌だったし、ビェラの乱雑さと、何はさておき、ビェラ自身に我慢がならなかった。

改築にあたり、彼は奥まった部屋を占拠し、書斎がなくなることがどれほど彼の痛手になるかを悟られないよう気遣った。驚いたのは、ビェラが自分の持ち物をすべて、寝室から台所の裏の一番小さな部屋に運び去ったことだ。あのがらくたと一緒にあそこにどうやって納まるつもりなのか？　とは言え、結局のところ、どうでもよかった。どうせすぐにビェラのものが、今までのように、いたるところに転がるのだろう。

市庁舎で手続きをしていると、事務員から、婚約者たちは婚姻への同意をはっきりと声に出して宣誓しなくてはならないと言われた。新婦が唖者の場合、頷くだけでは不十分です。式全般と彼女の同意は、誰か手話ができて国家資格を有する人に通訳してもらわねばなりません。

マルチンは改築の完了検査で忙しく、ボフダナの手には負えなかっただろうし、ビェラはいつものように肩をすくめただけだったので、その憂鬱な仕事はスヴァトプルクがしぶしぶ引き受けることになった。最初、彼は当然のことながら憤慨した。だって娘はしゃべりはしないが聞こえている、だから頷くことで十分ではないか。そのあと市庁舎に乗り込んで、事務員にその件を直談判しようとした。しかし個人登録課の担当者は頑としてゆずらなかった。

「決まりは決まりです」きっぱりとそう繰り返した。「私はわざわざあなたのためにトラブルが起きるリスクを冒したりはしません。それにあなたの娘さんだって、十年経ってから結婚が無効だと知ったなら、それは困るでしょう!」

「なんというお笑い種か」スヴァトプルクは激高すると、事務員に通訳の名簿を要求したが、市庁舎にはなかった。「それに、ボフダナはその忌々しい手話なんぞ、ひとつもできないのに」

「それは大っぴらにしないほうが賢明でしょうね、手続きをさらにこじらせたくないなら」個人登録課の係はスヴァトプルクに警告すると、彼をドアから追い出した。彼の頭をこんな思いがよぎった。こんなことを同志所長どのにしてみろ、昔だったらただでは済まなかったぞ——俺としゃべるとなれば、彼女はうろたえて膝をぶるぶる震わせただろうに——そして彼は通訳を探しはじめた。

それから数週間後、彼は祭礼ホールに立っていた。通訳が手を動かし、ボフダナが頷くと大声で「はい」と通訳するのを見ていると、婚約者たちが小規模な式にしてくれたことがありがたく思われた。

スヴァトプルクの目の前で繰り広げられている光景はコメディ映画のようで、証人の女の子は噴き出さないようこらえるのに必死だったが、彼がそう思ったのはそれが理由ではなかった。

スヴァトプルクは喜びの代わりに深い悲しみを感じ、思考は結婚式のホールに欠けている人たちへと逸れていった。できる限り後ろに控え、正面をじっと見つめていると、花嫁のドレスの裾に施されたふち飾りの夏の小花が波打つ草原のように見えてきた。そして花嫁は向き直りマルチンに微笑みかけたが、その笑顔をスヴァトプルクは知っていた。ボフダナは容姿も髪も母から受け継いでいなかったが、あの微笑みをもらい受けていたのか。そう考えると、もう鼻の奥がつんと痛むのを感じ、彼は一日中、いつもにも増して、気難しく無口になっていた。

翌日、新米夫婦はさっそく新婚旅行へと出かけた。スヴァトプルクが月曜日に仕事から戻ると、ズプが門のところで待っており、落ち着きなく尾を振っていた。ズプは庭に留まらず、スヴァトプルクのあとをついて台所へとやって来た。模範的に片づけられた、いつになく静かな、むっとした空気のこもる台所に。

スヴァトプルクは窓を開け、ビェラの部屋の前で足を止め、足音か紙のこすれる音がしないか耳を澄ませてみたが、しんとしたなかに漂ってくるのは、開け放たれた窓を通じて入ってくる庭からの物音だけだった。母親のところに出かけているのだろうと思い、食糧庫から結婚式のコラーチュをいくつか取り出し、新しい自室の肘掛け椅子に腰を下ろした。ここにもじきに慣れるだろう。

本棚も以前の書斎から階下に移動させており、そこにはなじみのある本と、一度も読んだことのない作品とが並んでいた。というのも、彼はどうしても文学作品の愛読家にはなれなかったからだ。他人の喜びや労苦に彼が興味を持つことはなく、自分自身の心配事でいっぱいだった。本を開くとすれば、それは専門書かノンフィクションだった。歴史、自然科学、学究的新発見に関する雑誌や書籍を読んだが、心は乱れるばかりだった。叡智は信じられないスピードであらゆる方面に成長していき、微小世界から宇宙までを垣間見ているのに、人間の心の奥底を見ることはできず、それを穏やかにすることもできないなんて。健全な少女をしゃべらせることもできない……

馴染みのものたち――本棚のガラス戸の奥に並ぶ書物の背、古い肘掛け椅子の擦り切れたカバー、窓にかかるカーテン――が彼を落ち着かせた。上の階の部屋からは、裏庭や草地や家の裏手の森といった、もっと良い景色が見えたが、一階の部屋は暑い夏でもひんやりして心地良いのだな、そう考えると眠り込んだ。

暗闇の向こうでクンクンという鳴き声とドアをひっかく音でズプが目覚めさせなければ――晩のおしっこに行きたいと要求していたのだ――彼は朝まで眠り続けたことだろう。起き上がって台所を通り過ぎると、ビェラがまだ家に戻っていないことに気づいた。犬を庭に放すと、少し逡巡してからビェラの部屋のドアをノックした。その音は裁判官が叩く木槌の音のように、がらんとした家のなかに響いた。もう一度ノックをし、ドアを開いた。

ビェラが後で持っていこうとしたか、あるいは捨てようとしたものが入っているらしいクラフトボックスのひとつの上に、彼の名前が書かれた封筒が置かれていた。

こんなかたちで出て行っていって、ごめんなさい。でもあなたもご存知のように、私がここに留まっていたのは、ただボフダナのためだけでした。もし何か必要があれば、私は母のところにいますので。B。

初めのうち、スヴァトプルクは自分が本当はどのように感じているのかを認識できなかった。ひとり残されたことに対する悲しみではなく、ビェラが出て行ったことに対する安堵でもなかった。おそらく怒りを感じていたのだろう。あれほどの歳月を共に暮らした女性にとって、自分は別れの挨拶をする価値すらないとは。

体がずっしりと重かった。自分の部屋へとやっとのことで戻り、服を着たままベッドの上に横たわった。眠っているわけではなかったが、おしっこをすませ、今、吠えてはドアをひっかいて、家の中に入れてくれと合図しているズプのために、起き上がって玄関を開けてやる力すら見つけられなかった。年を取ったものだ、スヴァトプルクは思った。感じているのは、そうだ、老いたということなのだ。

スヴァトプルクはベンチに腰掛け、背中を木製の東屋にもたせ掛け、手入れの行き渡った畑の眺めを満喫していた。数時間の作業と痛む腰と疲労のかいがあった。ボフダナとマルチンが数年前に結婚し、ようやく家の世話と重くのしかかっていた責任感から解放され、ついに老後の生活に入ることができたとき、スヴァトプルクは喜びを感じたが、同時に空虚な日々が不安でもあった。仕事とは人生の重要な一部であると考えていたが、七十歳を超えるとくたびれてしまい、さらに自分は若者のポジションを侵害しているとも感じていた。

彼にとって家の扉の外の世界は存在しなくなり、それを理解することすら嫌になったのかもしれない。人々はふたたび、彼が辞書から消し去ろうと、ほとんど全生涯かけて努力してきたあの言葉に慣れはじめていた。資本主義、差し押さえ、失業、社会的弱者への給付金。おまえたちは望んでいたものを手にしている、スヴァトプルクはそう思った。我々共産主義者たちこそ、おまえたちに最善となることを考えていたということに気づきはじめている。家を借りる金もないときに、開放された国境や高級品の並ぶ店が何の役に立つ？

しかし、スヴァトプルクはもうさほど政治にのめり込むことはなかった。ときおり、共産党時代にも状勢に愚痴をこぼしていたが、今もまた満足していない隣人のベーム氏のぼやきに頷くくらいだった。

スヴァトプルクはさらに頻繁にブランカのことを考えるようになっていた。ときおり自分の家族を探し出そうと努力していたのだろうか、あるいは監獄に行かねばならないかもしれないという想像に怯え続け、どこかで別の名で暮らしているのだろうか。このところますます増えてきた眠れない真夜中に、彼は闇を見据え、ブランカはもう生きてはいまいとほとんど確信的に思った。しかし朝が来ると、ふたたび新たな望みが湧き出た。自分のかつての人生から現在の人生へとつながる、いかなる手がかりも残さぬよう、あれほどの努力をしてきたのだ。ブランカがどうして彼を見つけ出せようか？

スヴァトプルクはゼヴァダ弁護士とのみ、つながりを保ち続けていた。彼だけがスヴァトプルクの新住所を知っており、ドウブラフカが死んだ今、本当にブランカがプラハに戻って来たときにあてにできる唯一の人物となっていた。もしもそのときその法律家の名前を憶えており、どこに住んでいるのかを首尾よくつきとめられたなら。ゼヴァダ氏はもう年金生活に入っていたが、自分のかつてのクライアント数人について、今でもあれこれ世話をしてやっていた。必要となれば、スヴァトプルクも彼を頼みにしていた。今までに何度か、ブランカを探し出せるだろうかと話し合っていたが、彼女は戻りたいと思ってなかろうという結論に達していた。

彼女だっておそらく自分の過去を忘れてしまいたいだろうし、自分の犯した悪事がふたたび明るみに出ることを恐れていただろう。いったい自分の罪がすでに時効となっていることを知っているのだろうか？　法は彼女に手出しできない。しかし人は忘れてはいない。世間の目の中では彼女は依然として人殺しであり、だから祖国に二度と戻ってこないかもしれない。

せめて、手紙か電話、あるいは彼女がどんな生活を送り、元気でいるのかをうかがえる葉書でも、スヴァトプルクはそう思った。いったい結婚したのだろうか、子供はいるのだろうか？　今やもう、彼の孫にあたる子供たちだって成人しているだろう。スヴァトプルクは深くため息をつき、頭を振った。そのような考えが頭のなかを飛び交うことを許すなら、まる一日が無駄になろう。同時に、それはなんとも甘美で、幾多の喜びの種をはらんでいる……

かつて必要なだけしか時間を費やすことのなかった庭に、彼はここ数年で、見事な、そして有用な一画を作りあげた。野菜の畝は閲兵式の兵士たちのように整列し、そのうちのいくつかには種がまかれて目印の札がつけられ、それ以外の畝は温室の中で準備中の苗を待っていた。スヴァトプルクはまもなく八十歳になろうとしており、春の準備作業は骨折り仕事となっていたものの、彼は肉体労働を好んだ。それは体を疲労させ、つきまとう考えを頭から追い払ってくれた。

フェンスと舗装されたアプローチに沿った花壇には、チューリップとスイセンの花が咲いていた。花はボフダナが世話をしており、スヴァトプルクは娘が上手に世話をしていることを認めざるを得なかった。今ではふたりはよく庭で一緒に働いた。当初、彼は娘の存在に神経をとがらせ、自分のテリトリーへ、彼個人の空間へと逃げ込みたいという感情と戦っていた。時とともにそれにも慣れ、それどころか、彼女の静かな共存を喜ばしく思うようになった。それぞれが自分の領域で黙々と作業し、ときおり痛む背中を伸ばすために立って伸びをし、仕事の成果を眺めた。

昨年の秋、ボフダナがペトラちゃんを妊娠し、妊娠によって彼女が光り輝くような姿と精神の落ち着きを得ていたそのころ、スヴァトプルクは花壇部分もすき返してやり、重すぎるように見えたときにはいつも、雑草の入った彼女のバケツを運んでやった。ボフダナはそんなこと期待していなかったというかのようにあっけにとられていたが、それ以降、重たいバケツは通路の脇に置いておくようになり、そのかわり、これまで足を踏み入れることすらなかった温室の冬支度を手伝った。

あいつは、今、赤ん坊の世話でてんやわんやだから、俺が前庭の花壇の準備もしてやらんとな、スヴァトプルクはそう考えた。それにブランコと砂場を作るにはどこが最適か、マルチンと話し合おう。翌年の春には、赤ん坊はよちよちと庭中を歩き回るだろうから、すべて準備しておいてやらないとな。

スヴァトプルクは束の間目を閉じ、太陽に顔を向けた。生れたばかりの赤ん坊には、何はさておき、ママが必要だ。でも孫むすめが大きくなったら、自分もたっぷりと面倒が見られるだろうし、一緒に過ごせることだろう。おしゃべりをして、本を読んでやろう……ブランカにしてやっていたように……そしてボフダナには一度も……

陽の光が痛いくらいに顔を照り付け、瞼は日に焼けて赤くなっていた。額に汗の玉が浮かび、そのあとひんやりとした風を感じた。何かが足元にまとわりついた。最初、ズプが彼にすり寄っているのだろうと思ったが、犬はもう何年も前に天に召されていたことを思い出し、目を開けるとゆっくり立ち上がった。足が何だかいうことを聞かなかった。たぶん長く坐りすぎたのだろう。ぼんやりした眠気を振り払うのにしばらく間を置くと、ぎこちなく背伸びをして温室へと歩いて行った。ほうけるのは終わり、仕事に取りかかる時間だ。サラダ菜の苗が待っているぞ。

それが、病院で意識を取り戻した時に、スヴァトプルクが覚えていた最後の記憶だった。彼の頭からは、繊細な苗を均等に植え、強すぎる流れが根をむき出しにしてしまわないよう、汲みためた水を注意深くまいた数分間も、畑の縁の木材の上に腰を下ろして、少し休まねば——ほんの少しだけ、めまいが治まり、ここがどこで、何をしにやって来たのかを思い出すまで——と思った、力の萎えたひとときのことも消え失せていた。ゆっくりと——痛みを覚えることもなく、だから恐怖を覚えることもなく、まるで長い旅路から家へと戻るかのように——落ちていった闇が記憶によみがえることもなかった。

体のいたるところから伸びているチューブに驚き、我慢できないほど気になったので、引き抜こうとしたが、体は動かなかった。初め、拘束されているのかと思い、助けてくれと口を開いたが、口から出てきたのは奇妙なうめき声だけで、それは死にゆこうとする動物の鳴き声のように響いた。彼は動転して身をよじろうとし、自分の体が思うように動かせないことに気づいた。たとえ、今この瞬間に誰かを殺してやりたい、あるいは少なくとも助けを求めて叫びたいと願ったにせよ、彼が感じたのは自分の顔に流れる涙だけで、それを自分でぬぐうことすらできなかった。

そのあと、見知らぬ女性の顔が彼の上に近づき、何やらなだめるような言葉を発し、ゆっくりと霧の中に消えて行った。

次に目覚めたとき、スヴァトプルクは自分が脳卒中を起こし、左半身が麻痺し、動作には著しい制限がかかったことを理解した。右半身には麻痺がなさそうで、おそらく、麻痺した腕や脚が良くなる何らかのチャンスがあるだろう。いずれ。たぶん。おそらく。でもそれには年齢とさらに患者の気力を考慮に入れねばなりません、医師が患者のベッドの脇でマルチンにそう言ったのは数日後のことだった。体を満足に動かせるようになるなら何でもやるとスヴァトプルクは言いたかったが、不明瞭な掠れ声を発することしかできなかった。看護師が彼に微笑みかけ、イヤフォンから彼のお気に入りの曲を流しはじめた。

19 娘

父にはお気に入りの曲がいくつかあった。私はＣＤを一枚ずつ確認し、ときどき箱から取り出しては父に見せた。肘掛け椅子に坐らされた父が首を振ると、さらに別のを選んでいった。

意識を失っていた時間は長くなく、マルチンが居合わせたことで速やかな救護につながった父は幸運だったと医師たちは口をそろえて言った。でも父もそう思っていたのかどうかはわからない。数週間の入院のあいだ、最初はＩＣＵで過ごし、そのあと一般病棟へ、それからリハビリ病棟へ移った。脳卒中のあと、父はよろよろとしか歩けず、左手は麻痺し、しゃべる能力を失った。誰かの助けに頼らざるをえなくなり、それは父にとって、とんでもない不幸に違いなかった。

きっと私と同じように。

ぐったりしながらラフマニノフのピアノ協奏曲第三番ニ短調を取り上げた。これなら、いけるだろう。それは父の大好きな作品だった。

頷いた。私はそれをプレイヤーに入れて音量を調整すると、最後にぐるりと見まわして、父が必要とするものすべてが揃っていることをチェックした。CDの箱を父の部屋に戻そうとピアノのかたわらを通り過ぎるとき、手のひらでその蓋をなでた。

いつだったか、これを弾けるようになって自分の指の下で生れる音を聞き、旋律を奏でてみたいと憧れていたころがあったけれど、父は許してくれなかった。ピアノを弾くなんて何の役にも立たない、何かもっと有益なことに時間を費やせと声高に言った。ビェラはたいていのように父の肩を持ち、お父さんはたくさんお仕事をしていて、家では落ち着きたいのよと言った。ピアノを演奏できるようになるにはすごく時間がかかるの、延々と続く練習曲の繰り返しはあなたにもつまらないと思うし、お父さんにはただうるさいだけだよ、そう言って私を慰めた。

自分ができなかった、あるいは許されなかった数多くのものごとと同様に、私はあきらめた。しばらくのあいだ、すっきりしなかった。誰も弾かないのに、どうしてうちにはこのピアノがあるの？　最終的に、うちの両親が引っ越してきた時に備品として家に置かれていたのだろうと結論付けた。そして追及するのはやめた。

家に誰もいないと、よくピアノの蓋《ふた》を開けて一本指で旋律をつむぎだそうと苦心しながら、この素敵な楽器を演奏していたのはいったい誰なのだろうと想像した。でもメロディの代わりに意味をなさない音が部屋いっぱいに響き渡ったので、すぐにつまらなくなって、蓋をまた閉めた。

父の部屋できっちりと並べられたCDの入った箱を戸棚に押し込み、扉を閉めようとしたが、扉はぴったり閉じなかった。もう一度開け、何がつっかえているのかを確かめようと、手で上の棚の奥を探った。頭上から大量の紙や写真が落ちてきて、頭にチョコレートボンボンの箱がぶつかった。すぐにそれが何だかわかった。父が証明書類をしまっていた箱だ。匂いでわかった。それは今でもサクランボとチョコレートの残り香がした。散らばった紙を拾っていった。写真、証明書、結婚式のお祝いカード……ウィットに富んだものもあれば、まじめなものもあった。残りはありきたりな挨拶だった。〝人生が山のような幸せで、フェンスが山のようなおむつで埋め尽くされますように、ブラーハ家より〟、それから、〝スヴァトプルクとエヴァに愛が満ちあふれますように。イジーとヤナより〟。祝辞をつかんだ手が宙で止まった。この勢いの良い文字……とりわけ、Jの文字の書きぶり！　自信をもって言えた。この文字は見たことがある。父の親友は、いつ、狂信的な敵になってしまったのだろうか？

はっとした。また自分にちっとも関係のないことに首を突っ込んでいた。最後の数枚は目も通さず箱に戻し、戸棚の扉を閉めた。部屋を出て父に目をやった。頭がかしぎ、眼は閉じられている。いつだって私たちの前から逃げこみ、私を連れて行ってくれようとはしなかったところへ、父は深く沈みこんでいた。

卒中が父を私のふたりめの子供にした。こんなの不公平だと思った。父が私を血のつながった娘として扱うことは一度もなかった。私に感情のひとかけらだって見せてくれなかった。抱きしめることもなく、大好きだよと言ってくれることもなかった。そして、そんな日はもう決して来ないだろう。

リハビリセンターから電話があり、父を退院させて自宅療養にすると言ってきたとき、どうしたらうまくやっていけるのか想像もつかなかった。マルチンは働いていたし、私は家に自分の全時間と全注意を必要とする数か月の小さな娘を抱えていたので、介護をしたくなかった。これほど長く待ち望んでいた子供、我が娘の、この世で最初の幸せな一年間を味わい尽くしたかった。

あなたのお父さまの年齢からすると、現状からの回復の見込みはお約束できません、私たちはそう言われた。しかし、予見は難しいものですから、いかなる場合であろうとリハビリを疎かにしませんように。それに再度発作を起こす可能性は否定できません、そうなれば病人の状態をさらに悪化させるかもしれませんし、場合によっては命に係わるかもしれません。

不安と責任の重圧で私はほとんど泣いてしまいそうだった。助けてくれそうな誰かが必要だった。父と幼いペトラちゃんを抱えて、自分ひとりだけでいることは無理だった。ふたりのうちのひとりの面倒を見ているときに、もうひとりまでもが私を必要としたら？　私の手におえなくて、不幸が起きてしまったら？

私はビェラに泣きついた。何と言ったって、彼女は父の奥さんだった。もう数年間別居しているとはいえ、決して離婚したわけではなかった。ビェラの新たな人生は快適で順調だった。年金を定期的に受け取っていたし、ラベンダー製品でかなりの副収入をあげ、さらにコラージュの販売からもときおり収入を得ていたので、彼女は経済的に安定した基盤の上で生活していた。家内制手工業は時間的に融通が利く。だからビェラはきっと私のところに、彼女が女神のように崇めているペトラちゃんのところに、それに自分の夫のところに、私がすべてをひとりっきりでやらずに済むように数時間来てくれることは可能だろう。

だけどビェラは、あの優しくて献身的なビェラ――彼女は私の子供時代に、そしてその後も私の支えであり続けた――は、私の懇願をはねのけた。私を当てにしちゃだめだよ、そう言ったのだ。私にはもう自分の生活があるの。あなたのお父さんに私は二十年間を捧げてきた。これ以上の献身はできないわ。

その言葉に私は呆然とした。その瞬間、彼女に裏切られたという気持ちにさえなったが、そのあと彼女の目を見たとき、その拒絶によって彼女も私と同じように苦しんでいることがわかった。たぶん良い解決策が見つかるよ、そうなるよう強く願っているわ、彼女は慰めの言葉を言い添え、私を抱きしめた。

それにはそもそも、何らかの解決策が存在してなきゃいけないじゃない、私はそう思った。

私が不安の海で溺れそうになっていた一方で、マルチンは思わぬ災難に現実的な対応をした。これまでの夫婦生活で理解したように、現実性はマルチンの気質の根幹をなしていた。環境にやさしい家の建築があまりにも高くつき、顧客を確保できないとわかるや、マルチンは会社を維持して引き続き経営者に留まり、収入を得て行きたいのなら、自分のアイデアを差っ引いてでも需要に応じねばならないとすぐに理解した。最初のうちは、私たちの夢よりもお金を優先するのかと残念だったが、そのあと私も観念した。延期するだけだよ、マルチンはそう説明した。ぼくたちの会社の名が売れて評判になれば、本来の計画に立ち返ろう。その言葉に私は頷いたものの、いざというときに私たちがそれまでに慣れてしまった良い収入を諦められるとは思えなかった。

でも、今の私たちにはお金がありがたかった。マルチンは家政婦と介護士を依頼し、介護士は毎日午前に父の衛生面の介助とトレーニングのために通ってきた。私は心底ほっとしたと言わねばならない。私は決して金の亡者じゃないし、財産にとりつかれているわけでもなかったけれど、今回の件は、お金がいかに大事で、なぜ人はそれを追い求めるのかを実感させられる経験のひとつとなった。それは安心かつ尊厳ある人生を確約してくれる象徴なのだ。

家の中でのあらゆる出来事がふたたび一階の台所とその隣の部屋とに移された。まず私たちは、父をリビングの坐り心地の良いウィングソファに坐らせ、ふたつの部屋のあいだのドアを開けっ放しにしてみたが、数日後にそのソファをキッチンに移動させた。前庭が見渡せてペトラちゃんのベビーベッドに手の届く窓辺に移してくれと父が頼んだのだ。私たちの間で自分が邪魔者にされるとは感じていないようだし、私にもその新しい配置のほうが都合がよかった。私がケアしなければならないふたりをそのように視界におさめられ、こちらからあちらへと部屋を移動しなくてすむのはありがたかった。

ひとつの部屋に父とともに長時間いて、彼が自分の状態を改善させようと全力で取り組んでいる様子を見守っているのは不思議な感じだった。これまでは、ふたりがいっしょになった場合、たいてい相手に気づかないふりをし、その場を離れる口実ができるや、ふたりのうちのどちらかがそそくさと消えた。今や私たちは逃げられない。互いの近さに耐え、私たちのあいだに流れる静けさの重圧感と不快感を和らげるよう学ばなくてはならない。

窓辺の肘掛け椅子に坐っている父が目に入らないような顔をしていることはできなかった。むしろ、常に近くにいて、今何を必要としているのかをおもんぱかってあげなくてはならなかった。

　ありがたいことに、頑固な性格がものを言い、父の状態はしだいに良くなっていった。二か月たつと、もう衛生面でのケアは不要となり、二本のフランス製の杖にすがって家の中を動き回れるようになった。毎日、理学療法士と訓練を行い、勧められた訓練をこつこつと実行し、意義のある存在になろうと一心に努力していた。


　この年、丹精込めて準備されていた野菜の畑は氷に覆われたままとなり、世話する者のいない花壇の多年生植物は乾燥としぶとい雑草との闘いに敗北を喫していた。伸び放題の草は膝の高さになり、タイルの隙間に根を張り、温室を取り巻いてドアを開きにくくした。春の播種で芽生えていた苗は枯れ、開いていたドアから吹き込む風にしょっちゅう煽られて落ちて割れた屋根ガラスの下敷きになっていた。

　庭は自分の庭師を失ったけれど、誰もその代理人となれそうな人を探し出さなかった。私は子供と父の世話でくたくたになり、マルチンは一日中仕事をしており、少し空き時間ができると、私たちと過ごしたがった。

「庭は君のお父さんを待ってるよ」庭のメンテナンスをしてくれる会社を雇いたいと言うと、マルチンはそう言うのだった。「訓練したり、また元どおりになろうと頑張るには、何かモチベーションとか理由がいるんだ。これまでのスピードでお父さんの状態が改善していけば、次の春は杖なしで歩けると思うな。もしそうならなかったら、庭の会社を頼むことにするよ」

しだいに私と父のあいだに漂う静けさが変わってきた。おそらくペトラちゃんのおかげだ。ベビーベッドをのぞき込み、おもちゃを与え、微笑みかけ、顔の前でガラガラを振る父を見ているのは不思議な感覚だった。私のこともそんなふうにのぞきこんでいたのだろうか、もしそうだとしたら、いったい何が起きて、いや、いったい私が何をして、自分の孫を見つめるように私を見てくれなくなったのだろうか。優しさと、尽きせぬ忍耐と、愛をたたえたまなざしで。あたかも、この幼子が父の心を温め、父が閉じ込められていた氷のよろいを融かしたかのようだった。あたかも、別人になったかのようだった。

私たちのあいだの緊迫感は消えていき、日ごとに一定の秩序ができあがり、父が何を必要としているかをますます容易に理解できるようになってきた。父はたゆみなくトレーニングをし、読書をし、イヤフォンから流れてくる音楽を聴き、日に数時間はパソコンを使って過ごした。理学療法士が、コンピュータ作業は左手の作動性を向上させるだけでなく、脳の働きも活性化させますと断言したので、私が自分の古いノートパソコンを譲ったのだ。人間はいくつになっても何か新しいことを学ぶべきですよと言っていた。

父にやや体力の衰えが見られたのは確かだったものの、知性にはさほど翳りは出ていなかった。卒中の発作が起きるまでコンピュータにはまったく興味を示していなかった。自分の時間を別のやり方で——曰く、より有意義に——満たすことができる人だった。父はテレビだってほとんど見なかったのだから、本当にそうだったのかもしれない。とはいえ、むしろ新しいテクノロジーに尻込みしているんじゃないかしらと私は見ていた。万が一、どうしたらよいかわからないことが何か出てきたら、父はどうするだろう？　私にアドバイスを求めることは決してなかっただろうし、会社で山のような仕事と諸問題を抱えているマルチンを煩わせるのも良しとしなかった。でもインターネットの強味を見出すと、目を丸くするほど頻繁にノートパソコンの前に坐るようになった。興味のあることに関して情報を見つけ出していき、何ページにもわたる記事を読み解き、インターネットショッピングのやり方まで習得し、本や音楽を自分用に、おもちゃをペトラちゃんのために注文するようになった。父の運動能力が改善されつつあるだけでなく、この世への興味が育ってきていることが嬉しく思えた。

十二月に入ったころ、父は支えなしで歩くようになり、杖を使うのは、どんどん延長されていった夕方の屋外の散歩の時だけになった。散歩なんてかつてはやらなかったことだ。目的なしに通りをぶらぶらするなんて非生産的であり、それは父の辞書には存在しないものだった。行いとはすべからく確固たる目的——精神修養かあるいは利益追及——に向かって一気呵成に押し進めねばならない。自分の体力を再建する必要に迫られた今、父ははがねの規律性を発揮して戸外へ飛び出し、コンピュータ上に表を作りさえした。それに今日歩いた距離とかかった時間を書き入れ、週末に距離と時間を集計し、自分で組み立てた計画に照らし合わせ、良くなっているだろうかと目を凝らした。

父が無目的のそぞろ歩きを理解しないのと同様に、私も、父が来る日も来る日も同じコースを踏み固めていることが理解できなかった。戸建て住宅街の区画周りにルートを定め、距離を測り、クリスマス前には、さほど速いとも言えないスピードでそれを三度も回っていた。日暮れのあとに出かけていたので、父は誰にも会いたくないのだろうと思われた。もしも誰かが声をかけてきたときに返事ができないというのは、父にとって不愉快なのだろう。そのような状況はよく知っているので理解できた。とはいえ、晩の散歩は気が気でなく、やきもきしながら父の帰宅を待っていた。

徐々に父には言葉が戻ってきて、短くて聞き取りにくい返答ができるようになりはしたものの、しゃべるのを嫌がり、どうしても必要なときにしか口を開かなかった。それはたぶん、自分の不完全さを恥じているのだろうと思われた。全人生をかけて私のことを恥じていたように。

父の健康状態は良くなり、家庭内の秩序をもとの軌道に戻せるほどになったけれど、私はそのままペトラちゃんとともに一階のキッチンに留まり、父のほうも自分の部屋に閉じこもろうとはしなかった。マルチンが仕事から帰宅したあと、私たちはビェラがコラージュを制作していたあの大きなテーブルで一緒に夕食をとり、食後すぐにおちびちゃんを寝かせに出て行き、父にひとりの時間を残した。朝、ペトラちゃんを連れて下に戻ると、たいてい父はもうテーブルに着いて朝食を食べていた。自分たちふたり分の食事を準備し、私が食べているあいだは父がペトラを膝に抱き、哺乳瓶からミルクを飲ませた。生活は以前の状態に戻っていき、家には私が生涯ずっと憧れていた平穏が訪れた。マルチンに私の気持ちを打ち明けると、彼は微笑んでこう言った。家のなかは何ひとつ変わってやしないよ、みんなすっかり元のままだ。君だけが、母となったことで安らいだ目で世界を眺めているんだよ。でも私にはわかっていた。

もう十二月の祝日は目の前だったのに、ホワイトクリスマスは夢のまた夢だった。日の短い毎日はじめじめして風が吹き荒れ、通りは灰色に薄汚れ、庭は荒涼としていた。父でさえ自分に課している散歩の周回数をひとつ減らし、そのあとはまた肘掛け椅子に腰を下ろして本かパソコンに向かうのを好んだ。父が家に戻ってくるたび、いつも私は安堵した。というのも、まだすっかり体力がついたわけでもないし、濡れた歩道は日暮れとともにところどころ凍りはじめていたので、そこで転んでしまうのではないか、あるいは突風になぎ倒されてしまうのではないかと心配だったのだ。

一番好きなリンツ風クッキー（伝統的なクリスマスクッキーのひとつ）の次の天板を引き出し、まだ暖かなクッキーを数個、小皿にのせた。

淹れたての紅茶のマグカップにレモンの薄切りとスプーン一杯の蜂蜜を入れ、父の肘掛け椅子の脇にある小机の上に置いた。父の斜め後ろでウィングソファの脇にもたれ、今週父がどれくらいの距離を歩いたかを見ようと、ノートパソコンの画面に目をやった。するといきなりノートパソコンは閉じられ、子供のころから嫌というほど知っている父のあのまなざしが私を射た。

その瞬間、私は思い知らされた。私たちの交流にはもとより限界があるのだ。


私は首をひねった。父はあのときコンピュータで何をしていたのだろう。だって歩いたキロメートル数やスイセンの新しい品種に関する記事なら、私に隠しはしないだろう。クリスマスのプレゼントを注文しようとしていた？　そう思い当たったけれど、記憶を手繰ってみると、私たちは父から現金入りの封筒をクリスマスプレゼントにと受け取っていた。糊付けされた白封筒に私は我慢がならず、マルチンの、男っていうのは買い物が嫌いだし、上手くもできないんだという弁明にも、ちっとも慰められなかった。私にとってその封筒は、父の冷淡さと私たちのそっけない関係の象徴のようだった。

でも、もしも父が一切の隠し立てを好まず、ノートパソコンを閉じたのは単にしかるべきけじめについて警告しようとしただけなら、私が間違っていたことになるのだろう。父と互いに歩み寄ってきていると思っていた。でもそれは、自分が病床にあったころ私たちが必要だったからであり、私に対する嫌悪感に歯噛みしながら耐えていたのだろうか？

私はすっきりとしないまま一晩中展転とし、不快な夢に何度も目覚めさせられた。翌日、父がいつもの散歩に出ていくと、私は肘掛け椅子の上に置かれたノートパソコンを開いた。父はそれをとても上手に使いこなせるようになっていたものの、いくつかの細かなこと、例えばパスワードを設定してロックするとか、履歴を削除するといったことは気にかけなかった。あるいはその概念すらなかったのかもしれない。私はクリックして最近の検索履歴を開き、父が閲覧したサイトを追っていった。

花の名前、言葉のトレーニング法、それにあるひとつの名前が発音区別符号（アルファベットの上に添えて音を変化させる符号）あり、なしの形で数回現れた：ブランカ・ジャーコヴァー。

父はブランカ・ジャーコヴァーについて何か知ろうとしていると確信した、もうその晩から、自分のノートパソコンを上の階に持って上がり、ペトラを寝かしつけると、私なりの探索を開始した。まず最初に名前を検索窓に入力し、それからSNSで検索してみた。けれども、ジャーコヴァーという名字はごくありふれているので数十ものプロフィールが出てきた。そのあと、ハーチェク（発音区別符号のひとつ、「ˇ」）なしや、父のコンピュータで目にしたバリエーションのひとつである女性語尾なしの形で名前を入れてみた。検索結果数はより少なくなったけれど、そこに何らかの手がかりを見つけだすことはできなかった。検索を絞り込むためにはもっと情報が必要だった。あの謎に包まれたブランカ・ジャーコヴァーについて、もっと知らねばならなかった。

ひとつだけはっきりしている。ブランカ・ジャーコヴァーは父の——ということはつまり私にとっても——親類だ。それが、何年も前に療養所で病気のおばあさんが私に呼びかけた名前の女性であることは疑いの余地がなかった。あのとき父は、おばあさんは混乱しており、自分の姉妹のことを口にしていると言い切ったけど、そんなことは信じなかった。ブランカは、死期が近づいたときに頭に思い浮かべるようなおばあさんの近親者だ。私と混同してしまったのは、容態が悪かったからかもしれないし、同時に、長いあいだそのブランカに会っていなかったからという可能性もある。私が鮮明に覚えているのは、父が神経質になり、すぐさま私を病院から連れ出したことだ。あのころでさえ、私には父の行動が奇異に思われ、だから、あの手紙を書いた……

キーボードの上から手を引き、膝の上に置いた。あのときの捜索がどんな結末を迎えたかを思い出したからだ。うちの家族の過去について何かを知りたいというささやかな試みの唯一の成果は、悪意のこめられた一通の手紙だった。私はそれを破り捨ててしまったのに、その内容は間違いなく永遠に私の心に刻み付けられた。おまえの父親は卑劣なブタだ……悪霊を長い眠りから目覚めさせてしまったと怯えながら過ごした数週間を思い出した。あれを教訓とし、過去には触れずにいるほうが良いのかもしれない。

ブランカ・ジャーコヴァー……私のお母さんと結婚する前に、父がすでにもう結婚していたというのはどうだろう？　いや違うな、違う。一番ありえそうなのは、ブランカが父の姉妹だということではないだろうか——だからおばあさんは彼女のことを思い出していたのだ。消えた娘を悲しみ、せめて彼女と別れの挨拶を交わしたかったのだ。ブランカはおそらく亡命し、この世から消えた。父は彼女に怒り、許すことができず、絶縁したのだ。おばあさんはもしかするとブランカの住所を知っていたかもしれないが、彼女は亡くなり、それにドウブラフカ伯母さんもこの世を去ると、つながりは失われた。過ぎ行く歳月と病の力に押され、父はかつての反感を水に流し、姉妹を探し出そうと決心したのだろう。

ブランカという名の真相に近づいた気がした。捜索を続行しようと決意したものの、もっと情報が必要だ。もし父に尋ねたなら、私が彼のパソコンをのぞき、プライベートに踏み込んだことに気づくかもしれない。私たちのもろい関係をつなぐ、か細い糸を切ってしまうかもしれない。それが怖かった。何かを知っているかもしれない唯一の人物はビェラだった。

翌日、日課にしている乳母車を押しながらの午後の散歩のときに、自分の幼少期から青年期まで一貫して母であり最良の友であった女性を訪問しに行った。彼女を信頼していたし、むこうだって知っていることを教えてくれるくらいには私を信頼してくれていると期待していた。

変則的な曜日に訪問されたビェラは目を丸くした。ふだんは日曜日の午後に彼女のところに通っていて、私が落ち着いて仕事ができるように、あるいは二、三時間休憩できるようにお守りを頼もうと、うちの門まで乳母車のペトラちゃんを預かりに来てもらうよう話をつけることもよくあった。私が彼女を招いても、門から先へは決して入って来なかった。父と鉢合わせするのを嫌がり、私は無理もないと思った。共同生活に美しい思い出はなく、嫌な記憶をよみがえらせたくはなかっただろう。

ビェラの部屋は慣れ親しんだ糊とラベンダーの混ざりあったにおいがして、切り抜かれるのを待っている雑誌がどっさり乗せられた小机の脇にある、小枝で編んだ肘掛け椅子に坐ると、いつも自分の子供のころを思い出した。ビェラは雑多なものの小山を脇に押しやり、テーブルの上にコーヒーのカップをふたつ置いてペトラを抱きとった。膝の上であやされ、おチビちゃんはご機嫌だった。私はブランカ・ジャーコヴァーの名前と、この名前を以前どこかで聞いたことはないかという質問が書かれた紙片をビェラに差し出した。ビェラは答えようとせず、さらに押し黙ったまま膝の上でペトラを軽く揺らしながら、大文字のブロック体で書かれた名前を見つめていた。知っていることを告げるべきなのか考えあぐね、真実を明かしてしまう誘惑に揺れているように見えたけど、そのあと額にしわを寄せ、病気の父の介助を断った時に目に宿していたのと同じまなざしで私を見て言った。それについては、お父さんに聞かなきゃだめだよ。お願い、私は紙にそう書き添えたけれど、ビェラは首を振った。あなたのお父さんの事情に私が口をはさむことは一度もなかったし、この先もないの。それは自力でやらなきゃだめだと思うのよ、そう言い添えた。

何ひとつ漏らす気はなさそうだとわかるくらいには、私はビェラのことを理解していた。ただ、父の事情に娘が口を出すべきではないと信じ込んでいるのか、それとも単に自分の夫が怖いだけなのか、私にはわからなかった。

それから数日間、晩はパソコンに向かって過ごした。でも、自分がいったい誰を探そうとしているのかすらわからなければ捜索ははかどらない。幾晩かむなしい努力を続けたあげく、私はあきらめた。実はその裏には誰も存在していない、幻影のようなものを追っているのかもしれない。もしかすると、父の検索窓にあった名前を単に見間違えたのかもしれない。もしかすると、ビェラが言葉を濁していると思ったのは気のせいだったのかもしれない。ブランカ・ジャーコヴァーは私の頭の中にしかに存在せず、だから彼女を探したって無駄だったのだ。パソコンの蓋を閉じると本に手を伸ばした。

クリスマスはもう何年間も泥まみれで、冬気分を味わわせてくれるのは、クリスマスキャロルとテレビのおとぎ話の番組だけだった。年末は穏やかに過ぎ、私はもうペトラに授乳していなかったし、父は小さなグラスならいけそうだと思えるほど快調だったので、大みそかにはシャンパンで乾杯した。雪が積もったのは一月も半ばで、もう誰ひとりそれを心待ちにする者もおらず、誰もがまだずっと先の春を待ちこがれる気分になりはじめたころだった。

三月に入ると、父はインターネットで気になる植物を見つけたり、私が家の前の歩道の雪掻きをしているあいだ、ペトラちゃんのお守りをすることで春を呼び寄せようとしていた。すっかり凍えて戻ってくると、紅茶を淹れて毛布にしっかりとくるまり、ペトラが目を覚ます前にせめて半時間でも仕事をしようとテーブルに着いた。パソコンを開きインターネットにログインすると、ブラージャという名の誰かからメッセージが届いているという通知があったので、アイコンをクリックした。

〝親愛なるボフダナさん〟、メッセージはそのように始まり、その刹那、体が熱くなるのを感じた。だってメッセージを書いてくるブラージャなんて私にはひとりも当てがなく、ありえることはただひとつ——これはブランカ・ジャーコヴァー捜索への応答だ。

父から画面が見えないよう、少しパソコンの向きを変え、読み進めた。

親愛なるボフダナさん、あなたがブランカ・ジャーコヴァーをお探しということを偶然知りました、と書くこともできるのですが、それでは嘘になってしまいますね。もう何年ものあいだ、自分が外国へと旅立つときにプラハに置き去りにした親類を探し出そうと、私はむなしい努力を続けていました。五年前に祖国に行き、かつての家と親戚たちの住所を訪ねましたが、自分の家族の誰ひとり、見つけ出せませんでした。唯一おばあさんの家の新しい住人が、前の賃借人は介護施設で亡くなったとおしえてくれただけでした。あなたのお名前と、加えてプロフィール写真からも、ようやく私は手がかりをつかんだと確信しています。あなたは、スヴァトプルク、ロスチスラフ、ドゥブラフカ、ヘドヴィカ・ジャーコヴァーの親戚のブランカ・ジャーコヴァーをお探しだと書いていますね。スヴァトプルクは私のお父さんで、お母さんはエヴァという名です。ドゥブラフカ、ロスチスラフ、ヘドヴィカはお父さんのきょうだいです。ヘドヴィカは私が幼いころに亡くなりました。八〇年代に私が亡命するまではプラハのジシュコフに住んでいました。ボフダナさん、断言はできませんが、あなたはロスチスラフ伯父さんの娘さんで、私が国を去ったあとに生れたのではないかと想像しています。どうやら私たちは従姉どうしのようですね。

頼みがあります。私の両親の連絡先を、電話番号と住所を教えてもらえませんか――何であれ、彼らと連絡を取れるように。あなたがたみんながお元気でいらっしゃいますよう。出国してから私は両親についての情報を何ひとつ知らず、居ても立っても居られないほど、みんなともう一度会うのを心待ちにしているのです。

ブランカより

〝スヴァトプルクは私のお父さんで、お母さんはエヴァという名です〟……突然息が詰まり、目にはみるみる涙が盛り上がり、両手が震えた。お姉さんだ。ブランカは私のお姉さんだ。そろそろと、父の注意を引かないようにパソコンの蓋を閉じると、私は立ち上がってキッチンを出た。浴室に閉じこもると、浴槽に腰かけて泣いた。

この世に生まれてほぼ三十年になるけれど、自分に姉がいるなんて思ったこともなかった。もしもブランカが国境の向こうに逃げてしまわなければ、間違いなく私は生まれていなかったのだろう。おまえは身代わりなんだって、どうして誰も教えてくれなかったのか。

ブランカは特別な女の子だったに違いない。亡命には勇気と自信が不可欠なのだから。そんな困難な行為を行う力は私にはないだろう。もはや自分の進むべき道を計画したり熟慮したりする必要がないとはいえ、今でも自分のよく知る場所が一番居心地よく感じられる。うちのリビングに今も置かれているピアノをかつて演奏していたのはブランカで、父が私――何ひとつ、彼の長女に及ぶべくもない代用品――を見ながら思いめぐらせていたのは、ブランカだったのだ。

私の悲しみにいつしか怒りが忍び込んだ。みんなが私を騙した。長い歳月のあいだ、私はまさにずっと欺かれ続けていた。私に姉妹がいるということさえ言ってくれる人は誰もいなかった。多感なころに私にはお姉さんがいると思えていたならどんなに素敵だったろう。

でも今……冷え切った長い歳月を経て、ようやく私にはお父さんがいると思えるようになった今このときに、本当に彼女が現れる必要があっただろうか？

フェイスブックのプロフィールを削除し、ブランカのコンタクトを誰にも告げないことにしようか、一瞬、そんな考えがよぎった。すると肘掛け椅子に腰かけた父の姿が浮かび、どんなに優しく幼いペトラをあやしているかが思い出された。もしも突然、あの子が何年も何十年も私たちの人生から消え去り、あの子に関するどんな知らせも得られないとしたら、私とマルチンはどうなってしまうだろう？　ブランカが彼女の——つまり私たちの——お母さんがもう四半世紀以上も前に亡くなっていることをおそらく知らないでいるのと同じように、あの子が生きているかどうかすら私たちにはわからないとしたら。私はまた泣いた。でも今度は自分を哀れに思ったのではなく、長い時を経て、自分が捨てた人々と再会するのを心待ちにしているブランカを思い、涙を流した。

さっと顔を洗い、泣いた後の目がまだ赤かったけれどキッチンに戻った。

誰かにメッセージを見せるべきだろうか——父、マルチン、あるいはビェラに——と考えた末に自分の意思で行動しようと決めた。晩にブランカが書いた内容をもう一度読み直し、返事を打ち込んだ。

何から始めるべきか、わからなかった。ブランカが自分の生まれた祖国や、愛する人たちから逃げ出すことになった経緯を私は知らなかった。いつまた目にできるかどうかもわからないのに、安全なふるさとと自分の近親者を捨ててしまうには、人は祖国でどれほどの不満や不幸を感じていなければならないのだろう？　私はブランカの生い立ちを知らないので、彼女の家族はもう完全なままではないと伝える知らせで極力傷つけないようにするには、どんな言葉を選ぶべきか、じっくりと考えるしかなかった。

お母さんの死、私の唖、父の病気について書き、彼女をうちに招き、私たちがここでどのように生きてきたかを彼女が思い描けるように、私の記録ノートを読ませてあげると約束した。

私たちが互いを探し当てたことを父に告げるべきかどうか、彼女に任せることにしたものの、ブランカの返答に戸惑った。〝私の来訪でお父さんをびっくりさせるほうが良いです。リスクを冒したくないし、許可を問いたくないのです。お父さんがこれまでずっと私について口を開かなかったということは、つまり、今でも私に怒りを覚えているということです。私を目にしたくないかもしれないし、追い出すかもしれません。でも私はお父さんに会って、赦しを請わねばならないのです。こちらで仕事をいくつか片付けたら、できる限り早くそちらに参ります。せめて写真を数枚、電子ファイルで送っていただけませんか？〟

父の頑固さを知っていたので、ブランカの不安は手に取るように分かった。だから、せめてこれまでの人生について何か教えてもらえないかとお願いした。彼女はびっくりするほど淡々としていた。

〝転々と引っ越し続け、ようやくいくつかの客船でピアニスト兼歌手として働くようになりました。今はその中のある船のマネージャーとして、もう数年間働いています。結婚していましたが、私たちには子供も財産もなく、だから離婚には何の支障もありませんでした〟。そしてそのあと、私には理解できないことが書かれていた。〝私はこのように因果応報な人生を送ってきました。罪を償うために罰を受け入れねばならず、そうすれば赦されるのかもしれません。逃亡により罰から逃げきることはできず、ただそれを終わりのない、そこから決して逃げ出せない死の苦しみに変容させてしまっただけでした〟

彼女が何を思い悩んでいるのか、私には予想もつかなかった。おそらくブランカがやって来たときに知ることになるのだろう——春に……

20　父と娘

春になるとスヴァトプルクはもう庭を歩き回り、造園会社の従業員たちが、一年間の手入れ不足と冬の風のせいで誇りを失っていた庭をよみがえらせる様子を監督していた。庭を隅から隅まできれいにするのは彼にとってどだい不可能な仕事だったが、修理された温室の土に種をまいたり運び込まれた苗を移植するのは、自分の手で行えるだろう。それくらいはできると確信していた。温室に木製の腰掛を引っぱってきて、それを細い通路に据えた。試しに、それに腰を下ろして手のひらに黒い土をすくってみた。卒中の発作から一年が経過したが、そのあいだ、もう二度と庭仕事に戻ってくることはなかろうという思いが何度もスヴァトプルクの頭をよぎった。

病院を退院して最初の数日間、そして数週間、スヴァトプルクは欠かさずトレーニングをした。絶望にも似た努力でリハビリセンターの職員の指示にすべて従い、状態が改善してきても満足しなかった。重くのしかかる疲労と戦い続け、何より彼を苦しめたのは、しゃべる能力を失ったことだった。喉はこわばり、舌は重たく、思い通りに動かない。暗澹たる思いに苛まれることもしばしばだったが、そのあとふたたび前進——ボールをしっかりと握ることができたり、あるいは、介助なしで部屋を数歩歩けた——が見られ、一時的に体力が落ちるとスヴァトプルクは自分に怒りを向けた。卒中のあと、大勢の人が後遺症なしか、あっても軽い障碍まで回復しているのに、俺にできないわけはないだろう？　そう繰り返した。俺はまだそんなに老いぼれではなく、寿命までまだ数年はあろう。ペトラが成長していくのを見たいし、ブランカがどうなったのかも知りたい……

昨年の秋、その秋初の湿った雪が掃き寄せられぬままの庭の落ち葉を白く輝やかせていた日に、スヴァトプルクは杖なしで家の中を歩くことができ、意を決して家から外へと短い散歩に飛び出した。窓辺に置かれた肘掛け椅子に坐っているときにボフダナが預けてくるペトラちゃんを膝の上で抱き留めていたので、左手はすっかり力強くなっていたが、しゃべることは叶わなかった。

ボフダナとのあいだに漂っていた静けさは変わった。彼ももう、ボフダナを理解するのに言葉を必要としなかった。もの言いたげに持ち上げられた眉、鼻に寄せられたしわ、細められた目、わずかな微笑み、それに柔らかなジェスチャーという、かつて彼より先にビェラが、そして後になってマルチンも使いこなした言葉を彼も会得したのだ。気づくと言葉もなしに娘を理解していた。かたやボフダナは、これまでしゃべらないことに慣れていたので、父の気持ちを理解した。

多くのことが言葉にされぬまま残っている、スヴァトプルクはそう思った。でも、それも良かろう。これまでの人生で、自分はあまりにも多くの言葉を発してきた。決して言うべきでなかった言葉の数々を……

木の棒で畝に目印をつけ、紙袋を破って手のひらに種を振りまき、それを浅いくぼみの中に落とし、注意深く土を掻き寄せた。

ちょうど二列目の畝を終えたそのとき、呼び鈴の音が聞こえた。ああ、ボフダナがもう二日も前から家の片づけをしていた、あのお客さんが来たのだろう。マーブル模様のバーボフカ（伝統的な焼き菓子）まで焼いていたし、昼食にはスヴィーチュコヴァー*を作っている。そのボフダナの友達が二、三日間滞在するあいだ、彼女たちがくつろげるように俺は自分の部屋に引っ込んでいようか。俺にとっても結局それが良い、そう考えると仕事を続けた。

＊ 牛肉のスライスにソースを注ぎクネドリーキを添えたチェコ料理。

今日は温室の一面に種蒔きをするだけにして、苗を植えるのは明日にしよう。去年の春のように倒れてしまわないよう、根を詰めるのは禁物だと医者が言っていたからな。ため息をついた。言語聴覚士と彼自身のありとあらゆる努力もむなしく、言葉は戻らず、片足は今でもやや弱ったままだったが、左手はなんら問題なくなっていた。マルチンがペトラちゃんのために幼児用滑り台を設置するのをきっと手伝えるだろう。もうそれ用の場所も決めてあるのだ。

追憶や計画が彼の頭の中を飛び交い、周囲の音をさえぎっていた。木々の枝を渡る風の音、鳥の歌声、遠くでうなる草刈り機の音も彼の耳には入っていなかった。そして温室に近づいてくるふたりの足音さえも。けれど、そのあと人の気配に気づき、たゆたう声を聞いた。

「パパ？」

訳者あとがき

アレナ・モルンシュタイノヴァーは、一九六三年六月二十四日にチェコスロヴァキア共和国のモラヴィア地方のフラニツェ・ナ・モラヴィェで生まれ、以降、同地方のヴァラシュスケー・メジジーチーに在住している作家・翻訳家です。幼少期より読書が好きで、教師をしていたおばの影響で古典文学に親しむようになりました。ビロード革命後にオストラヴァ大学哲学科で英語とチェコ語を学び、翻訳家および英語教師として十一年間働いたあと、二〇一三年に第一作目『Slepá mapa（白地図）』で作家としてデビューしました。デビューは比較的おそく、モルンシュタイノヴァーが五十歳のときのことでした。その後、二年間に一作のペースで、さらに五作の長篇小説、『Hotýlek（小さなホテル）』（二〇一五年）、『Hana（ハナ）』（二〇一七年）、『Tiché roky（ひそやかな歳月）』（二〇一九年）、『Listopád（失墜の十一月）』（二〇二一年）、『Les v domě（家の中の森）』（二〇二三年）をすべてブルノの出版社 Host より上梓しています。また子供向けの物語『Strašidýlko Stráša（おばけのこわいちゃん）』（二〇一九年）、『Kapka Ája（雨つぶアーヤ）』（二〇二二年）、『Teribear——Tajemství modré krabice（テリベア——青い箱のひみつ）』（二〇二二年）も発表しています。残念ながら、二〇二三年現在、モルンシュタイノヴァーの作品は本作を除きすべて未邦訳です。

第二次大戦前後のチェコスロヴァキアを舞台にした長篇小説『Hana』の発表により、彼女は現代チェコ文学作家として一躍注目されるようになりました。ホロコーストをテーマとした『Hana』は十七か国語に翻訳され、また二〇一七年の今年の新作賞および今年の本賞、二〇一八年の学生が選ぶチェコ文学賞およびチェコ文学賞を受賞しました。その二年後に発表された本作『Tiché roky』も好評を博し、二〇一九年の読者の選ぶ今年の本賞に選ばれ、二〇一九年のベストセラー賞に輝いています。二〇二一年に発表されたディストピア小説『Listopád』も発表直後より大きな話題となり、二〇二二年のチェコ文学賞を受賞しました。現在ではモルンシュタイノヴァーはチェコで最も人気のある現代作家のひとりとなっています。

さて、モルンシュタイノヴァーの第四作となる『ひそやかな歳月』は、中学生から三十代になるまでの娘ボフダナの章（奇数章）と、誕生から晩年までの父スヴァトプルクの章（偶数章）が交互に進行する形で進められていきます。娘の章はボフダナのひとり語りで進みます。これは内省的で多感な少女の心の内を細やかに描き出すと同時に、口がきけないことをカモフラージュする役目も果たしています。父の章は三人称で進み、スヴァトプルクの見ている世界のみならず、ときに、スヴァトプルクの母、エヴァ、ブランカなどがそれぞれの視点から見たスヴァトプルク像が描写され、重奏的な構成となっています。

父の章ではチェコスロヴァキアがたどった時代背景が登場人物たちそれぞれの人生に大きな影響を与えています。おそらく多くの人にとってなじみの薄い中欧の小国チェコ（スロヴァキア）の歴史をスヴァトプルクたちの生涯と合わせながら、かいつまんでご紹介しましょう。

一九一八年にチェコとスロヴァキアはオーストリア・ハンガリー帝国からの独立を宣言し、一九一九年に国際的承認を得て、チェコスロヴァキア第一共和国が誕生しました。一九二九年の世界恐慌に端を発し、ヨーロッパは深刻な経済危機に見舞われました。チェコも例外ではなく、スヴァトプルクが生まれた一九三五年、チェコスロヴァキアでは経済恐慌が深刻化し、国民の生活を脅かしていました。スヴァトプルクの母はこの厳しい時代を幼い子供四人と甲斐性のない夫を抱えて乗りきらねばなりませんでした。一九四〇年の住宅事情として、プラハでは台所なし一部屋住居が三割を超えていたという報告があり、スヴァトプルクが幼少期に住んでいた「一部屋しかない家」は当時それほど珍しいものではなかったことがわかります。

その後第二次世界大戦が始まり、チェコはナチスの侵攻を受け、一九三八年にはズデーテン地方の割譲、一九三九年にはボヘミア地方とモラヴィア地方がドイツの保護領という名目で事実上占領されます。ユダヤ人であったスヴァトプルクの友人フランタ一家が移送されたあとの家にドイツ人のツィマー一家が越してきたり、スヴァトプルクの母がドイツ人の奥様方の買い物の様子に憤っていたのはこの時期です。一九四五年、ソ連軍と米軍によりチェコは解放され、ドイツ系住民に対する報復や本国への「移送」が始まりました。スヴァトプルクは同級生ハンス・リヒテルがドイツ人に着用が求められた白い腕章をつけて労働をしているのを見ました。スヴァトプルクより年上のロスチスラフやドウブラフカは、この大戦時に労働力としてドイツに送られ、ふたりともが心身に傷を負って帰国しました。

第二次世界大戦後、チェコスロヴァキアは、チェコ国民民主党、チェコ人民党、チェコ共産党などの多様な政党からなる国民戦線政府によって運営されました。一九四六年に行われた総選挙では、労働者層などに大きな支持を得ていた共産党がチェコで四十パーセント以上の票を獲得して第一党となり、党首ゴットヴァルトが首相に就任しました。米ソ対立や東西冷戦を背景に、共産党と他政党との緊張が高まるなか、一九四八年二月、ついに共産党が政権を獲得し、独裁体制となりました（二月事件）。一九四〇年代末期から一九五〇年代にかけて、ブルジョアあるいは反革命分子とみなされた者たちやその家族は激しく弾圧されました。ブルジョア出身のエヴァ一家も例外ではなく、父は大学教授の職を失い、母は働きはじめねばならず、住まいもより低条件なところに強制的に移動させられました。共産党が政権を握った当初、チェコスロヴァキアの工業力は西側諸国の技術水準にも匹敵するほど高いものでしたが、チェコの現状にそぐわないソ連型社会主義の導入に伴う再編ののち、一九六〇年を境に深刻な停滞へと突入し、国民所得も工業生産も、コメコン加盟東欧諸国内で最低レベルにまで低下してしまいました。ブランカが生まれたのはこのころになります。一九六五年にはノヴォトニー政権により経済改革が打ち立てられましたが、予期された結果は上がりませんでした。

一九六〇年代には、一九四八年に社会主義化されて以降蓄積されてきた矛盾への不満が噴出し、共産党内でも、改革派の党員によりソ連型社会主義を見直し、国民生活の改善と経済活動の改革を訴える声が上がりはじめました。社会主義の民主的再生を求める風潮は知識人のみならず国民のあいだでも強まっていきました。一九六八年一月にはノヴォトニーが党第一書記を辞任に追い込まれ、改革派のドゥプチェクが後任に選出されました。政治的自由、言論の自由を掲げる「プラハの春」と呼ばれる民主的社会主義時代の到来です。ソ連型社会主義の初矛盾への反省から、いわゆる「人間の顔をした社会主義」が目指されます。正統派マルクス・レーニン主義を信奉するスヴァトプルクや彼のお父さんには容認できなかった改革派の台頭です。しかし同年八月、行き過ぎた自由化を警戒した他のワルシャワ条約機構諸国による軍事侵攻を受け、「プラハの春」は終焉を迎えました（チェコ事件）。

翌一九六九年、ドゥプチェクは解任され、代わって第一書記に就任したフサークにより改革は否定され、党による厳格な統制にもとづく「正常化」路線が敷かれました。一九七〇年代中旬まで経済活動は比較的順調で、一九七一年からは南町（Jižní město）にプラハ最大となる住宅団地の建設が始まり、一九七四年にはプラハに地下鉄の最初の路線が開通しました。エヴァの両親が晩年入居を望んでいた住宅街です。厳しい監視体制下、体制に批判的な知識人たちの中には、地下出版物などを通じて活動を行うものもいました。一九七六年にはロックグループが私的な場所でライブを行っただけで逮捕されるという事件が起き、この音楽への弾圧は自由への弾圧であると激しく反発した知識人たちが、基本的人権の侵害を訴え、改革を求める「憲章77」を提唱しました。この閉塞した社会の中でロックやジャズなどの音楽は爆発的な人気を博しており、ブランカがバンド「渡り鳥」を結成し、ポピュラー音楽にのめりこんだのはこの時代と重なります。

一九八九年、東欧諸国で相次いで民主化運動がおこり、民主化を実現させていきました。チェコスロヴァキアも一九八九年十一月に、無血のビロード革命により、ついに民主化されました。一九八〇年生まれのボフダナが九歳のときのこととなります。

一九八九年のビロード革命から三十年が経ちました。一九六三年生まれのモルンシュタイノヴァーは「正常化」の時代に少女期を過ごしており、その時代をこのように振り返っています。

「正常化と呼ばれた時代をとてもよく覚えており、それは私の奥底にまでしみこんでいます。それは私の人生と記憶の一部であり、決して消せない私の一部となっているのです。私たち誰にとっても、それを過去のものにはできないでしょう。この国で前世紀に起きたことの結果を私たち誰もが抱えています。それは単なる物質的な結果ではなく、人間の内面へ影響を与えたという意味です。あの時代は私に不信と警戒心を植え込み、今も私を悩ませ、決して拭い去ることはできません」（Host社ウェブサイトより）。

『ひそやかな歳月』では、チェコが歩んだ激動の二〇世紀にさまざまな形で翻弄されながら生きざるを得なかった人々が描かれています。スヴァトプルクとその父は一貫して共産主義の理念を信奉し、それを推し進めることに人生をかけましたが、スヴァトプルクは晩年、共産主義の理念は正しいものの、人間はそれを実現できるほど成熟してはいないと気づかざるをえませんでした。ブルジョアであるエヴァの一家やブラプツォヴァー先生は、共産党の台頭とともに、豊かだった生活や恵まれた未来を奪われ、屈辱と苦難の生活を余儀なくされました。また、ロスチスラフとドウブラフカは戦争に生涯消えない烙印を押され、戦後もその苦しみを抱えたまま残りの人生を過ごさねばなりませんでした。それでも、モルンシュタイノヴァーの描く登場人物の多く——特に女性——は、過酷な運命に押しつぶされてしまうことなく、どこかに強かさを漂わせて人生を生き抜いていきます。

かたや、スヴァトプルクが四十歳を超えてから生まれた娘ボフダナの章では、言葉と沈黙が人間関係にもたらす影響がメインテーマとなります。言葉と沈黙について、モルンシュタイノヴァーはこのように述べています。

「言葉は強力かつ危険な武器です。しばしば意図しない意味で理解され、誤解や不和をもたらします。しかし、沈黙もまた危険なのです。近しいものたちがコミュニケーションをとらないなら、それは言葉で傷つけ合うのと同じくらい危険なことです」(Host社ウェブサイトより)。

ボフダナとスヴァトプルクが言葉を交わすことはなく、ふたりは同じ家の中で互いに相手に不信感を募らせ困惑を抱き続けました。スヴァトプルクとビェラの関係もまた同様でした。ビェラはスヴァトプルクの毒のある言葉に次第に応じなくなり、ただ沈黙するようになります。スヴァトプルクの投げつける言葉という凶器にビェラは沈黙という別の武器で対抗したのです。かつてエヴァと交わしていた激しい言葉の応酬を懐かしむスヴァトプルクは、沈黙に徹するビェラを勇気がないと蔑みますが、ビェラの沈黙という攻撃に苛まれていたのも確かでした。沈黙のもつ力を別の側面から見直しはじめたのは、スヴァトプルクが脳卒中の後遺症で発話能力を失ってからのことでした。

モルンシュタイノヴァーの作品には魅力的な女性たちが登場します。『ひそやかな歳月』でも、三世代にわたる個性豊かな女性たちが登場します。二度の大戦とその後の共産化を経験し、働くことで人生につきものの苦しみを紛らわそうとしたスヴァトプルクの母、第二次世界大戦で心身に大きな傷を負い生涯独身をとおすも、食べることに人生の幸せを見出し、常に柔らかな微笑みを浮かべていたドウブラフカ、共産化により夢を奪われるも、共産党員の夫を持つことでもう一度夢を叶えようとあがき、一方でスヴァトプルクと深く愛し合い、ブランカとボフダナのふたりの娘に恵まれたエヴァ、母の生き方を否定するも二度の結婚に幸せは得られず、趣味の世界に生きがいと安らぎを得たビェラ、結婚や伴侶に幸せを求めないビェラの姉、「正常化」の閉塞的な時代をポピュラー音楽で生き抜こうとするも、亡命という自らの未熟な判断で運命を大きく狂わせてしまったブランカ、そして「正常化」の末期に生まれ、民主化された世界で口がきけないという障碍、父との関係、自分のルーツに悩みつつ生きるボフダナ。ほとんどの女性が仕事を持っていますが、家庭を支え続けた女性もいれば、子供に恵まれなかった女性、離婚した女性、結婚しなかった女性と、それぞれに個性的な人生を送っています。彼女たちに共通しているのは、それぞれが自力で人生を切り開こうとしている点でしょう。それを比較しながら読むのもまた別の面白さを与えてくれるでしょう。

女性描写の妙手であるモルンシュタイノヴァーですが、第三作まで男性描写は相対的に簡素でした。第四作である本作で、初めて男性と女性が主人公として並立しました。読み方によっては、むしろ、父、スヴァトプルクの生涯に挿話として娘、ボフダナの視点が挟みこまれているともとらえられます。娘の章から始まるため、特に女性読者は一読目はボフダナに思い入れを抱き、ボフダナに冷淡なスヴァトプルクに終始反感を持つかもしれません。しかし、二回、三回と読むうちに、冷酷な一徹者に見えるスヴァトプルクに、いかにも人間臭い魅力が潜んでいることに気づき、惹きつけられていくことでしょう。

最後になりましたが、本作品の出版にはチェコ文化庁から貴重な翻訳出版助成金を得ることができました。本作品の翻訳にあたり全面的にサポートしてくださったズデネク・プロハースカさん、出版への道を切り開いてくださった島田淳子さんとダナ・ブラトナーさん、表紙カバーに作品使用を許可くださったメゾチント作家の小池結衣さん、仲介してくださった古書ギャラリー月の松田雅夫さんと松田千景さん、本作品の翻訳出版の了解をくださった未知谷の飯島徹さん、滞りがちな作業を暖かく見守ってくださった編集担当の伊藤伸恵さんに、心からの感謝の気持ちを表します。

二〇二三年五月

訳者

本出版物はチェコ文化省の出版助成を受けて刊行されました。
This publication has been supported by the Ministry of Culture of the Czech Republic.

Alena Mornštajnová

1963年6月24日生まれ、モラヴィア地方のヴァラシュスケー・メジジーチー在住の作家・翻訳家。オストラヴァ大学哲学科で学ぶ。2013年に第一作目『Slepá mapa（白地図）』で作家としてデビューした。これまでに、さらに五つの長篇小説、『Hotýlek（小さなホテル）』（2015年）、『Hana（ハナ）』（2017年）、『Tiché roky（ひそやかな歳月）』（2019年）、『Listopád（失墜の十一月）』（2021年）、『Les v domě（家の中の森）』（2023年）を上梓し、好評を博している。第三作目の『ハナ』はホロコーストを扱った作品であり、チェコ国内で各種文学賞を受賞し、この作品により彼女はチェコで最も人気のある現代作家のひとりとなった。これまで十七か国語に翻訳されている。続く本作品『ひそやかな歳月』もまた七か国に翻訳され、読者の選ぶ今年の本賞（2019年）を受賞した。

すが ひさみ

1972年生まれ。島根大学理学部化学科卒業、北海道大学大学院地球環境科学研究科博士後期課程単位取得退学。北海道大学および中村和博氏のもとでチェコ語を学ぶ。訳書に『ボヘミアの森と川 そして魚たちとぼく』（オタ・パヴェル著、中村和博氏との共訳、未知谷）。

©2023, SUGA Hisami

Tiché roky

ひそやかな歳月

2023年 6 月30日初版印刷
2023年 7 月10日初版発行

著者　アレナ・モルンシュタイノヴァー
訳者　菅寿美
発行者　飯島徹
発行所　未知谷
東京都千代田区神田猿楽町 2-5-9　〒 101-0064
Tel. 03-5281-3751 / Fax. 03-5281-3752
［振替］ 00130-4-653627

組版　柏木薫
印刷所　モリモト印刷
製本所　牧製本

Publisher Michitani Co, Ltd., Tokyo
Printed in Japan
ISBN 978-4-89642-694-6　C0097

菅寿美の仕事

オタ・パヴェル 著
菅寿美・中村和博 訳

ボヘミアの森と川　そして魚たちとぼく

チェコで最もノーベル賞に相応しいと言われた作家の自伝的作品。子供の頃も、戦争が始まっても、戦争が終わっても、ボヘミアには森があり、川がめぐり、雉が喜びに叫び、魚がいて、僕は魚を釣っていた。現代チェコ文学の傑作、初訳。

978-4-89642-602-1
224頁本体2500円

未知谷